絕對合格
特效藥

影子跟讀 標重音

日檢精熟單字

考試愛
出的都
在這！

N5

用口耳打開單字量！

線上音檔
QR Code

吉松由美・小池直子・林勝田・山田社日檢題庫小組 ◎合著

U0080172

前言

這不是一本普通單字書，
它是讓您說得一口自然流暢的動聽日語，一開口就驚豔眾人！
聽力敏銳，閱讀速度倍增！
單字輕鬆應用，融入自然流暢。

還在苦背單字？讓我們來點新招

死記硬背是古早風，照著影子學發音！

千篇一律的例句？讓生字有故事，記憶不再風乾！

不怕日本腔？單字標記重音助您自信，説出東京味道！

哪怕是最鉅細靡遺的變化，例句都猜得準！

閱讀、聽力，絕不狼狽！

不信？別急著否定！學習的旅途，我們一路相伴，
解鎖您的語言奧秘，成就說日語的大贏家！

本書量身訂製，讓您輕鬆掌握單字秘密武器：

1 字霸學習法：主題圖像場景 ×50 音順攻略！當這些圖像不只閃過腦海，更是深刻到讓你夢裡都能回想，學得瞬間，記得永恆！

2 超萌主題插畫，加上圖文小遊戲與補充說明，這組合直接打破記憶界限！學習不再乏味，記憶力直接飛升，告別遺忘！

3 單字重音標記，Shadowing 影子跟讀法，讓口說聽力雙修！

4 例句學習單字，閱讀理解中印象加倍，生字不偷懶！

5 N5 文法搭配例句，黃金交叉訓練，時事、職場、生活輕鬆應對！

6 豆知識解析抽象難點，宛如貼身自學導師，單字成就躍升！

7 例句主要單字上色，詞語變化熟練度再進化，活用百變神器！

8 最新單字出題重點解析，解密新制日檢考試趨勢，攻略熱門題型！

9 書末 3 回模擬試題，實戰演練，學習成果證明大作戰！

　　自學、教學通用，這本史上最強、最完整的單字書，助您在考場大放異彩！快來解開單字的奧秘，日文漂亮說不停！

突破單字學習的新境界：

① 趣味百分百——黃金三部曲掌握生活單字，把學習變潮，讓日檢不再是學科，而是生活趣味：

◎ **超燃情境分類**—跟風趨勢！將單字潮流化：顏色、家族、衣飾，你想要的，我們都齊全！不管是主題分類助你增強記憶，還是 50 音順全效攻略，我們全都給你！日常生活裡用得上，潮人就是要這樣炫習單字！

◎ **遊戲升級**—進場！超萌單字插畫，不只看，還能玩！單字轉大戰，與小測驗組合，學習不再乏味！透過插畫讓你聯想、連結，直接運用到生活中。研究證明：自己寫過的，記憶效果最佳！快來挑戰記憶極限，玩得開心，學得更深入！

◎ **超酷藏寶專區**—找到我了嗎？N5 程度知識大放送！內頁小專欄，每一個都是驚喜包裹，相關主題的小知識，簡直是深入日本的必備秘笈！放鬆腦袋的同時，還能幫助您加運補氣，成為日語達人就指日可待！

情境分類 →
寶藏專欄 →

← 看圖遊戲

② 聽讀大提升—— Shadowing 影子跟讀法

　　單字的聽力與口說應用，是許多學習者的難題。為了突破學習瓶頸，本書特別設計了「Shadowing 影子跟讀法」，讓您的聽力和口音達到專業水準。

　　影子跟讀法就是在聽到一句日語約一秒後，像影子一般完全模仿日本人的說話方式，也就是「模仿！模仿！再模仿！」。這種方法帶來 3 大優勢：

◆ 優勢一、精準發音、完美口音：

　　影子跟讀法透過百分百的模仿，讓您學習日本人的發音、語調、速度及口氣…等，讓自己的嘴部肌肉更精準地模仿，口音不知不覺就超有日本人的味道，就像在家族聚會上，狀似外國人，唸出一口地地道道的日語，讓親戚們瞠目結舌，您的日語之路由此開啟！

◆ 優勢二、日檢聽力大突破：

　　「能看懂書面日語，聽力卻力不從心。」要完美模仿，就需聆聽地道日語口音，並精準聽辨每個字詞，包括助詞、文法、口語縮約形…等，透過努力理解單詞和文法，培養完理解句意的日語思維，您的聽力自然大幅提升。讓您在日本街頭，聽到一大串流利的日語對話，猶如置身於無國界的日語世界！

◆ 優勢三、口說能力飛速進步：

　　影子跟讀法結合聽覺與內容理解，大幅增強您的日語反應能力，透過反覆聽聞和模仿，您將自然地掌握日語，輕易表達文法結構，驚人的日語口說將令人讚嘆。就像在朋友聚會上，用一口流利的日語唸出歌詞，讓大家瞠目結舌，開啟了您的日語口說之路！

影子跟讀法的「先理解╳再內化╳後跟讀的完美 5 步」如下：

步驟一：先聽一遍。讓音檔內容浸潤您的耳朵。
步驟二：搞懂句子。深入理解句子中的單字、文法等意思。
步驟三：朗讀句子。看著句子，大聲發聲，讓您的口語流暢無比。

步驟四：邊聽邊練習。摸索東京腔，模仿音檔的標準發音，專注於發音、語調及節奏。

步驟五：開始跟讀。約一秒後如影隨形，跟著音檔保持同樣的速度，模仿完美發音

和腔調方式有二：

> a. 看日文，約一秒後跟著音檔唸。
>
> b. 不看日文，約一秒後跟著音檔唸。

例子來了：

老師唸：**畳みの部屋に入るときはスリッパを脱ぎます。**

我跟讀：（1秒後）**畳みの部屋に入るときはスリッパを脱ぎます。**

這樣輕鬆模仿日本人的說話速度及語調，效果絕對超乎想像。

③ 提升口說流利度──重音標記單字：

本書特別標示每個單字的重音，讓您掌握日語詞彙的音節重點，輕鬆避免發音錯誤，提升口說流利度。透過這清晰的重音標記，您能更準確地模仿日本人的發音，輕鬆展現語言表達的高手本色。

每個單字按照 50 音順排序，方便查找並矯正台灣腔，釐清模糊發音！讓您短時間提升聽力、單字量，輕鬆通過日檢，讓您的日語不只流利，更標準又漂亮！就像聽到日本朋友稱讚您的發音時，心裡得意洋洋，彷彿成了自信滿滿的語言達人！

單字＋重音標記

④ 印象加倍——從例句的閱讀理解中習得生字：

單字背過就忘？喝一杯茶、看一段例句，解決您的難題！我們採用從聆聽、閱讀例句的理解中學習新生字的方法，讓您像身在日本般，透過實際會話場景，讓這些生字在您腦海中烙下深刻的痕跡。

例句包含校園、生活、旅遊等 N5 情境，搭配 N5 文法，讓您單字 · 文法交叉訓練，得到黃金的相乘學習效果！不再受落落長的文句束縛，隨時利用零碎時間，日文全方位提升，讓您的學習印象加倍！

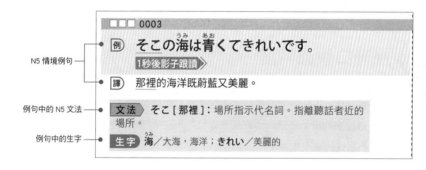

N5 情境例句——

例句中的 N5 文法——

例句中的生字——

□□□ 0003

例　そこの海は青くてきれいです。

1秒後影子跟讀〉

譯　那裡的海洋既蔚藍又美麗。

文法〉 そこ [那裡]：場所指示代名詞。指離聽話者近的場所。

生字〉 海／大海，海洋；きれい／美麗的

⑤ 專業悄悄傳授——

◆單字、文法小知識，貼身密授抽象難點解密：

這本書不是傳統的單字書，它可不只是單純的排列一堆單字而已！透過例句，我們偷偷塞了一些神奇小知識，解密那些看似抽象的難點。像是私人專屬密授，讓您在自學過程中也能歪打正著，輕鬆搞懂那些曾經令您困擾的語言之謎。不再讓學習一知半解，同時拓展您的知識視野。

順便告訴您，這可是學霸們都在秘密操練的高招哦！要是搭配《高效自學塾　新制對應　絕對合格　日檢必背文法 N5》，您就能搶先做好 120 分的準備，考試自然如魚得水！

◆**例句主要單字上色亮點瞄準，單字變身網紅，詞語活用變化熟練度再提升：**

單字在例句中經常變著花樣現身，為了讓您更專注地感受這些變化，本書特地搞了個小把戲！我們用了不一樣的顏色把句中的單字打扮得炫酷有趣，就像網紅一樣吸睛。

這樣的設計讓您一眼看穿詞性、變化形態以及文法接續等用法，學習更確實又有趣，吸收力 100%。這招讓單字在例句中變身網紅，讓您的語言技能也能在日本掀起一陣潮流，輕鬆達到日檢考試所需的高水準。猜猜我們是不是在暗示，學會這些技巧，您的日語成績也能風靡全球呢？

◆**單字出題重點搶先攻略：**

新制日檢絕非只是簡單的單字背誦，而是需要您深入了解出題玩法！在這本書中，我們完整解析「常考詞彙搭配」、「常考易混淆單字」、「常考同義詞」以及「文法」等內容，通通按部就班地擺進您的學習攻略並加碼推出 5 回隨堂練習。

看，這就是我們的專業一面，讓您的準備領先一步！不管考試怎麼出，您都能豁然開朗，信心爆表應對考試，一切盡在掌握中！而且，您應該知道，掌握這些小技巧，就像拿到了日語的進階魔法石，輕鬆征服日檢，成為日語世界的超級英雄！一起來挑戰吧！

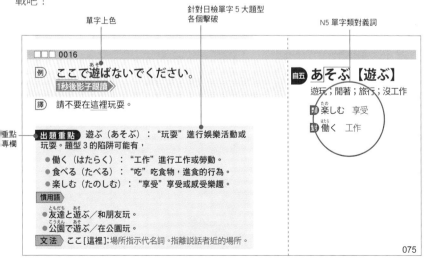

單字上色

針對日檢單字 5 大題型
各個擊破

N5 單字類對義詞

□□□ 0016

例 ここで**遊ば**ないでください。

1秒後影子跟讀〉

譯 請不要在這裡玩耍。

重點專欄

出題重點 遊ぶ（あそぶ）：“玩耍”進行娛樂活動或玩耍。題型 3 的陷阱可能有，
● 働く（はたらく）：“工作”進行工作或勞動。
● 食べる（たべる）：“吃”吃食物，進食的行為。
● 楽しむ（たのしむ）：“享受”享受或感受樂趣。

慣用語〉
● 友達と遊ぶ／和朋友玩。
● 公園で遊ぶ／在公園玩。

文法 ここ[這裡]：場所指示代名詞。指離説話者近的場所。

自五 **あそぶ 【遊ぶ】**
遊玩；閒著；旅行；沒工作
類 楽しむ 享受
對 働く 工作

075

⑥ 命中測驗——激爽全真模擬，實戰新制考驗，大秀學習成果：

本書最後可是有文字、語彙部份的 3 回模擬考題喔！我們可不是開玩笑，這些考題都是按照最新題型精心打造，告訴您最準確的解題訣竅！經過這番演練，不僅能立即看見您的學習成果，更能掌握考試方向，讓您的臨場反應躍升到新的境界！就像是上過合格保證班一樣，您將成為新制日檢測驗的王者！

還不夠？那您還可以來挑戰綜合模擬試題，我們還特別推薦給您符合日檢規格的《絕對合格攻略！新日檢 6 回全真模擬 N5 寶藏題庫＋通關解題【讀解、聽力、言語知識〈文字、語彙、文法〉】》這本，練習後您將勝券在握，考試成績拿下掛保證！

應試訣竅 ●

模擬試題 ●

隨堂測驗 ●

⑦ 進度規劃——確實掌握進步，一目了然看得到：

　　我們這裡可是用心設計了每個單字旁的編號及小方格，給您最方便的進度掌控！您會發現，每個對頁都有貼心的讀書計畫小方格，就像是您的個人專屬讀書計畫表！

　　您只需填上日期，輕鬆建立屬於自己的進度規劃，讓學習目標清晰可見，進步之路一目了然！讓我們嗨起來，一起努力，成為日語世界的閃亮之星吧！

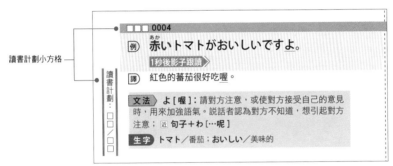

　　本書可是根據日本國際交流基金（JAPANFOUNDATION）的發表，堅持精心分析自2010 年起最新的日檢考試內容，堪稱是內容最紮實、最強大的 N5 單字書！我們更是不惜耗時增加了過去未收錄的 N5 程度常用單字，這種細緻入微的調整讓單字的程度更貼合考試，讓您更有底氣面對考試挑戰。嗯，我們就是這麼細心，為的就是讓您的日語能力爆表！

　　而且，我們的理念是要讓您不僅能在喝咖啡的時間內享受學習的樂趣，還能在不知不覺中「倍增單字量」，迎刃而解「通過新日檢」！不只是單調背單字，我們特別搭配豐富的文法解析與實用例句，讓您快速理解、學習，毫不費力地攻略考試！

　　更棒的是，我們貼心地附贈手機隨掃即聽的 QRCode 行動學習音檔，這樣您隨時隨地都能輕鬆聽到 QRCode，無時無刻增進日語單字能力。説到這，我們就像是您的日語大吉祥物，時刻陪伴您在學習之路上！走到哪，學到哪！怎麼考，怎麼過！我們就是想要帶給您最佳利器，讓您高分合格毫無煩惱！別猶豫，一起揮灑日語魔法，燃爆日檢舞台！

目錄

◯ Contents ◯

詞性說明

詞性	定義	例（日文／中譯）
名詞	表示人事物、地點等名稱的詞。有活用。	門_{もん}／大門
形容詞	詞尾是い。説明客觀事物的性質、狀態或主觀感情、感覺的詞。有活用。	細_{ほそ}い／細小的
形容動詞	詞尾是だ。具有形容詞和動詞的雙重性質。有活用。	静_{しず}かだ／安静的
動詞	表示人或事物的存在、動作、行為和作用的詞。	言_いう／說
自動詞	表示的動作不直接涉及其他事物。只説明主語本身的動作、作用或狀態。	花が咲く／花開。
他動詞	表示的動作直接涉及其他事物。從動作的主體出發。	母が窓を開ける／母親打開窗戶。
五段活用	詞尾在ウ段或詞尾由「ア段＋る」組成的動詞。活用詞尾在「ア、イ、ウ、エ、オ」這五段上變化。	持つ／拿
上一段活用	「イ段＋る」或詞尾由「イ段＋る」組成的動詞。活用詞尾在イ段上變化。	見る／看 起きる／起床
下一段活用	「エ段＋る」或詞尾由「エ段＋る」組成的動詞。活用詞尾在エ段上變化。	寝る／睡覺 見せる／讓…看
變格活用	動詞的不規則變化。一般指カ行「来る」、サ行「する」兩種。	来る／到來 する／做
カ行變格活用	只有「来る」。活用時只在カ行上變化。	来る／到來
サ行變格活用	只有「する」。活用時只在サ行上變化。	する／做
連體詞	限定或修飾體言的詞。沒活用，無法當主詞。	どの／哪個
副詞	修飾用言的狀態和程度的詞。沒活用，無法當主詞。	余り／不太…

副助詞	接在體言或部分副詞、用言等之後，增添各種意義的助詞。	〜も ／也…
終助詞	接在句尾，表示説話者的感嘆、疑問、希望、主張等語氣。	か ／嗎
接續助詞	連接兩項陳述內容，表示前後兩項存在某種句法關係的詞。	ながら ／邊…邊…
接續詞	在段落、句子或詞彙之間，起承先啟後的作用。沒活用，無法當主詞。	しかし ／然而
接頭詞	詞的構成要素，不能單獨使用，只能接在其他詞的前面。	御_お〜 ／貴（表尊敬及美化）
接尾詞	詞的構成要素，不能單獨使用，只能接在其他詞的後面。	〜枚_{まい} ／…張（平面物品數量）
造語成份（新創詞語）	構成復合詞的詞彙。	一昨年_{いっさくねん} ／前年
漢語造語成份（和製漢語）	日本自創的詞彙，或跟中文意義有別的漢語詞彙。	風呂_{ふろ} ／澡盆
連語	由兩個以上的詞彙連在一起所構成，意思可以直接從字面上看出來。	赤_{あか}い傘_{かさ} ／紅色雨傘 足_{あし}を洗_{あら}う ／洗腳
慣用語	由兩個以上的詞彙因習慣用法而構成，意思無法直接從字面上看出來。常用來比喻。	足_{あし}を洗_{あら}う ／脫離黑社會
感嘆詞	用於表達各種感情的詞。沒活用，無法當主詞。	ああ ／啊（表驚訝等）
寒暄語	一般生活上常用的應對短句、問候語。	お願_{ねが}いします ／麻煩…

其他略語

呈現	詞性	呈現	詞性
對	對義詞	近	文法部分的相近文法補充
類	類義詞	補	補充説明

詞性	活用變化舉例		
	語幹	語尾	變化
形容詞	やさし（容易）	い	現在肯定: やさし + い 語幹　　　形容詞詞尾 やさしい + です 基本形　　　敬體
		です	
		く	現在否定: やさし く ー+ない （です） （い→く）　否定　敬體 ー+ありません 否定
		ない（です）	
		ありません	
		かっ	過去肯定: やさし かっ +た （です） （い→かっ）　過去　敬體
		た（です）	
		く	過去否定: やさし くありません + でした 否定　　　　　　過去
		ありませんでした	
形容動詞	きれい（美麗）	だ	現在肯定: きれい + だ 語幹　　　形容動詞詞尾 きれい + です 基本形　　「だ」的敬體
		で	
		す	
		で	現在否定: きれい で +は+ありません （だ→で）　　　否定
		はありません	
		で	過去肯定: きれい でし た （だ→でし）過去
		した	
		で	過去否定: きれい ではありません + でした 否定　　　　　　　過去
		はありませんでした	

動詞	か (書寫)	く		基本形	か + く 語幹
		き	ます	現在肯定	か き +ます (く→き)
		き	ません	現在否定	か き +ません (く→き) 否定
		き	ました	過去肯定	か き +ました (く→き) 過去
		き	ません でした	過去否定	かきません + でした 否定 過去

動詞基本形

相對於「動詞ます形」，動詞基本形説法比較隨便，一般用在關係跟自己比較親近的人之間。因為辭典上的單字用的都是基本形，所以又叫辭書形。
基本形怎麼來的呢？請看下面的表格。

五段動詞	拿掉動詞「ます形」的「ます」之後，最後將「イ段」音節轉為「ウ段」音節。	かきます→かき→かく ka-ki-ma-su → ka-ki → ka-ku
一段動詞	拿掉動詞「ます形」的「ます」之後，直接加上「る」。	たべます→たべ→たべる ta-be-ma-su → ta-be → ta-be-ru
不規則動詞		します→する shi-ma-su → su-ru きます→くる ki-ma-su → ku-ru

自動詞與他動詞比較與舉例		
自動詞	動詞沒有目的語 形式:「…が…ます」 沒有人為的意圖而發生的動作	火 が 消えました。（火熄了） 主語　助詞　沒有人為意圖的動作 ↑ 由於「熄了」,不是人為的,是風吹的自然因素,所以用自動詞「消えました」（熄了）。
他動詞	有動作的涉及對象 形式:「…を…ます」 抱著某個目的有意圖地作某一動作	私は 火 を 消しました。（我把火弄熄了） 主語　目的語　　有意圖地做某動作 火是因為人為的動作而被熄了,所以用他動詞「消しました」（弄熄了）。

JLPT

N5

新制對應手冊

一、什麼是新日本語能力試驗呢

二、新日本語能力試驗的考試內容

＊以上內容摘譯自「國際交流基金日本國際教育支援協會」的
「新しい『日本語能力試驗』ガイドブック」。

一、什麼是新日本語能力試驗呢

1. 新制「日語能力測驗」

從2010年起實施的新制「日語能力測驗」（以下簡稱為新制測驗）。

1－1　實施對象與目的

　　新制測驗與舊制測驗相同，原則上，實施對象為非以日語作為母語者。其目的在於，為廣泛階層的學習與使用日語者舉行測驗，以及認證其日語能力。

1－2　改制的重點

改制的重點有以下4項：

1　測驗解決各種問題所需的語言溝通能力

　　新制測驗重視的是結合日語的相關知識，以及實際活用的日語能力。因此，擬針對以下兩項舉行測驗：一是文字、語彙、文法這3項語言知識；二是活用這些語言知識解決各種溝通問題的能力。

2　由4個級數增為5個級數

　　新制測驗由舊制測驗的4個級數（1級、2級、3級、4級），增加為5個級數（N1、N2、N3、N4、N5）。新制測驗與舊制測驗的級數對照，如下所示。最大的不同是在舊制測驗的2級與3級之間，新增了N3級數。

N1	難易度比舊制測驗的1級稍難。合格基準與舊制測驗幾乎相同。
N2	難易度與舊制測驗的2級幾乎相同。
N3	難易度介於舊制測驗的2級與3級之間。（新增）
N4	難易度與舊制測驗的3級幾乎相同。
N5	難易度與舊制測驗的4級幾乎相同。

＊「N」代表「Nihongo（日語）」以及「New（新的）」。

3 施行「得分等化」

由於在不同時期實施的測驗，其試題均不相同，無論如何慎重出題，每次測驗的難易度總會有或多或少的差異。因此在新制測驗中，導入「等化」的計分方式後，便能將不同時期的測驗分數，於共同量尺上相互比較。因此，無論是在什麼時候接受測驗，只要是相同級數的測驗，其得分均可予以比較。目前全球幾種主要的語言測驗，均廣泛採用這種「得分等化」的計分方式。

4 提供「日本語能力試驗Can-do 自我評量表」（簡稱JLPT Can-do）

為了瞭解通過各級數測驗者的實際日語能力，新制測驗經過調查後，提供「日本語能力試驗Can-do 自我評量表」。該表列載通過測驗認證者的實際日語能力範例。希望通過測驗認證者本人以及其他人，皆可藉由該表格，更加具體明瞭測驗成績代表的意義。

1－3 所謂「解決各種問題所需的語言溝通能力」

我們在生活中會面對各式各樣的「問題」。例如，「看著地圖前往目的地」或是「讀著說明書使用電器用品」等等。種種問題有時需要語言的協助，有時候不需要。

為了順利完成需要語言協助的問題，我們必須具備「語言知識」，例如文字、發音、語彙的相關知識、組合語詞成為文章段落的文法知識、判斷串連文句的順序以便清楚說明的知識等等。此外，亦必須能配合當前的問題，擁有實際運用自己所具備的語言知識的能力。

舉個例子，我們來想一想關於「聽了氣象預報以後，得知東京明天的天氣」這個課題。想要「知道東京明天的天氣」，必須具備以下的知識：「晴れ（晴天）、くもり（陰天）、雨（雨天）」等代表天氣的語彙；「東京は明日は晴れでしょう（東京明日應是晴天）」的文句結構；還有，也要知道氣象預報的播報順序等。除此以外，尚須能從播報的各地氣象中，分辨出哪一則是東京的天氣。

如上所述的「運用包含文字、語彙、文法的語言知識做語言溝通，進而具備解決各種問題所需的語言溝通能力」，在新制測驗中稱為「解決各種問題所需的語言溝通能力」。

　　新制測驗將「解決各種問題所需的語言溝通能力」分成以下「語言知識」、「讀解」、「聽解」等3個項目做測驗。

語言知識	各種問題所需之日語的文字、語彙、文法的相關知識。
讀　解	運用語言知識以理解文字內容，具備解決各種問題所需的能力。
聽　解	運用語言知識以理解口語內容，具備解決各種問題所需的能力。

　　作答方式與舊制測驗相同，將多重選項的答案劃記於答案卡上。此外，並沒有直接測驗口語或書寫能力的科目。

2. 認證基準

　　新制測驗共分為N1、N2、N3、N4、N5，5個級數。最容易的級數為N5，最困難的級數為N1。

　　與舊制測驗最大的不同，在於由4個級數增加為5個級數。以往有許多通過3級認證者常抱怨「遲遲無法取得2級認證」。為因應這種情況，於舊制測驗的2級與3級之間，新增了N3級數。

　　新制測驗級數的認證基準，如表1的「讀」與「聽」的語言動作所示。該表雖未明載，但應試者也必須具備為表現各語言動作所需的語言知識。

　　N4與N5主要是測驗應試者在教室習得的基礎日語的理解程度；N1與N2是測驗應試者於現實生活的廣泛情境下，對日語理解程度；至於新增的N3，則是介於N1與N2，以及N4與N5之間的「過渡」級數。關於各級數的「讀」與「聽」的具體題材（內容），請參照表1。

■ 表1 新「日語能力測驗」認證基準

級數	認證基準
	各級數的認證基準，如以下【讀】與【聽】的語言動作所示。各級數亦必須具備為表現各語言動作所需的語言知識。
N1	能理解在廣泛情境下所使用的日語 【讀】·可閱讀話題廣泛的報紙社論與評論等論述性較複雜及較抽象的文章，且能理解其文章結構與內容。 ·可閱讀各種話題內容較具深度的讀物，且能理解其脈絡及詳細的表達意涵。 【聽】·在廣泛情境下，可聽懂常速且連貫的對話、新聞報導及講課，且能充分理解話題走向、內容、人物關係、以及說話內容的論述結構等，並確實掌握其大意。
N2	除日常生活所使用的日語之外，也能大致理解較廣泛情境下的日語 【讀】·可看懂報紙與雜誌所刊載的各類報導、解說、簡易評論等主旨明確的文章。 ·可閱讀一般話題的讀物，並能理解其脈絡及表達意涵。 【聽】·除日常生活情境外，在大部分的情境下，可聽懂接近常速且連貫的對話與新聞報導，亦能理解其話題走向、內容、以及人物關係，並可掌握其大意。
N3	能大致理解日常生活所使用的日語 【讀】·可看懂與日常生活相關的具體內容的文章。 ·可由報紙標題等，掌握概要的資訊。 ·於日常生活情境下接觸難度稍高的文章，經換個方式敘述，即可理解其大意。 【聽】·在日常生活情境下，面對稍微接近常速且連貫的對話，經彙整談話的具體內容與人物關係等資訊後，即可大致理解。
N4	能理解基礎日語 【讀】·可看懂以基本語彙及漢字描述的貼近日常生活相關話題的文章。 【聽】·可大致聽懂速度較慢的日常會話。
N5	能大致理解基礎日語 【讀】·可看懂以平假名、片假名或一般日常生活使用的基本漢字所書寫的固定詞句、短文、以及文章。 【聽】·在課堂上或周遭等日常生活中常接觸的情境下，如為速度較慢的簡短對話，可從中聽取必要資訊。

困難 *（N1～N3）

* 容易（N4～N5）

＊N1最難，N5最簡單。

3. 測驗科目

新制測驗的測驗科目與測驗時間如表2所示。

■ 表2　測驗科目與測驗時間 ＊①

級數	測驗科目 （測驗時間）			
N1	語言知識（文字、語彙、文法）、讀解 （110分）		聽解 （55分）	→
N2	語言知識（文字、語彙、文法）、讀解 （105分）		聽解 （50分）	→
N3	語言知識（文字、語彙） （30分）	語言知識（文法）、讀解 （70分）	聽解 （40分）	→
N4	語言知識（文字、語彙） （25分）	語言知識（文法）、讀解 （55分）	聽解 （35分）	→
N5	語言知識（文字、語彙） （20分）	語言知識（文法）、讀解 （40分）	聽解 （30分）	→

（右側說明）
- N1、N2：測驗科目為「語言知識（文字、語彙、文法）、讀解」；以及「聽解」共2科目。
- N3、N4、N5：測驗科目為「語言知識（文字、語彙）」；「語言知識（文法）、讀解」；以及「聽解」共3科目。

N1與N2的測驗科目為「語言知識（文字、語彙、文法）、讀解」以及「聽解」共2科目；N3、N4、N5的測驗科目為「語言知識（文字、語彙）」、「語言知識（文法）、讀解」、「聽解」共3科目。

由於N3、N4、N5的試題中，包含較少的漢字、語彙、以及文法項目，因此當與N1、N2測驗相同的「語言知識（文字、語彙、文法）、讀解」科目時，有時會使某幾道試題成為其他題目的提示。為避免這個情況，因此將「語言知識（文字、語彙、文法）、讀解」，分成「語言知識（文字、語彙）」和「語言知識（文法）、讀解」施測。

＊①：聽解因測驗試題的錄音長度不同，致使測驗時間會有些許差異。

4. 測驗成績

4－1 量尺得分

舊制測驗的得分，答對的題數以「原始得分」呈現；相對的，新制測驗的得分以「量尺得分」呈現。

「量尺得分」是經過「等化」轉換後所得的分數。以下，本手冊將新制測驗的「量尺得分」，簡稱為「得分」。

4－2 測驗成績的呈現

新制測驗的測驗成績，如表3的計分科目所示。N1、N2、N3的計分科目分為「語言知識（文字、語彙、文法）」、「讀解」、以及「聽解」3項；N4、N5的計分科目分為「語言知識（文字、語彙、文法）、讀解」以及「聽解」2項。

會將N4、N5的「語言知識（文字、語彙、文法）」和「讀解」合併成一項，是因為在學習日語的基礎階段，「語言知識」與「讀解」方面的重疊性高，所以將「語言知識」與「讀解」合併計分，比較符合學習者於該階段的日語能力特徵。

■ 表3 各級數的計分科目及得分範圍

級數	計分科目	得分範圍
N1	語言知識（文字、語彙、文法）	0～60
	讀解	0～60
	聽解	0～60
	總分	0～180
N2	語言知識（文字、語彙、文法）	0～60
	讀解	0～60
	聽解	0～60
	總分	0～180
N3	語言知識（文字、語彙、文法）	0～60
	讀解	0～60
	聽解	0～60
	總分	0～180

	語言知識（文字、語彙、文法）、讀解	0～120
N4	聽解	0～60
	總分	0～180
	語言知識（文字、語彙、文法）、讀解	0～120
N5	聽解	0～60
	總分	0～180

　　各級數的得分範圍，如表3所示。N1、N2、N3的「語言知識（文字、語彙、文法）」、「讀解」、「聽解」的得分範圍各為0～60分，3項合計的總分範圍是0～180分。「語言知識（文字、語彙、文法）」、「讀解」、「聽解」各占總分的比例是1：1：1。

　　N4、N5的「語言知識（文字、語彙、文法）、讀解」的得分範圍為0～120分，「聽解」的得分範圍為0～60分，2項合計的總分範圍是0～180分。「語言知識（文字、語彙、文法）、讀解」與「聽解」各占總分的比例是2：1。還有，「語言知識（文字、語彙、文法）、讀解」的得分，不能拆解成「語言知識（文字、語彙、文法）」與「讀解」2項。

　　除此之外，在所有的級數中，「聽解」均占總分的3分之1，較舊制測驗的4分之1為高。

4－3　合格基準

　　舊制測驗是以總分作為合格基準；相對的，新制測驗是以總分與分項成績的門檻2者作為合格基準。所謂的門檻，是指各分項成績至少必須高於該分數。假如有一科分項成績未達門檻，無論總分有多高，都不合格。

新制測驗設定各分項成績門檻的目的，在於綜合評定學習者的日語能力，須符合以下 2 項條件才能判定為合格：①總分達合格分數（＝通過標準）以上；②各分項成績達各分項合格分數（＝通過門檻）以上。如有一科分項成績未達門檻，無論總分多高，也會判定為不合格。

N1~N3及N4、N5之分項成績有所不同，各級總分通過標準及各分項成績通過門檻如下所示：

級數	總分		分項成績					
			言語知識（文字・語彙・文法）		讀解		聽解	
	得分範圍	通過標準	得分範圍	通過門檻	得分範圍	通過門檻	得分範圍	通過門檻
N1	0～180分	100分	0～60分	19分	0～60分	19分	0～60分	19分
N2	0～180分	90分	0～60分	19分	0～60分	19分	0～60分	19分
N3	0～180分	95分	0～60分	19分	0～60分	19分	0～60分	19分

級數	總分		分項成績					
			言語知識（文字・語彙・文法）		讀解		聽解	
	得分範圍	通過標準	得分範圍	通過門檻	得分範圍	通過門檻	得分範圍	通過門檻
N4	0～180分	90分	0～120分	38分	0～60分	19分	0～60分	19分
N5	0～180分	80分	0～120分	38分	0～60分	19分	0～60分	19分

※上列通過標準自2010年第1回(7月)【N4、N5為2010年第2回(12月)】起適用。

缺考其中任一測驗科目者，即判定為不合格。寄發「合否結果通知書」時，含已應考之測驗科目在內，成績均不計分亦不告知。

4-4 測驗結果通知

依級數判定是否合格後，寄發「合否結果通知書」予應試者；合格者同時寄發「日本語能力認定書」。

■ N1, N2, N3

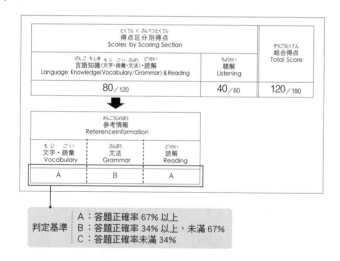

■ N4, N5

判定基準	A：答題正確率 67% 以上	
	B：答題正確率 34% 以上，未滿 67%	
	C：答題正確率未滿 34%	

※ 各節測驗如有一節缺考就不予計分，即判定為不合格。雖會寄發「合否結果通知書」但所有分項成績，含已出席科目在內，均不予計分。各欄成績以「＊」表示，如「＊＊／60」。

※ 所有科目皆缺席者，不寄發「合否結果通知書」。

二、新日本語能力試驗的考試內容

N5 題型分析

測驗科目 （測驗時間）			試題內容		
			題型	小題 題數 ＊	分析
語言知識 （25分）	文字、語彙	1	漢字讀音	◇ 7	測驗漢字語彙的讀音。
		2	假名漢字寫法	◇ 5	測驗平假名語彙的漢字及片假名的寫法。
		3	選擇文脈語彙	◇ 6	測驗根據文脈選擇適切語彙。
		4	替換類義詞	○ 3	測驗根據試題的語彙或說法，選擇類義詞或類義說法。
語言知識、讀解 （50分）	文法	1	文句的文法1 （文法形式判斷）	○ 9	測驗辨別哪種文法形式符合文句內容。
		2	文句的文法2 （文句組構）	◆ 4	測驗是否能夠組織文法正確且文義通順的句子。
		3	文章段落的 文法	◆ 4	測驗辨別該文句有無符合文脈。
	讀解＊	4	理解內容 （短文）	○ 2	於讀完包含學習、生活、工作相關話題或情境等，約80字左右的撰寫平易的文章段落之後，測驗是否能夠理解其內容。
		5	理解內容 （中文）	○ 2	於讀完包含以日常話題或情境為題材等，約250字左右的撰寫平易的文章段落之後，測驗是否能夠理解其內容。

	讀解 *	6	釐整資訊	◆	1	測驗是否能夠從介紹或通知等，約250字左右的撰寫資訊題材中，找出所需的訊息。
聽解（30分）		1	理解問題	◇	7	於聽取完整的會話段落之後，測驗是否能夠理解其內容（於聽完解決問題所需的具體訊息之後，測驗是否能夠理解應當採取的下一個適切步驟）。
		2	理解重點	◇	6	於聽取完整的會話段落之後，測驗是否能理解其內容（依據剛才已聽過的提示，測驗是否能夠抓住應當聽取的重點）。
		3	適切話語	◆	5	測驗一面看圖示，一面聽取情境說明時，是否能夠選擇適切的話語。
		4	即時應答	◆	6	測驗於聽完簡短的詢問之後，是否能夠選擇適切的應答。

＊「小題題數」為每次測驗的約略題數，與實際測驗時的題數可能未盡相同。此外，亦有可能會變更小題題數。

＊有時在「讀解」科目中，同一段文章可能會有數道小題。

資料來源：《日本語能力試驗JLPT官方網站：關於N4及N5的測驗時間、試題題數基準的變更》。2020年9月10日，取自：https://www.jlpt.jp/tw/topics/202009091599643004.html

JLPT

N5
主題單字

○ 活用主題單字
○ 生活日語小專欄

❶ 謝謝，太感謝了

（どうも）ありがとうございました

❷ （吃飯前的客套話）我就不客氣了

頂<ruby>頂<rt>いただ</rt></ruby>きます

❸ 歡迎光臨

いらっしゃい（ませ）

❹ 請多保重身體

（では）お<ruby>元気<rt>げんき</rt></ruby>で

❺ 麻煩，請；請多多指教

お<ruby>願<rt>ねが</rt></ruby>いします

❻ （早晨見面時）早安，您早

おはようございます

❼ 晚安

お<ruby>休<rt>やす</rt></ruby>みなさい

❽ 多謝您的款待，我已經吃飽了

<ruby>御馳走様<rt>ごちそうさま</rt></ruby>（でした）

❾ 哪兒的話，不敢當

こちらこそ

❿ 有人在嗎

<ruby>御免<rt>ごめん</rt></ruby>ください

⓫ 對不起

<ruby>御免<rt>ごめん</rt></ruby>なさい

⓬ 你好，日安

<ruby>今日<rt>こんにち</rt></ruby>は

⓭ 晚安你好，晚上好

<ruby>今晩<rt>こんばん</rt></ruby>は

⓮ 再見，再會；告別

さよなら／さようなら

⓯ 請原諒，失禮了

<ruby>失礼<rt>しつれい</rt></ruby>しました

⓰ 告辭，再見，對不起

<ruby>失礼<rt>しつれい</rt></ruby>します

⓱ 對不起，抱歉；謝謝

すみません

⓲ 那麼，再見

では、また

⑲ 沒關係，不用客氣，算不了什麼

どういたしまして

⑳ 請多指教

どうぞよろしく

㉑ 初次見面，你好

はじ
初めまして

㉒ 指教，關照

（どうぞ）よろしく

數字（一） **2**
Track1-02

❶ 零；沒有

れい
ゼロ／零

❷ 一；第一

いち
一

❸ 二；兩個

に
二

❹ 三；三個

さん
三

❺ 四；四個

し　よん
四／四

❻ 五；五個

ご
五

❼ 六；六個

ろく
六

❽ 七；七個

しち　なな
七／七

❾ 八；八個

はち
八

❿ 九；九個

きゅう　く
九／九

⓫ 十；第十

じゅう
十

⓬ 一百；一百歲

ひゃく
百

⓭ （一）千；
形容數量之多

せん
千

⓮ 萬

まん
万

小專欄 「挨拶」（寒暄、問候）一詞是怎麼來的呢？

　　唐、宋時期的禪宗和尚們，為了悟道以一問一答的方式來進行，這就叫「挨拶」。佛教經中國傳入日本以後，「挨拶」一詞就在日本紮根了。

　　「挨拶」的意思後來轉變成，為了表示對他人的尊敬和愛戴而表現出的動作、語言、文章等，也就是為了建立人與人之間的親和關係，而進行的重要社交行為之一。

　　例如日本人在吃飯前後都要説一句「いただきます」（承蒙款待）和「ごちそうさま」（多謝款待），這些話不是只有感謝主人為自己辛苦地張羅食材，也是對大自然的恩惠，及所有付出勞動的人所表示的謝意。

そつ？

そつ、そう。

數字(二) 3
Track1-03

❶ 一個；一歲
ひと
一つ

❷ 兩個；兩歲
ふた
二つ

❸ 三個；三歲
みっ
三つ

❹ 四個；四歲
よっ
四つ

❺ 五個；五歲
いつ
五つ

❻ 六個；六歲
むっ
六つ

❼ 七個；七歲
なな
七つ

❽ 八個；八歲
やっ
八つ

❾ 九個；九歲
ここの
九つ

❿ 十個；十歲
とお
十

⓫ 幾個；幾歲
いく
幾つ

⓬ 二十歲
は た ち
二十歲

星期 4
Track1-04

❶ 星期日
にちよう び
日曜日

❷ 星期一
げつよう び
月曜日

❸ 星期二
か よう び
火曜日

❹ 星期三
すいよう び
水曜日

❺ 星期四
もくよう び
木曜日

❻ 星期五
きんよう び
金曜日

❼ 星期六
ど よう び
土曜日

❽ 上個星期，上週
せんしゅう
先週

❾ 這個星期，本週
こんしゅう
今週

❿ 下星期
らいしゅう
来週

⓫ 每個星期，
每個禮拜
まいしゅう
毎週

⓬ …週，…星期
しゅうかん
〜週間

⓭ 生日
たんじょう び
誕生日

日期 ⑤

Track 1-05

❶ 一號，初一 ついたち **一日**	❷ 二號；兩天 ふつか **二日**

三號；三天 みっか **三日**	❹ 四號；四天 よっか **四日**	❺ 五號；五天 いつか **五日**	❻ 六號；六天 むいか **六日**

七號；七天 なのか **七日**	❽ 八號；八天 ようか **八日**	❾ 九號；九天 ここのか **九日**	❿ 十號；十天 とおか **十日**

二十號；二十天 はつか **二十日**	⑫ 一天；一整天 いちにち **一日**	⑬ 日曆；全年記事表 **カレンダー**

小專欄　　「曜日」的排序？

　　為什麼日文星期的排序是「月、火、水、木、金、土、日」呢？其實起源是來自古希臘的天文學家托勒密提出的「天動説」的「角速度」這一觀點。

　　這一學説提出每小時天體與地球距離由遠至進的排序，其實就是我們現在所看到的日文星期的排序喔！右表是每個「曜日」與對應的行星。

そつ？
そつ、そう。

曜日	對應行星
日	太陽
月	月亮
火	火星
水	水星
木	木星
金	金星
土	土星

顔色
Track1-06

① 藍色的；綠的
あお
青い

② 紅色的
あか
赤い

③ 黃色，黃色的
き いろ
黄色い

④ 黑色的；黑暗
くろ
黒い

⑤ 白色的；潔白
しろ
白い

⑥ 茶色
ちゃいろ
茶色

⑦ 綠色
みどり
緑

⑧ 顏色，彩色
いろ
色

量詞 **7**
Track1-07

① …樓，層
かい
～階

② …回，次數
かい
～回

③ …個
こ
～個

④ …歲
さい
～歲

⑤ …本，…冊
さつ
～冊

⑥ …輛，…架
だい
～台

⑦ …人
にん
～人

⑧ …杯
はい
～杯

⑨ 第…，…號
ばん
～番

⑩ …頭，…隻
ひき
～匹

⑪ …頁
ページ

⑫ …瓶，…條
ほん
～本

⑬ …張，…片
まい
～枚

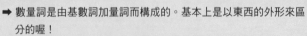

小專欄 數量詞

➡ 數量詞是由基數詞加量詞而構成的。基本上是以東西的外形來區
分的喔！

1. 數細長的物品，用「本」。例：「一本」（一根、一支、一瓶）
ほん　　　　　　　　　いっぽん

2. 數扁薄的物品，用「枚」。例：「二枚」（兩張、兩盤、兩片、
まい　　　　　　　　　に まい
　兩塊、兩件）

3. 數魚、蟲等，用「匹」。例：「三匹」（3條、3匹、3隻）
ひき　　　　　　　　　さんびき

找找看，主題 7 的量詞都在這間餐廳裡喔！

❶ 頭；頂 あたま **頭**	❷ 臉；顏面 かお **顔**		
❸ 耳朵 みみ **耳**	❹ 眼睛；眼珠 め **目**	❺ 鼻子 はな **鼻**	❻ 口，嘴巴 くち **口**
❼ 牙齒 は **歯**	❽ 手掌；胳膊 て **手**	❾ 肚子；腸胃 なか **お腹**	❿ 腿；腳 あし **足**
⓫ 身體；體格 からだ **体**	⓬ 身高，身材 せい **背**	⓭ 聲音，語音 こえ **声**	

我們身體部位的日文怎麼說呢？主題 1 的單字都在下圖中喔！

家族（一） 2

Track 1-09

❶ 祖父；老爺爺
じ い
お祖父さん

❷ 祖母；老婆婆
ば あ
お祖母さん

❸ 父親；令尊
とう
お父さん

❹ 家父，爸爸
ちち
父

❺ 母親；令堂
かあ
お母さん

❻ 家母，媽媽
はは
母

❼ 哥哥
にい
お兄さん

❽ 家兄；姐夫
あに
兄

❾ 姉姉
ねえ
お姉さん

❿ 家姉；嫂子
あね
姉

⓫ 弟弟
おとうと
弟

⓬ 妹妹
いもうと
妹

⓭ 伯伯，叔叔
お じ　　　　　　　お じ
伯父さん／叔父さん

⓮ 嬸嬸，舅媽
お ば　　　　　　　お ば
伯母さん／叔母さん

家人團聚在一起是最幸福的時光了！用主題 2 的單字來練練家人的講法吧！

家族（二） 3

① 父母，雙親
りょうしん
両親

② 兄弟；兄弟姊妹
きょうだい
兄弟

③ 家人，家庭
か ぞく
家族

④ 您的先生，您的丈夫
しゅじん
ご主人

⑤ 太太，尊夫人
おく
奥さん

⑥ 自己，本人
じ ぶん
自分

⑦ 一人；單獨一個人
ひ と り
一人

⑧ 兩個人，兩人
ふ た り
二人

⑨ 大家，各位
みな
皆さん

⑩ 一起；一齊
いっしょ
一緒

⑪ 眾多（人）；
（人數）很多
おおぜい
大勢

人物的稱呼 4

① 您；老公
あなた
貴方

② 我
わたし
私

③ 男性，男人
おとこ
男

④ 女人，女性
おんな
女

⑤ 男孩子；
年輕小伙子
おとこ こ
男の子

⑥ 女孩子；少女
おんな こ
女の子

⑦ 大人，成人
お と な
大人

⑧ 自己的兒女；小孩
こ
子ども

⑨ 外國人
がいこくじん
外国人

⑩ 朋友，友人
ともだち
友達

⑪ 人，人類
ひと
人

⑫ 位，人
かた
方

⑬ 們，各位
がた
方

⑭ …先生，…小姐
さん

清新的大自然 [5]

Track1-12

① 天空；天氣
そら
空

② 山；一大堆
やま
山

③ 河川，河流
かわ　かわ
川／河

④ 海，海洋
うみ
海

⑤ 岩石
いわ
岩

⑥ 樹；木材
き
木

⑦ 鳥；雞
とり
鳥

⑧ 狗
いぬ
犬

⑨ 貓
ねこ
猫

⑩ 花
はな
花

⑪ 魚
さかな
魚

⑫ 動物
どうぶつ
動物

春暖花開，大地回春，主題 5 的單字都在圖裡，您唸對了嗎？

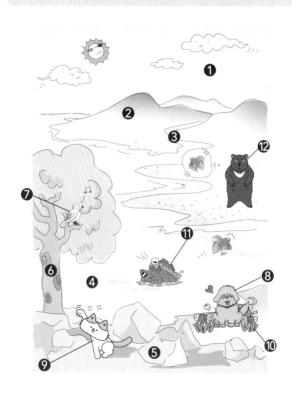

季節氣象

Track 1-13 **6**

❶ 春天，春季 はる **春**	❷ 夏天，夏季 なつ **夏**
❸ 秋天，秋季 あき **秋**	❹ 冬天，冬季 ふゆ **冬**

❸ 秋天，秋季 あき **秋**	❹ 冬天，冬季 ふゆ **冬**	❺ 風 かぜ **風**	❻ 雨 あめ **雨**
❼ 雪 ゆき **雪**	❽ 天氣；晴天 てん き **天気**	❾ （天氣）熱，炎熱 あつ **暑い**	❿ （天氣）寒冷 さむ **寒い**
⓫ 涼爽，涼爽 すず **涼しい**	⓬ 變陰；模糊不清 くも **曇る**	⓭ （雨，雪）停止， 放晴 は **晴れる**	

小專欄　氣象小補充

は　　　　くも 晴れのち曇り	晴時多雲	たいふう 台風	颱風
くも　ときどきあめ 曇り時々雨	多雲偶陣雨	たつまき 竜巻	龍捲風
てん き あめ 天気雨	太陽雨	こ ゆき 小雪	小雪
こ さめ 小雨	小雨	おおゆき 大雪	大雪
おおあめ 大雨	豪雨	ふ ぶき 吹雪	暴風雪

そつ？

そつ、そう。

每個季節都很迷人，您最喜歡什麼季節呢？主題 6 的單字都在下圖喔！

大家要注意保暖唷！

身邊的物品 **1**
Track 1-14

① 皮包，提包
かばん
鞄

② 帽子
ぼうし
帽子

③ 領帶
ネクタイ

④ 手帕
ハンカチ

⑤ 眼鏡
め がね
眼鏡

⑥ 錢包
さい ふ
財布

⑦ 香煙；煙草
た ば こ
煙草

⑧ 煙灰缸
はいざら
灰皿

⑨ 火柴；火柴盒
マッチ

⑩ 拖鞋
スリッパ

⑪ 鞋子
くつ
靴

⑫ 盒子，箱子
はこ
箱

⑬ 襪子
くつした
靴下

啊呀！房間的地上擺滿了各式各樣戰利品，您記得主題 1 的單字了嗎？

衣服

2

Track 1-15

❶ 西裝（男）
せびろ
背広

❷ 襯衫
ワイシャツ

❸ 口袋，衣袋
ポケット

❹ 衣服
ふく
服

❺ 上衣，外衣
うわぎ
上着

❻ 襯衫
シャツ

❼ 外套；西裝上衣
コート

❽ 西服，西裝
ようふく
洋服

❾ 西裝褲；褲子
ズボン

❿ 鈕釦；按鍵
ボタン

⓫ 毛衣
セーター

⓬ 裙子
スカート

⓭ 物品，東西
もの
物

小女孩就是喜歡偷穿媽媽的衣服，快教她主題 2 的單字吧！

食物（一）　Track 1-16　3

❶ 米飯；餐 ご飯 はん	❷ 早餐 朝御飯 あさ ご はん

❸ 午餐 昼ご飯 ひる はん	❹ 晩餐 晩ご飯 ばん はん	❺ 晩飯 夕飯 ゆうはん	❻ 食物，吃的東西 食べ物 た もの

| ❼ 飲料
飲み物
の もの | ❽ 便當
お弁当
べんとう | ❾ 點心，糕點
お菓子
か し | ❿ 菜餚；烹調
料理
りょう り |

| ⓫ 餐廳，飯館
食堂
しょく どう | ⓬ 買東西；
要買的東西
買い物
か もの | ⓭ 集會，宴會
パーティー |

食物（二）　Track 1-17　4

❶ 咖啡 コーヒー	❷ 牛奶 牛乳 ぎゅうにゅう

| ❸ 酒；清酒
お酒
さけ | ❹ 肉
肉
にく | ❺ 雞肉；鳥肉
鳥肉
とりにく | ❻ 水
水
みず |

| ❼ 牛肉
牛肉
ぎゅう にく | ❽ 豬肉
豚肉
ぶたにく | ❾ 茶；茶道
お茶
ちゃ | ❿ 麵包
パン |

| ⓫ 蔬菜，青菜
野菜
や さい | ⓬ 蛋
卵
たまご | ⓭ 水果，鮮果
果物
くだもの |

044

夢裡的每樣食物看起來都好好吃，您是否把主題 4 的單字都背起來了呢？

恩哪恩哪吃不下了啦～

器皿跟調味料 5
Track 1-18

① 奶油
バター

② 醬油
醬油（しょうゆ）

③ 鹽；鹹度
塩（しお）

④ 砂糖
砂糖（さとう）

⑤ 湯匙
スプーン

⑥ 叉子，餐叉
フォーク

⑦ 刀子，餐刀
ナイフ

⑧ 盤子
お皿（さら）

⑨ 茶杯，飯碗
茶碗（ちゃわん）

⑩ 玻璃杯
グラス

⑪ 筷子，箸
箸（はし）

⑫ 杯子，茶杯
コップ

⑬ 杯子；
（有把）茶杯
カップ

去餐廳吃飯時，記得把主題 5 的單字都背起來再去喔！

嗝～

咕嚕～

晚餐呢？

046

住家

Track 1-19

❶ 房子；家 いえ **家**	❷ 家；房子 うち **家**

❸ 庭院，院子 にわ **庭**	❹ 鑰匙；關鍵 かぎ **鍵**	❺ 游泳池 **プール**	❻ 公寓 **アパート**

❼ 池塘；水池 いけ **池**	❽ （前後推開的）門 **ドア**	❾ 門，大門 もん **門**	❿ （左右拉開的） 門；窗戶 と **戶**

⓫ 入口，門口 い ぐち **入り口**	⓬ 出口 で ぐち **出口**	⓭ 地點 ところ **所**

在家附近閒逛，也要練習單字。來背背主題 6 的單字吧！

① 桌子，書桌
つくえ
机

② 椅子
い す
椅子

③ 房間；屋子
へ や
部屋

④ 窗戶
まど
窓

⑤ 床，床鋪
ベッド

⑥ 淋浴；驟雨
シャワー

⑦ 廁所，盥洗室
トイレ

⑧ 廚房
だいどころ
台所

⑨ 前門，玄關
げんかん
玄関

⑩ 樓梯，階梯
かいだん
階段

⑪ 廁所，洗手間
て あら
お手洗い

⑫ 浴缸；洗澡
ふ ろ
風呂

歡迎來到我家！您能背出主題 7 的單字嗎？

家電家具 8

Track 1-21

① 電力；電燈
でんき
電気

② 鐘錶，手錶
とけい
時計

③ 電話；打電話
でんわ
電話

④ 書架，書櫃
ほんだな
本棚

⑤ 錄放音機
ラジカセ

⑥ 冰箱，冷藏室
れいぞうこ
冷蔵庫

⑦ 花瓶
かびん
花瓶

⑧ 桌子；餐桌
テーブル

⑨ 磁帶錄音機
テープレコーダー

⑩ 電視
テレビ

⑪ 收音機；無線電
ラジオ

⑫ 香皂，肥皂
せっけん
石鹸

⑬ 火爐，暖爐
ストーブ

天啊！5 折大拍賣！快背出所有主題 8 的單字。好來搶個便宜喔！

交通工具 9

Track 1-22

① 橋樑 はし **橋**	② 地下鐵 ち か てつ **地下鉄**
③ 飛機 ひ こう き **飛行機**	④ 十字路口 こう さ てん **交差点**	⑤ 計程車 **タクシー**	⑥ 電車 でん しゃ **電車**
⑦ （鐵路的）車站 えき **駅**	⑧ 車子的總稱，汽車 くるま **車**	⑨ 車，汽車 じ どうしゃ **自動車**	⑩ 腳踏車 じ てんしゃ **自転車**
⑪ 巴士，公車 **バス**	⑫ 電梯，升降機 **エレベーター**	⑬ 城鎮；街道 まち **町**	⑭ 路，道路 みち **道**

要怎麼坐車才會最快到達目的地呢？快利用主題 9 的單字達到終點吧！

建築物

Track 1-23

❶ 商店，店鋪 みせ **店**	**❷** 電影院 えい が かん **映画館**
❸ 醫院 びょういん **病院**	**❹** 大使館 たい し かん **大使館**
❺ 咖啡店 きっ さ てん **喫茶店**	**❻** 西餐廳 **レストラン**
❼ 建築物，房屋 たてもの **建物**	**❽** 百貨公司 **デパート**
❾ 蔬果店，菜舖 や お や **八百屋**	**❿** 公園 こうえん **公園**
⓫ 銀行 ぎんこう **銀行**	**⓬** 郵局 ゆうびんきょく **郵便局**
⓭ （西式）飯店，旅館 **ホテル**	

去旅行的時候怎麼問路呢？先把主題 10 的日文單字背起來吧！

❶ 電影
えいが
映画

❷ 音樂
おんがく
音楽

❸ 唱片，黑膠唱片
レコード

❹ 膠布；錄音帶
テープ

❺ 吉他
ギター

❻ 歌曲
うた
歌

❼ 圖畫，繪畫
え
絵

❽ 照相機；攝影機
カメラ

❾ 照片
しゃしん
写真

❿ 底片；影片
フィルム

⓫ 外國，外洋
がいこく
外国

⓬ 國家；國土
くに
国

⓭ 行李，貨物
にもつ
荷物

學校
Track 1-25
12

❶ 語言，詞語
ことば
言葉

❷ 英語，英文
えいご
英語

❸ 學校
がっこう
学校

❹ 大學
だいがく
大学

❺ 教室；研究室
きょうしつ
教室

❻ 階級；班級
クラス

❼ 上課，教課
じゅぎょう
授業

❽ 圖書館
としょかん
図書館

❾ 新聞，消息
ニュース

❿ 說話，講話
はなし
話

⓫ 生病，疾病
びょうき
病気

⓬ 感冒，傷風
かぜ
風邪

⓭ 藥，藥品
くすり
薬

學習

Track 1-26

13

❶ 問題；事項
もんだい
問題

❷ 作業，家庭作業
しゅくだい
宿題

❸ 考試，試驗
テスト

❹ 意思，含意
いみ
意味

❺ 名字，名稱
なまえ
名前

❻ 號碼，號數
ばんごう
番号

❼ 片假名
かたかな
片仮名

❽ 平假名
ひらがな
平仮名

❾ 漢字
かんじ
漢字

❿ 作文
さくぶん
作文

⓫ 留學生
りゅうがくせい
留学生

⓬ 暑假
なつやす
夏休み

⓭ 休息；休假
やす
休み

小專欄

什麼是「和製漢字」呢？

　　就是由日本人獨創的漢字。這些字雖然在我們的國字裡是找不到的，但，看起來是不是有似曾相識的感覺呢？那是因為日本人是根據中國的造字法而自創的「會意」或「形聲」漢字。由於寫法及意思都跟中國漢字的部首關係密切。所以只要聯想漢字跟我們國字的意思，就能記住這些單字啦！例如：

・働く（工作）：「人」在「動」就是工作、勞動。
　はたら

・辻（十字路口）：「十」是十字，「辶」是走。走到十字路，就
　つじ
　是十字路口了。

・畑（旱田）：「火」是旱的意思，火田就是旱田了。
　はたけ

・峠（山頂）：從「下」往「上」爬「山」，這樣一直爬就是山頂了。
　とうげ

っ？
そっ，そう。

什麼是「外來語」呢？

　　外來語就是從外國借來的詞彙。主要指完全或部分音譯的詞彙喔！
例如：カメラ【camera】相機、テスト【test】考試、ニュース【news】
新聞…等。

文具用品 **14**

Track 1-27

❶ 錢，貨幣 かね **お金**	**❷** 原子筆，鋼珠筆 **ボールペン**	
❸ 鋼筆 まんねんひつ **万年筆**	**❹** 拷貝，複製，副本 **コピー**	**❺** 字典，辭典 じびき **字引**	**❻** 筆，原子筆，鋼筆 **ペン**
❼ 報紙 しんぶん **新聞**	**❽** 書，書籍 ほん **本**	**❾** 筆記本；備忘錄 **ノート**	**❿** 鉛筆 えんぴつ **鉛筆**
⓫ 字典，辭典 じしょ **辞書**	**⓬** 雜誌，期刊 ざっし **雑誌**	**⓭** 紙 かみ **紙**	

您知道這些我們常用的文具用品日文怎麼說嗎？來背背看主題 14 的單字吧！

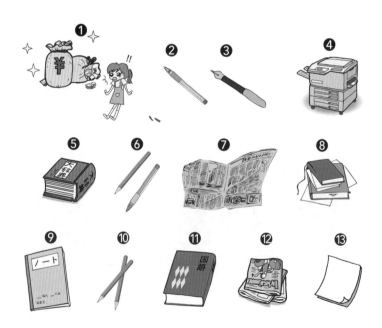

工作及郵局 15

Track 1-28

① （中學、高中）學生
せいと
生徒

② 老師；醫生
せんせい
先生

③ 學生
がくせい
学生

④ 醫生，大夫
いしゃ
医者

⑤ 警察，巡警
まわ
お巡りさん

⑥ 公司；商社
かいしゃ
会社

⑦ 工作；職業
しごと
仕事

⑧ 警官，警察
けいかん
警官

⑨ 明信片
はがき
葉書

⑩ 郵票
きって
切手

⑪ 信，書信
てがみ
手紙

⑫ 信封，封套
ふうとう
封筒

⑬ 票，車票
きっぷ
切符

⑭ 郵筒，信箱
ポスト

您知道下面這些職業跟物品日文怎麼說嗎？快來練練看主題 15 的單字吧！

❶
❷
❸
❹

❺
❻ ❼
❽
❾
❿

⓫
⓬
⓭
⓮

❶ 東方，東邊
ひがし
東

❷ 西方，西邊
にし
西

❸ 南方，南邊
みなみ
南

❹ 北方，北邊
きた
北

❺ 上面；年紀大
うえ
上

❻ 下面；年紀小
した
下

❼ 左邊，左手
ひだり
左

❽ 右邊，右手
みぎ
右

❾ 外面；戶外
そと
外

❿ 裡面，內部
なか
中

⓫ 前，前面
まえ
前

⓬ 後面；背地裡
うし
後ろ

⓭ 對面；另一側
む
向こう

前面學過了各種建築的名稱，再接著背主題 16 的單字，問路就沒問題了！

位置、距離、重量等

Track 1-30

❶ 鄰居；隔壁
となり
隣

❷ 旁邊；附近
そば　そば
側／傍

❸ 寬；旁邊
よこ
横

❹ 角；角落
かど
角

❺ 近旁；近期
ちか
近く

❻ 附近；程度
へん
辺

❼ 早；前端
さき
先

❽ 千克，公斤
キロ（グラム）

❾ 公克
グラム

❿ 一千公尺，一公里
キロ（メートル）

⓫ 公尺，米
メートル

⓬ 一半，二分之一
はんぶん
半分

⓭ 下次；其次
つぎ
次

⓮ 多少
（錢，數量等）
いく
幾ら

哇！池塘裡好多蝌蚪，還記得主題 17 的單字嗎？快來練習看看！

おさきに
どうぞ

50キロ

100 グラム

10キロ走った

100メートル泳いだ

はんぶん食べた

¥ ?

意思相對的

① 熱的；熱心
あつ
熱い

② 冷的；冷淡
つめ
冷たい

③ 新的；新鮮的
あたら
新しい

④ 以往；老舊
ふる
古い

⑤ 厚；(感情) 深厚
あつ
厚い

⑥ 薄；待人冷淡
うす
薄い

⑦ 甜的；甜蜜的
あま
甘い

⑧ 辛辣；鹹的
から　　から
辛い／鹹い

⑨ 良好；可以
い　　　よ
良い／良い

⑩ 不好；錯誤
わる
悪い

⑪ 忙，忙碌
いそが
忙しい

⑫ 時間；暇餘
ひま
暇

⑬ 厭惡，不喜歡
きら
嫌い

⑭ 喜好；愛
す
好き

⑮ 美味的，好吃的
お　い
美味しい

⑯ 不好吃，難吃
まず
不味い

⑰ 多，多的
おお
多い

⑱ 少，不多
すく
少ない

⑲ 巨大；廣大
おお
大きい

⑳ 小的；微少
ちい
小さい

㉑ 重，沉重
おも
重い

㉒ 輕巧的；輕微的
かる
軽い

㉓ 好玩；新奇
おもしろ
面白い

㉔ 無趣；無意義
つまらない

㉕ 骯髒；雜亂無章
きたな
汚い

㉖ 漂亮；整潔
きれい
綺麗

㉗ 靜止；平靜
しず
静か

㉘ 繁華；有說有笑
にぎ
賑やか

㉙ 擅長，高明
じょうず
上手

㉚ 不擅長，笨拙
へた
下手

㉛ 狹窄，狹隘
せま
狭い

㉜ 廣闊；廣泛
ひろ
広い

㉝ 貴；高的
たか
高い

㉞ 低矮；卑微
ひく
低い

近；相似
ちか
近い

㊱ 遠；久遠
とお
遠い

㊲ 強壯；堅強
つよ
強い

㊳ 弱的；不擅長
よわ
弱い

長久，長遠
なが
長い

㊵ 短少；近
みじか
短い

㊶ 粗，肥胖
ふと
太い

㊷ 細小；狹窄
ほそ
細い

困難；麻煩
むずか
難しい

㊹ 簡單，容易
やさしい

㊺ 明亮；鮮明
あか
明るい

㊻ 黑暗；發暗
くら
暗い

快速
はや
速い

㊽ 遲緩；
（時間上）遲緩；
おそ
遅い

其他形容詞 ②

Track 1-32

❶ 溫暖的；親切的
あたた　　あたた
暖かい／温かい

❷ 危險；危急
あぶ
危ない

❸ 疼痛；痛苦
いた
痛い

❹ 可愛，討人喜愛
かわ　い
可愛い

❺ 快樂，愉快
たの
楽しい

❻ 沒有；無
な
無い

❼ 迅速，早
はや
早い

❽ 圓形，球形
まる　　　まる
丸い／円い

❾ 便宜
やす
安い

❿ 年輕，有朝氣
わか
若い

小專欄　「同音異字」

「同音異字」：讀音相同但寫法不同的字，字義有可能不同。例：

字彙	讀音	中譯	相反詞	例
熱い		熱的、燙的	つめ 冷たい	あつ 熱いスープ／熱湯
暑い	あつい	（天氣）炎熱的	さむ 寒い	なつ　あつ 夏は暑い／夏天很熱
厚い		厚的	うす 薄い	あつ 厚いコート／厚大衣

そつ？
そつ、そう。

其他形容動詞 **3**

Track 1-33

❶ 不喜歡；厭煩
いや
嫌

❷ 各式各樣，
形形色色
いろいろ
色々

❸ 相同的；同一個
おな
同じ

❹ 足夠；
（表示否定）不要
けっこう
結構

❺ 精神；健康
げんき
元気

❻ 健康；堅固
じょうぶ
丈夫

❼ 牢固；沒問題
だいじょうぶ
大丈夫

❽ 非常喜歡，最喜好
だいす
大好き

❾ 重要；心愛
たいせつ
大切

❿ 重大，嚴重
たいへん
大変

⓫ 方便，便利
べんり
便利

⓬ 真正
ほんとう
本当

⓭ 有名，著名
ゆうめい
有名

⓮ 出色；美觀
りっぱ
立派

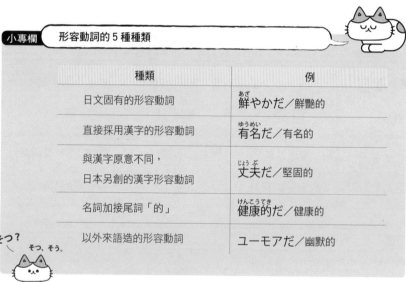

小專欄 形容動詞的 5 種種類

種類	例
日文固有的形容動詞	鮮やかだ／鮮艷的
直接採用漢字的形容動詞	有名だ／有名的
與漢字原意不同，日本另創的漢字形容動詞	丈夫だ／堅固的
名詞加接尾詞「的」	健康的だ／健康的
以外來語造的形容動詞	ユーモアだ／幽默的

そつ？
そつ、そう。

意思相對的

Track 1-34

① 飛行，飛翔
と
飛ぶ

② 走路，步行
ある
歩く

③ 放入；送進
い
入れる

④ 取出；伸出
だ
出す

⑤ 去往；離去
い ゆ
行く／行く

⑥ 來，到來
く
来る

⑦ 販賣；出賣
う
売る

⑧ 購買
か
買う

⑨ 推擠；按壓
お
押す

⑩ 拖；翻查
ひ
引く

⑪ 降落；（從車，船等）下來
お
降りる

⑫ 騎乘；登上
の
乗る

⑬ 借出；出租
か
貸す

⑭ 借（進來）；租借
か
借りる

⑮ 坐，跪坐
すわ
座る

⑯ 站立；升
た
立つ

⑰ 吃，喝
た
食べる

⑱ 喝，吞
の
飲む

⑲ 出門；要出去
で か
出掛ける

⑳ 回來；回歸
かえ
帰る

㉑ 出去，離開
で
出る

㉒ 進入，裝入
はい
入る

㉓ 立起來；起床
お
起きる

㉔ 睡覺；躺
ね
寝る

㉕ 脱去，摘掉
ぬ
脱ぐ

㉖ （穿）衣服
き
着る

㉗ 休息；就寢
やす
休む

㉘ 工作，勞動
はたら
働く

㉙ 出生；出現
う
生まれる

㉚ 死亡；停止活動
し
死ぬ

㉛ 記住；學會
おぼ
覚える

㉜ 忘記；忘懷
わす
忘れる

㉝ 指導；教訓
おし
教える

㉞ 學習，練習
なら
習う

（五）表示動作的動詞｜主題單字

あ

か

さ

た

は

㉟ 閱讀；唸
よ
読む

㊱ 書寫；作（畫）
か
書く

㊲ 明白；瞭解
わ
分かる

㊳ 感到傷腦筋；難受
こま
困る

㊴ 聽；聽說
き
聞く

㊵ 說；告訴（別人）
はな
話す

㊶ 繪製；描寫
か
描く

有自他動詞的

（為了方便記憶，他動詞的單字中譯前，多加入了「使」字。）Track1-35

❶（自）打開；開業
あ
開く

❷（他）使打開；使開始
あ
開ける

❸（自）掛上；覆蓋
か
掛かる

❹（他）使掛在；使戴上
か
掛ける

❺（自）熄滅；消失
き
消える

❻（他）使撲滅；使抹去
け
消す

❼（自）關閉
し
閉まる

❽（他）使關閉；使繫緊
し
閉める

❾（自）並排，對排
なら
並ぶ

❿（他）使排列；使擺放
なら
並べる

⓫（自）開始；發生
はじ
始まる

⓬（他）使開始，使創始
はじ
始める

小專欄 無相對應的自他動詞？

有些動詞是沒有相對應的自、他動詞喔！例：

類別	舉例
只有自動詞，無對應他	い 行く／去；ある 歩く／走
只有他動詞，無對應自	よ 読む／讀；おく 送る／寄送
自動詞和他動詞同形	ともな 伴う／伴隨；むす 結ぶ／結合

下圖就是要讓您把主題 2 的自他動詞，一次弄懂！

❶

❷

❸

❹ 釘子呢？

❺

❻

❼

Note Book 不看了

❽

❾

嘿咻

❿

⓫

要開始上課了

開始上課吧

⓬

する動詞

Track 1-36

❶ 做，進行
する

❷ 洗衣服，清洗
洗濯<rt>せんたく</rt>・する

❸ 打掃，清掃
掃除<rt>そうじ</rt>・する

❹ 旅行，旅遊
旅行<rt>りょこう</rt>・する

❺ 散步，隨便走走
散歩<rt>さんぽ</rt>・する

❻ 努力學習，唸書
勉強<rt>べんきょう</rt>・する

❼ 練習，反覆學習
練習<rt>れんしゅう</rt>・する

❽ 結婚
結婚<rt>けっこん</rt>・する

❾ 提問，問題
質問<rt>しつもん</rt>・する

其他動詞

Track 1-37

❶ 見面，遇見
会<rt>あ</rt>う

❷ 送給；舉起
上<rt>あ</rt>げる/挙<rt>あ</rt>げる

❸ 遊玩；遊覽
遊<rt>あそ</rt>ぶ

❹ 淋；曬
浴<rt>あ</rt>びる

❺ 清洗；（徹底）調査
洗<rt>あら</rt>う

❻ 在，存在
在<rt>あ</rt>る

❼ 持有，具有
有<rt>あ</rt>る

❽ 說；講話
言<rt>い</rt>う

❾ 有；居住
居<rt>い</rt>る

❿ 需要，必要
要<rt>い</rt>る

⓫ 唱歌；歌頌
歌<rt>うた</rt>う

⓬ 放置；降
置<rt>お</rt>く

⓭ 游泳；穿過
泳<rt>およ</rt>ぐ

⓮ 完畢，結束
終<rt>お</rt>わる

⓯ 歸還；送回（原處）
返<rt>かえ</rt>す

⓰ 打電話
掛<rt>か</rt>ける

⓱ 戴（帽子等）；蓋（被子）
被<rt>かぶ</rt>る

⓲ 裁剪；切傷
切<rt>き</rt>る

⓳ 請給（我）；請…
下<rt>くだ</rt>さい

⓴ 回答，解答
答<rt>こた</rt>える

㉑ 開（花）
咲<rt>さ</rt>く

㉒ 撐（傘等）；插
差<rt>さ</rt>す

勒緊；繫著
し
締める

㉔ 得知；理解
し
知る

㉕ 吸；啜
す
吸う

㉖ 居住；棲息
す
住む

請求；委託
たの
頼む

㉘ 差異；錯誤
ちが
違う

㉙ 使用；雇傭
つか
使う

㉚ 疲倦，疲勞
つか
疲れる

到達；寄到
つ
着く

㉜ 做；創造
つく
作る

㉝ 點燃；
扭開（開關）
つ
点ける

㉞ 工作；任職
つと
勤める

辦得到；做好
で き
出来る

㊱ 停止；停頓
と
止まる

㊲ 拿取；摘
と
取る

㊳ 拍照，拍攝
と
撮る

叫，鳴
な
鳴く

㊵ 喪失
な
無くす

㊶ 成為；當（上）
な
為る

㊷ 登；攀登（山）
のぼ
登る

穿（鞋，襪；
褲子等）
は　　　　は
履く／穿く

㊹ 奔跑；行駛
はし
走る

㊺ 貼上，黏上
は
貼る

㊻ 彈奏，彈撥
ひ
弾く

（風）刮；吹氣
ふ
吹く

㊽ 落，降
（雨，雪，霜等）
ふ
降る

㊾ 彎曲；拐彎
ま
曲がる

㊿ 等待；期待
ま
待つ

擦亮；研磨
みが
磨く

㋕ 讓…看；表示
み
見せる

㋖ 觀看；照料
み
見る

㋗ 稱；說
もう
申す

拿，攜帶
も
持つ

㋚ 做；送去
やる

㋛ 呼叫；喚來
よ
呼ぶ

㋜ 交給，交付
わた
渡す

過（河）；
（從海外）渡來
わた
渡る

時候
Track 1-38

❶ 前天
おととい
一昨日

❷ 昨天；近來
きのう
昨日

❸ 今天
きょう
今日

❹ 現在；馬上
いま
今

❺ 明天
あした
明日

❻ 後天
あさって
明後日

❼ 每天，天天
まいにち
毎日

❽ 早上，早晨
あさ
朝

❾ 今天早上
けさ
今朝

❿ 每天早上
まいあさ
毎朝

⓫ 中午；午飯
ひる
昼

⓬ 上午，午前
ごぜん
午前

⓭ 下午，午後
ごご
午後

⓮ 傍晚
ゆうがた
夕方

⓯ 晚，晚上
ばん
晩

⓰ 晚上，夜裡
よる
夜

⓱ 昨天晚上，昨夜
ゆう
夕べ

⓲ 今天晚上，今夜
こんばん
今晩

⓳ 每天晚上
まいばん
毎晩

⓴ （時間）以後；
（地點）後面
あと
後

㉑ 開始；起因
はじ
初め（に）

㉒ 時間；時刻
じかん
時間

㉓ …小時，…點鐘
じかん
〜時間

㉔ 幾時；平時
いつ
何時

年、月份
Track 1-39

❶ 上個月
せんげつ
先月

❷ 這個月
こんげつ
今月

❸ 下個月
らいげつ
来月

❹ 每個月
まいげつ　まいつき
毎月／毎月

❺ 一個月
ひとつき
一月

❻ 前年
おととし
一昨年

066

去年 きょねん **去年**	⑧ 今年 こ とし **今年**	⑨ 明年 らいねん **来年**	⑩ 後年 さ らいねん **再来年**
每年 まいねん　まいとし **毎年／毎年**	⑫ 年；年紀 とし **年**	⑬ 時 とき **〜時**	

代名詞

Track1-40

① 這個；此時 **これ**	② 那個；那時 **それ**
那個；那時 **あれ**	④ 哪個 **どれ**	⑤ 這裡； （表程度，場面）此 **ここ**	⑥ 那兒，那邊 **そこ**
那邊 **あそこ**	⑧ 何處，哪裡 **どこ**	⑨ 這邊；這位 **こちら**	⑩ 那裡；那位 **そちら**
那裡；那位 **あちら**	⑫ 哪裡，哪位 **どちら**	⑬ 這…，這個… **この**	⑭ 那…，那個… **その**
那裡，哪個 **あの**	⑯ 哪個，哪… **どの**	⑰ 這樣的，這種的 **こんな**	⑱ 什麼樣的； 不拘什麼樣的 **どんな**
誰，哪位 だれ **誰**	⑳ 誰啊 だれ **誰か**	㉑ 哪位，誰 **どなた**	㉒ 什麼；表示驚訝 なに　なん **何／何**

感嘆詞及接續詞 **4**

Track 1-41

❶ （表示驚訝等）
啊；哦
ああ

❷ 喂；嗯（招呼人時，說話
躊躇或不能馬上說出下文時）
あのう

❸ （用於否定）不是，沒有
いいえ

❹ （用降調表示肯定）是的；
（用升調表示驚訝）哎呀
ええ／ええ

❺ （表示勸誘，催促）來；
表遲疑的聲音
さあ

❻ 那麼（就）
じゃ／じゃあ

❼ （回答）是；那麼
そう

❽ 那麼，這麼說
では

❾ （回答）有；
（表示同意）是的
はい

❿ （打電話）喂
もしもし

⓫ 然而，可是
しかし

⓬ 然後；於是
そうして／そして

⓭ 然後；其次
それから

⓮ 如果那樣；那麼
それでは

⓯ 可是；就算
でも

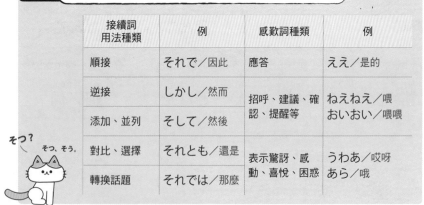

小專欄 感嘆詞及接續詞種類

接續詞用法種類	例	感嘆詞種類	例
順接	それで／因此	應答	ええ／是的
逆接	しかし／然而	招呼、建議、確認、提醒等	ねえねえ／喂 おいおい／喂喂
添加、並列	そして／然後		
對比、選擇	それとも／還是	表示驚訝、感動、喜悅、困惑	うわあ／哎呀 あら／哦
轉換話題	それでは／那麼		

そっ？　そっ、そう。

副詞、副助詞 **5**

Track 1-42

❶ 不太…，不怎麼…
 あま
 余り

❷ 一個一個；全部
 いちいち
 一々

❸ 第一；最好
 いちばん
 一番

❹ 隨時；日常
 い つ
 何時も

❺ 立刻；輕易
 すぐ（に）

❻ 一下子；少量
 すこ
 少し

❼ 全部，總共
 ぜん ぶ
 全部

❽ 大體；多半
 たいてい
 大抵

❾ 很，非常
 たいへん
 大変

❿ 很多；足夠
 たくさん
 沢山

⓫ 大概；恐怕
 た ぶん
 多分

⓬ 漸漸地
 だんだん
 段々

⓭ 剛好；正
 ちょう ど
 丁度

⓮ 稍微；一下子
 ちょっ と
 一寸

⓯ 怎麼，如何
 どう

⓰ 為什麼；如何
 どうして

⓱ 請；可以
 どうぞ

⓲ 實在；謝謝
 どうも

⓳ 有時，偶而
 ときどき
 時々

⓴ 非常；無論如何也…
 とても

㉑ 為何，為什麼
 な ぜ
 何故

㉒ 最初，第一次
 はじ
 初めて

㉓ 真正，真實
 ほんとう
 本当に

㉔ 再；也
 また
 又

㉕ 還；仍然
 ま
 未だ

㉖ 筆直；一直
 ま す
 真っ直ぐ

㉗ 另外，再
 もう

㉘ 已經；馬上就要
 もう

㉙ 更，進一步
 もっと

㉚ 再，更稍微
 ゆっくり（と）

㉛ 經常，常常
 よく

㉜ 如何，怎麼樣
 いか が
 如何

㉝ 大概，左右（推測）
 くらい　ぐらい
 〜位／〜位

㉞ 每…；表示反覆多次
 ずつ

㉟ 只…
 だけ

㊱ 邊…邊…，一面…一面…
 ながら

❶ 表示尊敬語及 美化語
<ruby>御<rt>お</rt></ruby>～／<ruby>御<rt>おん</rt></ruby>～

❷ …點，…時
～<ruby>時<rt>じ</rt></ruby>

❸ …半，一半
～<ruby>半<rt>はん</rt></ruby>

❹ （時間）…分；（角度）分
～<ruby>分<rt>ふん</rt></ruby>／～<ruby>分<rt>ぷん</rt></ruby>

❺ 號（日期）；天（計算日數）
～<ruby>日<rt>にち</rt></ruby>

❻ 整個，全
～<ruby>中<rt>じゅう</rt></ruby>

❼ 期間，正在…當
～<ruby>中<rt>ちゅう</rt></ruby>

❽ …月
～<ruby>月<rt>がつ</rt></ruby>

❾ …個月
～<ruby>ヶ月<rt>かげつ</rt></ruby>

❿ 年（也用於計算年數）
～<ruby>年<rt>ねん</rt></ruby>

⓫ （表示時間）左右；正好的時候
～<ruby>頃<rt>ころ</rt></ruby>／～<ruby>頃<rt>ごろ</rt></ruby>

⓬ 超過…，過渡
～<ruby>過<rt>す</rt></ruby>ぎ

⓭ …邊；…方面
～<ruby>側<rt>がわ</rt></ruby>

⓮ …們，…等
～<ruby>達<rt>たち</rt></ruby>

⓯ …店，商店或工作人員
～<ruby>屋<rt>や</rt></ruby>

⓰ …語
～<ruby>語<rt>ご</rt></ruby>

⓱ 覺得…
～がる

⓲ …人
～<ruby>人<rt>じん</rt></ruby>

⓳ …等
～<ruby>等<rt>など</rt></ruby>

⓴ …次；…度
～<ruby>度<rt>ど</rt></ruby>

㉑ …前，之前
～<ruby>前<rt>まえ</rt></ruby>

㉒ …小時，…點鐘
～<ruby>時間<rt>じかん</rt></ruby>

㉓ 日圓（日本的貨幣單位）；圓（形）
～<ruby>円<rt>えん</rt></ruby>

㉔ 大家，全部
<ruby>皆<rt>みんな</rt></ruby>

㉕ （用於並列或比較屬於哪一）部類，類型
<ruby>方<rt>ほう</rt></ruby>

㉖ 其他；旁邊
<ruby>外<rt>ほか</rt></ruby>

JLPT

N5

單字+文法

○ 依照50音順

ああ

Track2

例 **ああ、白いセーターの人ですか。**
1秒後影子跟讀 》

譯 啊！是穿白色毛衣的人嗎？

文法 形容詞＋名詞：形容詞修飾名詞。形容詞本身有「…的」之意，所以形容詞不再加「の」。
生字 セーター／毛線衣

感 **ああ**
（表肯定）哦；嗯；ああ（驚訝等）啊，唉呀

□□□ 0002

例 **大山さんと駅で会いました。**
1秒後影子跟讀 》

譯 我在車站與大山先生碰了面。

必考音訓讀
会（カイ・あ〈う〉）＝會、聚會、團體。例：
●会社（かいしゃ）／公司
●会う（あう）／見面
文法 と[跟…]：表示跟對象互相進行某動作，如結婚、吵架或偶然在哪裡碰面等等。
生字 駅／電車（車站）

自五 **あう【会う】**
見面，會面；偶遇，碰見
類 見くる 看見
對 聞く 聽見
訓 会＝あ（う）

□□□ 0003

例 **そこの海は青くてきれいです。**
1秒後影子跟讀 》

譯 那裡的海洋既蔚藍又美麗。

文法 そこ[那裡]：場所指示代名詞。指離聽話者近的場所。
生字 海／大海，海洋；きれい／美麗的

形 **あおい【青い】**
藍的，綠的，青的；不成熟
類 緑 綠色
對 赤い 紅色
訓 青＝あお（い）

□□□ 0004

例 **赤いトマトがおいしいですよ。**
1秒後影子跟讀 》

譯 紅色的蕃茄很好吃喔。

文法 よ[喔]：請對方注意，或使對方接受自己的意見時，用來加強語氣。說話者認為對方不知道，想引起對方注意；近 句子＋わ[…呢]
生字 トマト／番茄；おいしい／美味的

形 **あかい【赤い】**
紅的
類 赤い色 紅色
對 青い 藍色
訓 赤＝あか（い）

讀書計劃：□□/□□□□/□□

□□ 0005

例 明るい色が好きです。

1秒後影子跟讀》

譯 我喜歡亮的顏色。

文法 が：表示好惡、需要及想要得到的對象，還有能夠做的事情、明白瞭解的事物，以及擁有的物品。
生字 色／顏色，色彩；好き／喜歡的，鍾愛的

形 あかるい【明るい】

明亮；光明，明朗；鮮豔

類 電気 電燈
對 暗い 暗的

□□ 0006

例 秋は涼しくて食べ物もおいしいです。

1秒後影子跟讀》

譯 秋天十分涼爽，食物也很好吃。

文法 …は…です［…是…］：主題是後面要敘述或判斷的對象。對象只限「は」所提示範圍。「です」表示對主題的斷定或說明。
生字 涼しい／涼爽的，宜人清涼；食べ物／食物；おいしい／美味的，美味絕倫

名 あき【秋】

秋天，秋季

類 秋季 秋季
對 春 春天

□□□ 0007

例 日曜日、食堂は開いています。

1秒後影子跟讀》

譯 星期日餐廳有營業。

出題重點 開く（あく）："打開"使某物打開或分開，如門。題型 3 的陷阱可能有，
- 押す（おす）："按壓"用力按下或推進某物，如按鈕。
- 付ける（つける）："打開"使某物打開、添加或固定，如開燈。
- 閉じる（とじる）："關上"使某物封閉或關閉，如書。

生字 日曜日／星期天；食堂／餐廳

自五 あく【開く】

開，打開；開始，開業

類 開く 展開
對 閉じる 關閉

□□□ 0008

例 ドアを開けてください。

1秒後影子跟讀》

譯 請把門打開。

文法 を：表示動作的目的或對象；近 をもらいます［得到］
生字 ドア／門，門扉

他下一 あける【開ける】

打開，開（著）；開業

類 付ける 打開〈電器〉
對 閉める 關上

あげる 【上げる】

☐☐☐ 0009

例 分(わ)かった人(ひと)は手(て)を上(あ)げてください。
1秒後影子跟讀〉

譯 知道的人請舉手。

文法〉動詞＋名詞：動詞的普通形，可以直接修飾名詞。
生字〉分(わ)かる／知道，領會；手(て)／手

他下一 **あげる 【上げる】**
舉起；抬起
類 昇(のぼ)る 升起
對 下(さ)げる 放下
訓 上＝あ（げる）

☐☐☐ 0010

例 朝(あさ)、公園(こうえん)を散歩(さんぽ)しました。
1秒後影子跟讀〉

譯 早上我去公園散了步。

出題重點 「朝（あさ）」是指"早上"或"清晨"的意思，題型 2 可能混淆的漢字有：「期」表示一段時間或時期，如"學期"；「朗」的意思是"明亮"或"清晰"，如"朗朗的月光"；「嘲」意指"嘲笑"或"嘲諷"。
文法〉を：表示經過或移動的場所。
生字〉公園(こうえん)／公園；散歩(さんぽ)／散步，漫步

名 **あさ 【朝】**
早上，早晨；早上，午前
類 早朝(そうちょう) 清晨
對 夜(よる) 夜晚

☐☐☐ 0011

例 朝(あさ)ご飯(はん)を食(た)べましたか。
1秒後影子跟讀〉

譯 吃過早餐了嗎？

文法〉を：表動作的目的或對象。
生字〉食(た)べる／食用

名 **あさごはん 【朝ご飯】**
早餐，早飯
類 朝食(ちょうしょく) 早餐
對 夕食(ゆうしょく) 晚餐

☐☐☐ 0012

例 あさってもいい天気(てんき)ですね。
1秒後影子跟讀〉

譯 後天也是好天氣呢！

文法〉…も…[也…，又…]：用於再累加上同一類型的事物。
生字〉良(い)い／晴朗的；天気(てんき)／天氣

名 **あさって 【明後日】**
後天
類 明後日(みょうごにち) 後天
對 一昨日(いっさくじつ) 前天

□□ 0013

例 私の犬は足が白い。

1秒後影子跟讀》

譯 我的狗狗腳是白色的。

名 あし【足】

腳；(器物的) 腿

類 脚 腿，足

對 手 手

訓 足＝あし

文法 …の…[…的…]：用於修飾名詞，表示該名詞的所有者、內容説明、作成者、數量、材料還有時間、位置等等；

近 名詞＋の[名詞修飾主語]

生字 白い／白色

□□ 0014

例 村田さんは明日病院へ行きます。

1秒後影子跟讀》

譯 村田先生明天要去醫院。

名 あした【明日】

明天

類 次の日 下一天

對 昨日 昨天

文法 へ[往…，去…]：前接跟地方有關的名詞，表示動作、行為的方向。同時也指行為的目的地。

生字 病院／醫院；行く／前往

□□ 0015

例 あそこまで走りましょう。

1秒後影子跟讀》

譯 一起跑到那邊吧。

代 あそこ

那邊，那裡

類 そこ 那裡

對 ここ 這裡

文法 ましょう[做…吧]：表示勧誘對方一起做某事。一般用在做那一行為、動作，事先已規定好，或已成為習慣的情況。

生字 走る／奔跑

□□ 0016

例 ここで遊ばないでください。

1秒後影子跟讀》

譯 請不要在這裡玩耍。

自五 あそぶ【遊ぶ】

遊玩；閒著；旅行；沒工作

類 楽しむ 享受

對 働く 工作

出題重點 遊ぶ（あそぶ）："玩耍" 進行娛樂活動或玩耍。題型3的陷阱可能有，

● 働く（はたらく）："工作" 進行工作或勞動。

● 食べる（たべる）："吃" 吃食物，進食的行為。

● 楽しむ（たのしむ）："享受" 享受或感受樂趣。

慣用語

● 友達と遊ぶ／和朋友玩。

● 公園で遊ぶ／在公園玩。

文法 ここ[這裡]：場所指示代名詞。指離説話者近的場所。

あたたかい【暖かい】

例 この部屋は暖かいです。
1秒後影子跟讀≫

譯 這個房間好暖和。

生字 部屋／房間

形 あたたかい
【暖かい】

溫暖的；溫和的
類 春 春天
對 涼しい 涼爽的

例 私は風邪で頭が痛いです。
1秒後影子跟讀≫

譯 我因為感冒所以頭很痛。

文法 …で[因為…]：表示原因、理由。
生字 風邪／感冒；痛い／疼痛的

名 あたま【頭】

頭；頭髮；(物體的上部)頂端
類 初め 開始
對 足 腳

例 この食堂は新しいですね。
1秒後影子跟讀≫

譯 這間餐廳很新耶！

出題重點 「新しい」唸訓讀「あたらしい」，意指新的或最近的。題型1誤導選項可能有：
● 「あだらしい」中的「た」變為濁音「だ」。
● 「あらたしい」中的「たら」前後顛倒為「らた」。
● 「あたちしい」將「ら」變為形似的「ち」。
文法 この[這…]：指示連體詞。指離説話者近的事物。
生字 食堂／餐廳

形 あたらしい
【新しい】

新的；新鮮的；時髦的
類 新鮮 新鮮的
對 古い 舊的

例 プールはあちらにあります。
1秒後影子跟讀≫

譯 游泳池在那邊。

文法 …は…にあります[…在…]：表示無生命事物的存在場所； 近 …は…にいます[…在…]／表示有生命物存在某場所
生字 プール／游泳池

代 あちら

那兒，那裡；那個；那位
類 そちら 那邊
對 こちら 這邊

讀書計劃：
□□／□□

□□□ 0021

例 冬は厚いコートがほしいです。
1秒後影子跟讀〉

譯 冬天我想要一件厚大衣。

形 あつい【厚い】

厚；(感情，友情) 深厚，優厚

類 広い　寬廣的

對 薄い　薄的

文法 …がほしい […想要…]：表示説話者想要把什麼東西弄到手，想要把什麼東西變成自己的。

生字 冬／冬天，冬季；コート／大衣，大衣外套

□□□ 0022

例 私の国の夏は、とても暑いです。
1秒後影子跟讀〉

譯 我國夏天是非常炎熱。

形 あつい【暑い】

(天氣) 熱，炎熱

類 暖かい　溫暖的

對 寒い　寒冷的

文法 …は…です […是…]：主題是後面要敘述或判斷的對象。對象只限「は」所提示範圍。「です」表示對主題的斷定或説明。

生字 国／國家；夏／夏天，夏季；とても／非常

□□□ 0023

例 顔を洗った後で、歯を磨きます。
1秒後影子跟讀〉

譯 洗完臉後刷牙。

名 あと【後】

(地點) 後面；(時間) 以後；(順序) 之後；(將來的事) 以後

類 後　後來

對 前　之前

訓 後＝あと

出題重點 題型 4 裡「あと」的考點有：
● 例句：試験はあと 3 日です／考試還有 3 天。
● 類似説法：試験は 3 日後です／離考試還有 3 天。
● 相對説法：試験は先週でした／考試是在上週。
　あと：描述某個時間或事件之後，或剩餘數量；後（ご）：指某事件或時間點之後的時間或期限；先週：表示"上週"。

文法 たあとで […以後…]：表示前項的動作做完後，相隔一定的時間發生後項的動作。

生字 洗う／清洗；歯／牙齒；磨く／刷（牙），刷亮

□□□ 0024

例 あなたのお住まいはどちらですか。
1秒後影子跟讀〉

譯 你府上哪裡呢？

代 あなた【貴方・貴女】

(對長輩或平輩尊稱) 你，您；(妻子稱呼先生) 老公

類 君　你

對 私　我

文法 どちら [哪邊；哪位]：方向指示代名詞，表示方向的不確定和疑問。也可以用來指人。也可説成「どっち」。

生字 住む／居住

あに【兄】

例 **兄は料理をしています。**

1秒後影子跟讀 》

譯 哥哥正在做料理。

文法 動詞＋ています：表示動作或事情的持續，也就是動作或事情正在進行中。
生字 料理／料理，烹飪

名 **あに【兄】**

哥哥，家兄；姐夫

類 お兄さん 哥哥

對 妹 妹妹

例 **私の姉は今年から銀行に勤めています。**

1秒後影子跟讀 》

譯 我姊姊今年開始在銀行服務。

出題重點 題型 4「あね」的考點有：
● 例句：彼女は私の姉です／她是我姐姐。
姉：與說話人有血緣關係的、年長的姐妹。
● 類似說法：彼女は私のお姉さんです／她是我的姐姐。
お姉さん：比「姉」更為禮貌的說法，也用於非親屬的年長女性。
文法 動詞＋ています：表示現在在做什麼職業。也表示某一動作持續到現在。
生字 今年／今年；銀行／銀行

名 **あね【姉】**

姊姊，家姊；嫂子

類 お姉さん 姐姐

對 弟 弟弟

例 **あの眼鏡の方は山田さんです。**

1秒後影子跟讀 》

譯 那位戴眼鏡的是山田先生。

文法 あの [那…]：指示連體詞。指說話者及聽話者範圍以外的事物。後面必須接名詞。
生字 眼鏡／眼鏡

連體 **あの**

（表第三人稱，離說話雙方都距離遠的）那，那裡，那個

類 その 那個

對 この 這個

例 **あのう、本が落ちましたよ。**

1秒後影子跟讀 》

譯 喂！你書掉了唷！

文法 が：描寫眼睛看得到的、耳朵聽得到的事情。
生字 落ちる／掉落

感 **あのう**

那個，請問，喂；啊，嗯（招呼人時，說話躊躇或不能馬上說出下文時）

類 ええと 嗯……

對 はい 是的

あまい【甘い】

0029

例 あのアパートはきれいで安いです。
1秒後影子跟讀〉

譯 那間公寓既乾淨又便宜。

文法 形容動詞で＋形容詞：表示句子還沒説完到此暫時停頓，以及屬性的並列之意。還有輕微的原因。

生字 きれい／乾淨的；安い／便宜的，價廉的

名 アパート【apartment house 之略】

公寓

類 マンション　高級公寓
對 家 家

0030

例 シャワーを浴びた後で朝ご飯を食べました。
1秒後影子跟讀〉

譯 沖完澡後吃了早餐。

生字 シャワー／淋浴；朝ご飯／早餐

他上 あびる【浴びる】

淋，浴，澆；照，曬

類 降る　下＜雨雪等＞
對 乾く　乾燥

0031

例 あ、危ない！車が来ますよ。
1秒後影子跟讀〉

譯 啊！危險！有車子來囉！

生字 車／汽車；来る／駛來

形 あぶない【危ない】

危險，不安全；令人擔心；(形勢，病情等) 危急 (或唸：あぶない)

類 大変　了不得的
對 安全　安全的

0032

例 このケーキはとても甘いです。
1秒後影子跟讀〉

譯 這塊蛋糕非常甜。

出題重點 「甘い」唸訓讀「あまい」。意指味道甜或是容易。題型１誤導選項可能有：

● 「狭い (せまい)」：“狹窄”，描述空間的有限性或局限性。
● 「多い (おおい)」：“數量多”，描述事物的大量或眾多。
● 「暗い (くらい)」：“昏暗”，描述場所或光線的不足。

慣用語

● 甘い香り／甜甜的香味。

生字 ケーキ／蛋糕；とても／非常地，極其

形 あまい【甘い】

甜的；甜蜜的

類 おいしい　好吃的
對 辛い　辣的

あ

079

あまり【余り】

□□□ 0033

例 今日はあまり忙しくありません。

1秒後影子跟讀 〉

譯 今天不怎麼忙。

副 あまり【余り】

(後接否定)不太…,不怎麼·過分,非常

類 過ぎる 過多

對 少し 一點點

出題重點 題型4「あまり」的考點有：
- 例句：あまり好きではありません／我不太喜歡。
  あまり：常與否定形一起用，表程度"不太"或"並不"。
- 類似說法：そんなに好きではありません／我不那麼喜歡。
  そんなに：也表示程度，與「あまり」相似。

文法 〉…は…ません：「は」前面的名詞或代名詞是動作、行為否定的主體。

生字 忙しい／忙碌的，繁忙的

□□□ 0034

例 昨日は雨が降ったり風が吹いたりしました。

1秒後影子跟讀 〉

譯 昨天又下雨又颳風。

名 あめ【雨】

雨，下雨，雨天

類 傘 雨傘

對 晴れ 晴天

訓 雨＝あめ

文法 …たり、…たりします [又是…，又是…；有時…，有時…]：表動作的並列，舉出代表性的，暗示還有其他的。另表動作的反覆實行，說明有多種情況或對比情況。

生字 降る／下（雨）；吹く／颳（風），吹拂

□□□ 0035

例 昨日洋服を洗いました。

1秒後影子跟讀 〉

譯 我昨天洗了衣服。

他五 あらう【洗う】

沖洗，清洗；洗滌

類 洗濯する 清洗

對 汚い 骯髒的

生字 昨日／昨天；洋服／西服

□□□ 0036

例 トイレはあちらにあります。

1秒後影子跟讀 〉

譯 廁所在那邊。

自五 ある【在る】

在，存在

類 いる 存在

對 ない 不存在

文法 あちら [那邊；那位]：方向指示代名詞，指離說話者和聽話者都遠的方向。也可以用來指人。也可說成「あっち」。

生字 トイレ／廁所

□□ 0037

例 春休みはどのぐらいありますか。
1秒後影子跟讀

譯 春假有多久呢？

自五 ある【有る】

有，持有，具有

類 いる　存在

對 ない　沒有

出題重點 有る（ある）："存在"專指無生命的物品或事物之存在。題型 3 的陷阱可能有，
● いる（いる）："存在"專指有生命如人或動物的存在。
● はい："是、對"肯定的回答。
● ない："不、不在"表示不存在或沒有，用於否定。
慣用語
● 本がある／有書。
文法 どのぐらい [多久]：可視句子的內容，翻譯成「多久、多少、多少錢、多長、多遠」等。
生字 春休み／春假

□□ 0038

例 歌を歌いながら歩きましょう。
1秒後影子跟讀

譯 一邊唱歌一邊走吧！

自五 あるく【歩く】

走路，步行

類 散歩する　散步

對 走る　奔跑

文法 ながら [一邊…一邊…]：表示同一主體同時進行兩個動作。
生字 歌／歌曲；歌う／唱歌

□□ 0039

例 これは日本語の辞書で、あれは英語の辞書です。
1秒後影子跟讀

譯 這是日文辭典，那是英文辭典。

代 あれ

那，那個；那時；那裡

類 それ　那個

對 これ　這個

文法 これ [這個]：事物指示代名詞。指離說話者近的事物。
生字 英語／英文，英語；辞書／辭典，詞典

□□ 0040

例 ここは静かでいい公園ですね。
1秒後影子跟讀

譯 這裡很安靜，真是座好公園啊！

形 いい・よい【良い】

好，佳，良好；可以

類 すばらしい　優秀的

對 悪い　壞的

文法 ね [啊，呢]：表示輕微的感嘆，或話中帶有徵求對方認同的語氣。另外也表示跟對方做確認的語氣。
生字 静か／安靜的，寂靜的；公園／公園

あ

いいえ

☐☐☐ 0041

例）「コーヒー、もういっぱいいかがですか。」「いいえ、結構です。」

1秒後影子跟讀 >

訳）「要不要再來一杯咖啡呢？」「不了，謝謝。」

文法 いかが [如何，怎麼樣]：詢問對方的想法及健康狀況，及不知情況如何或該怎麼做等。比「どう」禮貌更佳。也用在勸誘時。

生字 コーヒー／咖啡；いっぱい／一杯；結構／足夠了，無需了

感 **いいえ**

（用於否定）不是，不對，沒有

類 違います　不是

對 はい　是

☐☐☐ 0042

例）山田さんは「家内といっしょに行きました。」と言いました。

1秒後影子跟讀 >

訳）山田先生說「我跟太太一起去了」。

慣用語 >
● 友達が言う／朋友說。
● 言うこと／說的話。

必考音訓讀
言（い〈う〉）＝言語、說話、話語。例：
● 言う（いう）／說話
● 先生が言う（せんせいがいう）／老師說話

文法 …と：引用內容。表示說了什麼、寫了什麼。

生字 家内／內人；一緒／一起

自他五 **いう【言う】**

說，講；說話，講話

類 話す　講

對 聞く　聽

訓 言＝い（う）

☐☐☐ 0043

例）毎朝何時に家を出ますか。

1秒後影子跟讀 >

訳）每天早上幾點離開家呢？

文法 なん [什麼]：代替名稱或情況不瞭解的事物。也用在詢問數字時。

生字 出る／出去，出門

名 **いえ【家】**

房子，房屋；（自己的）家；家庭

類 うち　自己的家裡

對 学校　學校

☐☐☐ 0044

例）ご飯をもういっぱいいかがですか。

1秒後影子跟讀 >

訳）再來一碗飯如何呢？

文法 か [嗎，呢]：接於句末，表示問別人自己想知道的事。

生字 ご飯／白飯；いっぱい／一碗

副・形動 **いかが【如何】**

如何，怎麼樣

類 どう　怎麼樣

對 良い　好的

あ

☐☐☐ 0045

例 大山さんはアメリカに行きました。
1秒後影子跟讀 〉

譯 大山先生去了美國。

文法 に [往…，去…]：前接跟地方有關的名詞，表示
動作、行為的方向。同時也指行為的目的地。

生字 アメリカ／美國

自五 **い く・ゆ く【行く】**
去，往；離去；經過，走過

類 出る 出去

對 来る 來

訓 行＝い（く）

☐☐☐ 0046

例 りんごは幾つありますか。
1秒後影子跟讀 〉

譯 有幾顆蘋果呢？

文法 いくつ [幾個、多少]：表示不確定的個數，只用
在問小東西的時候。

生字 りんご／蘋果；ある／有，存在

名 **い く つ【幾つ】**
（不確定的個數，年齡）幾個，
多少；幾歲

類 何歳 幾歲

對 何個 多少個

☐☐☐ 0047

例 この本はいくらですか。
1秒後影子跟讀 〉

譯 這本書多少錢？

出題重點 題型 4「いくら」的考點有：
● 例句：このりんごはいくらですか／這個蘋果多少錢？
いくら：用來詢問價格或數量，意思是 "多少"。
● 類似說法：このりんごはどのくらいかかりますか／
這個蘋果的價格是多少？
どのくらい：也用來詢問數量或程度，意思是 "多少"
或 "到什麼程度"。

文法 いくら [多少]：表示不明確的數量、程度、價格、
工資、時間、距離等。

生字 本／書籍

名 **い く ら【幾ら】**
多少（錢，價格，數量等）

類 どれぐらい 多少

對 全部 全部

☐☐☐ 0048

例 池の中に魚がいます。
1秒後影子跟讀 〉

譯 池子裡有魚。

文法 …に…がいます […有…]：表某處存在某物或人。
也就是有生命的人或動物的存在場所。

生字 中／裡面，之中；魚／魚，魚群

名 **い け【池】**
池塘；（庭院中的）水池

類 湖 湖泊

對 海 海

いしゃ【医者】

□□□ 0049

例 私は医者になりたいです。
わたし　　　　いしゃ

1秒後影子跟讀〉

譯 我想當醫生。

文法 たい [⋯想要做⋯]：表示說話者內心希望某一行為能實現，或是強烈的願望。疑問句時表示聽話者的願望。

名 **いしゃ【医者】**
醫生，大夫

類 先生 醫師
　せんせい

對 患者 病人
　かんじゃ

□□□ 0050

例 椅子や机を買いました。
い　す　つくえ　か

1秒後影子跟讀〉

譯 買了椅子跟書桌。

文法 ⋯や⋯ [⋯和⋯]：表示在幾個事物中，列舉出 2、3 個來做為代表，其他的事物就被省略下來，沒有全部說完。

生字 机／桌子，書桌；買う／購買，購入
　　　　つくえ　　　　　　　か

名 **いす【椅子】**
椅子

類 席 座位
　せき

對 テーブル 桌子

□□□ 0051

例 忙しいから、新聞は読みません。
いそが　　　　しんぶん　よ

1秒後影子跟讀〉

譯 因為太忙了，所以沒看報紙。

出題重點 「忙しい」唸訓讀「いそがしい」，意指有很多事要做或非常忙碌。題型 1 誤導選項可能有：

● 「いそがらしい」插入了多餘的「ら」音。
● 「いそかしい」將「が」變為清音的「か」。
● 「いそがたしい」插入了多餘的「た」音。

文法 ⋯から、⋯ [因為⋯]：表示原因、理由。說話者出於個人主觀理由，進行請求、命令、希望、主張及推測；
近 なくて [因為沒有⋯；不⋯所以⋯]

生字 新聞／報紙；読む／閱讀
　　　　しんぶん　　　　　よ

形 **いそがしい【忙しい】**
忙，忙碌

類 にぎやか 繁華的

對 暇 空閒的
　ひま

□□□ 0052

例 午前中から耳が痛い。
ごぜんちゅう　みみ　いた

1秒後影子跟讀〉

譯 從早上開始耳朵就很痛。

文法 ちゅう [整⋯]：表示那個期間裡之意；近 ちゅう [⋯中，正在⋯]：表示正在做什麼。例 「電話中」（電話中）
　　　　　　　　　　　　　　　　　　　　　　でんわちゅう

生字 耳／耳朵
　　　　みみ

形 **いたい【痛い】**
疼痛；(因為遭受打擊而) 痛苦，難過

類 苦しい 痛苦的
　くる

對 気持ちいい 舒服的
　きも

□□ 0053

例 では、頂きます。

1秒後影子跟讀 >

譯 那麼,我要開動了。

寒喧 い**ただきま**す
【頂きます】

(吃飯前的客套話) 我就不客氣了

類 食べる 吃

對 ごちそうさま 我吃飽了
〈吃完後的敬語〉

出題重點 いただきます: "感謝食物" 用餐前的禮貌語,表示感謝。題型 3 的陷阱可能有,

● ありがとう: "感謝" 表示感激或謝意。
● さようなら: "再見" 告別時的用語。
● おはよう: "早上好" 用於早晨的問候。

慣用語 >

● ご飯をいただきます/我要吃飯。
● プレゼントをいただきます/收到禮物。
● お茶をいただきます/我要喝茶。

□□ 0054

例 日本語は一から勉強しました。

1秒後影子跟讀 >

譯 從頭開始學日語。

生字 勉強/用功學習

名 い**ち**【一】

(數) 一;第一,最初;最好

類 初め 最初

對 二 2

音 一=イチ

□□ 0055

例 ペンをいちいち数えないでください。

1秒後影子跟讀 >

譯 筆請不要一支支數。

文法 …ないでください [請不要…]:表示否定的請求命令,請求對方不要做某事。

生字 ペン/筆;数える/計算

副 い**ちいち**【一々】

一一,一個一個;全部;詳細

類 ひとつひとつ 逐個

對 時々 偶爾

音 一=イチ

□□ 0056

例 今日は一日中暑かったです。

1秒後影子跟讀 >

譯 今天一整天都很熱。

文法 じゅう [整…]:表示整個時間上的期間一直怎樣,或整個空間上的範圍之內。

生字 暑い/炎熱的,酷熱的

名 い**ちにち**【一日】

一天,終日;一整天;一號 (ついたち)

類 日 天,日

對 毎日 每天

音 一=イチ

音 日=ニチ

あ

いちばん【一番】

□□□ 0057

例 誰が一番早く来ましたか。

1秒後影子跟讀≫

譯 誰是最早來的？

文法 だれ[誰]：是詢問人的詞。
生字 来る／到來，抵達

名·副 いちばん【一番】

最初，第一；最好，最優秀
類 最初 最初
對 最後 最後
音 一＝イチ

□□□ 0058

例 冬休みはいつから始まりましたか。

1秒後影子跟讀≫

譯 寒假是什麼時候開始放的？

出題重點 題型4「いつ」的考點有：
● 例句：いつ来ますか？／什麼時候前來？
● 類似說法：何時に来ますか？／幾點前來？
● 相對說法：明日来ますか？／明天來嗎？

いつ：詢問時間或時刻，為「什麼時候」；何時に：與「いつ」相似，稍顯正式，也是詢問具體的時間；明日：指「明天」。

文法 いつ[何時，幾時]：表示不肯定的時間或疑問。
生字 冬休み／寒假；始まる／開始

代 いつ【何時】

何時，幾時，什麼時候；平
類 どんなとき 什麼時候
對 いま 現在

□□□ 0059

例 一ヶ月に五日ぐらい走ります。

1秒後影子跟讀≫

譯 我一個月大約跑5天步。

文法 に：表示某一範圍內的數量或次數。
生字 ヶ月／…個月；走る／跑步

名 いつか【五日】

（每月）五號，五日；五天
類 五日目 第5天
訓 五＝いつ
訓 日＝か

□□□ 0060

例 明日一緒に映画を見ませんか。

1秒後影子跟讀≫

譯 明天要不要一起看場電影啊？

文法 ませんか[要不要…呢]：表示行為、動作是否要做，在尊敬對方抉擇的情況下，有禮貌地勸誘一起做某事。
生字 映画／電影；見る／觀賞

名·自サ いっしょ【一緒】

一塊，一起，一樣；（時間）一声
同時
類 同じ 相同
對 違う 不同

あ

□□ 0061

例 日曜日は息子の五つの誕生日です。

1秒後影子跟讀〉

譯 星期日是我兒子的5歲生日。

名 いつつ【五つ】

(數) 五個；五歲；第五（個）

類 五個　5個

訓 五＝いつ（つ）

慣用語

●五つのリンゴ／5個蘋果。

必考音訓讀

五（ゴ・いつ、いつ〈つ〉）＝五、數字5。例：
●五（ご）／五
●五日（いつか）／五日
●五つ（いつつ）／五個

生字 日曜日／星期天；息子／兒子

□□□ 0062

例 私はいつも電気を消して寝ます。

1秒後影子跟讀〉

譯 我平常會關燈睡覺。

副 いつも【何時も】

經常，隨時，無論何時

類 毎日　每天

對 時々　偶爾

文法 動詞＋て：這些行為動作一個接著一個，按照時間順序進行。

生字 電気／電燈；寝る／睡覺，就寢

□□□ 0063

例 猫は外で遊びますが、犬は遊びません。

1秒後影子跟讀〉

譯 貓咪會在外頭玩，可是狗不會。

名 いぬ【犬】

狗

類 ねこ　貓

對 とり　鳥

訓 犬＝いぬ

文法 …は…が、…は…[但是…]：區別、比較兩個對立的事物，對照地提示兩種事物。

生字 外／家的外面，戶外；遊ぶ／遊玩，嬉戲

□□□ 0064

例 今何をしていますか。

1秒後影子跟讀〉

譯 你現在在做什麼呢？

名·副 いま【今】

現在，此刻；（表最近的將來）馬上；剛才

類 現在　現在

對 昔　過去

訓 今＝いま

文法 なに[什麼]：代替名稱或情況不瞭解的事物。

いみ【意味】

□□□ 0065

例 このカタカナはどういう意味でしょう。
> 1秒後影子跟讀 >

譯 這個片假名是什麼意思呢？

生字 カタカナ／片假名

名 いみ【意味】
（詞句等）意思，含意，意義
類 言葉 詞語，文字
對 意味がない 無意義

□□□ 0066

例 公園で妹と遊びます。
> 1秒後影子跟讀 >

譯 我和妹妹在公園玩。

出題重點 題型 4 「いもうと」的考點有：
● 例句：彼女は私の妹です／她是我的妹妹。
妹：描述與說話人有血緣關係的、年輕的女性親屬。
● 類似說法：彼女は私より若い女の兄弟です／她是我年紀更小的女性姐妹。
兄弟：表示兄弟姐妹。

文法 で [在…]：表示動作進行的場所。
生字 公園／公園；遊ぶ／玩耍，遊玩

名 いもうと【妹】
妹妹（鄭重說法是「妹さん
類 姉妹 姊妹
對 兄 哥哥

□□□ 0067

例 今日は暑くて嫌ですね。
> 1秒後影子跟讀 >

譯 今天好熱，真討厭。

文法 形容詞く＋て：表示句子還沒說完到此暫時停頓和屬性的並列的意思。還有輕微的原因。
生字 暑い／炎熱的

形動 いや【嫌】
討厭，不喜歡，不願意；厭
類 嫌い 不喜歡
對 好き 喜歡

□□□ 0068

Track2-

例 いらっしゃいませ。何名様でしょうか。
> 1秒後影子跟讀 >

譯 歡迎光臨，請問有幾位？

生字 何名様／幾位，幾位貴賓

寒暄 いらっしゃい・いらっしゃいませ
歡迎光臨
類 ようこそ 歡迎
對 さようなら 再見

□□ 0069

例 あそこは建物の入り口です。
1秒後影子跟讀》

譯 那裡是建築物的入口。

文法 あそこ[那裡]：場所指示代名詞。指離說話者和聽話者都遠的場所。
生字 建物/建築物

名 いりぐち
【入り口】

入口，門口
類 玄関 玄關

對 でぐち 出口
訓 入=い（り）
訓 口=ぐち

□□ 0070

例 どのぐらい東京にいますか。
1秒後影子跟讀》

譯 你要待在東京多久？

文法 に：表示存在的場所。後接「います」和「あります」表存在。「います」用在有生命物體的人，或動物的名詞。
生字 どのぐらい/多久，多少

自上一 いる【居る】

（人或動物的存在）有，在；居住在
類 ある 存在

對 居ない 不存在

□□ 0071

例 郵便局へ行きますが、林さんは何かいりますか。
1秒後影子跟讀》

譯 我要去郵局，林先生要我幫忙辦些什麼事？

文法 が：在向對方詢問、請求、命令之前，作為一種開場白使用；なにか[某些，什麼]：表示不確定。
生字 郵便局/郵局

自五 いる【要る】

要，需要，必要
類 ほしい 想要的

對 要らない 不需要

□□ 0072

例 青いボタンを押してから、テープを入れます。
1秒後影子跟讀》

譯 按下藍色按鈕後，再放入錄音帶。

慣用語
●コーヒーに砂糖を入れる/在咖啡中加糖。

必考音訓讀
入（ニュウ・はい〈る〉）＝入、進入、進去。例：
●入学（にゅうがく）/入學
●入る（はいる）/進入

文法 てから[先做…，然後再做…]：表示前句的動作做完後，進行後句的動作。強調先做前項的動作；近 たあとで[…以後…]

生字 青い/藍色；ボタン/按鈕；テープ/錄音帶

他一 いれる【入れる】

放入，裝進；送進，收容；計算進去
類 入る 放進

對 取る 拿取
訓 入=い（れる）

あ

いろ【色】

□□□ 0073

例 公園にいろいろな色の花が咲いています。
1秒後影子跟讀〉

譯 公園裡開著各種顏色的花朵。

生字 いろいろ／形形色色的；咲く／綻放

名 い**ろ**【色】

顏色，彩色

類 赤い 紅色

對 光 光

□□□ 0074

例 ここではいろいろな国の人が働いています。
1秒後影子跟讀〉

譯 來自各種不同國家的人在這裡工作。

文法 では：強調格助詞前面的名詞的作用。
生字 働く／工作

名・形動副 い**ろいろ**【色々】

各種各樣，各式各樣，形形色色

類 様々 各式各樣

對 一つ 只有一個

□□□ 0075

例 お寺の近くに大きな岩があります。
1秒後影子跟讀〉

譯 寺廟的附近有塊大岩石。

文法 …に…があります[…有…]：表某處存在某物。也就是無生命事物的存在場所。
生字 寺／寺廟；大きな／巨大的

名 い**わ**【岩】

岩石

類 石 石頭

對 川 河流

□□□ 0076

例 りんごが机の上に置いてあります。
1秒後影子跟讀〉

譯 桌上放著蘋果。

慣用語
●机の上／桌子上面。

必考音訓讀
●上（ジョウ・あ〈げる〉）＝上、上方、上升。例：
●上手な（じょうずな）／熟練的
●上げる（あげる）／提升

文法 他動詞＋てあります[…著；已…了]：表示抱著某個目的、有意圖地去執行，當動作結束之後，那一動作的結果還存在的狀態。
生字 りんご／蘋果；机／桌子，書桌

名 う**え**【上】

(位置)上面，上部

類 上げる 向上

對 下 下面

訓 上＝うえ

☐☐ 0077

例 山田君の後ろに立っているのは誰ですか。
1秒後影子跟讀≫

譯 站在山田同學背後的是誰呢？

名 うしろ【後ろ】

後面；背面，背地裡

類 後 後面

對 前 前面

訓 後＝うしろ

出題重點 題型 4「うしろ」的考點有：

● 例句：彼は私の後ろにいます／他在我身後。

後ろ：指某個物體或人的後面，表示空間上的位置。

● 類似說法：彼は私の後についている／他跟在我後面。

後（あと）：也可以表示某個物體或人的後面。

● 相對說法：彼は私の前にいます／他在我前面。

前（まえ）：指某個物體或人的前面部分。

生字 立つ／站立；誰／誰，何人

☐☐ 0078

例 パンを薄く切りました。
1秒後影子跟讀≫

譯 我將麵包切薄了。

形 うすい【薄い】

薄；淡，淺；待人冷淡；稀少

類 軽い 輕的

對 厚い 厚的

文法 形容詞く＋動詞：形容詞修飾句子裡的動詞。

生字 パン／麵包

☐☐ 0079

例 私は歌で 50 音を勉強しています。
1秒後影子跟讀≫

譯 我用歌曲學 50 音。

名 うた【歌】

歌，歌曲

類 音楽 音樂

對 踊り 跳舞

文法 で [用…；乘坐…]：動作的方法、手段；或表示用的交通工具。

生字 勉強／學習，用功學習

☐☐ 0080

例 毎週一回、カラオケで歌います。
1秒後影子跟讀≫

譯 每週唱一次卡拉 OK。

他五 うたう【歌う】

唱歌；歌頌

類 弾く 演奏

對 聞く 聆聽

生字 毎週／每星期，每週；カラオケ／卡拉ＯＫ

あ

うち【家】

□□□ 0081

例　きれいな家に住んでいますね。
> 1秒後影子跟讀 >

譯　你住在很漂亮的房子呢！

文法 形容動詞な＋名詞：形容動詞修飾後面的名詞。
生字 住む／居住

名 **うち【家】**
自己的家裡（庭）；房屋
類 家　家
對 外　外面

□□□ 0082

例　その女の子は外国で生まれました。
> 1秒後影子跟讀 >

譯　那個女孩是在國外出生的。

文法 その [那…]：指示連體詞。指離聽話者近的事物。
生字 女の子／女孩；外国／國外，外洋

自下 **うまれる【生まれる】**
出生；出現
類 誕生する　誕生
對 死ぬ　死亡
訓 生＝う（まれる）

□□□ 0083

例　海へ泳ぎに行きます。
> 1秒後影子跟讀 >

譯　去海邊游泳。

文法 …へ…に：表移動的場所與目的。
生字 泳ぐ／游泳

名 **うみ【海】**
海，海洋
類 海洋　海洋
對 山　山
訓 海＝うみ

□□□ 0084

例　この本屋は音楽の雑誌を売っていますか。
> 1秒後影子跟讀 >

譯　這間書店有賣音樂雜誌嗎？

出題重點 売る（うる）："賣出"提供物品，換取金錢的行為。題型 3 的陷阱可能有，

- 買う（かう）："購買"獲得物品，進行購買行為。
- 出す（だす）："提供"提供或放出，如提交文件。
- 入る（はいる）："進入"進入某個空間或場所。

慣用語
- 本を売る／賣書。
- 車を売る／賣車。
生字 本屋／書店；音楽／音樂；雑誌／雑誌

他五 **うる【売る】**
賣，販賣；出賣
類 出す　放出
對 買う　購買

あ

□□ 0085

例 春だ。もう上着はいらないね。
1秒後影子跟讀〉

譯 春天囉。已經不需要外套了。

名 うわぎ【上着】

上衣；外衣

類 コート　外套

對 ズボン　褲子

文法 もう [已經…了]：後接否定。表示不能繼續某種狀態了。一般多用於感情方面達到相當程度。

生字 春/春天，春季

□□ 0086

例 この絵は誰が描きましたか。
1秒後影子跟讀〉

譯 這幅畫是誰畫的？

名 え【絵】

畫，圖畫，繪畫

類 描く　繪畫

對 写真　照片

文法 が：前接疑問詞。「が」也可以當作疑問詞的主語。

生字 描く/描繪

□□ 0087

例 9時から映画が始まりました。
1秒後影子跟讀〉

譯 電影9點就開始了。

名 えいが【映画】

電影（或唸：えいが）

類 ムービー　電影

對 ドラマ　連續劇

出題重點 「映画」唸音讀「えいが」，意指電影。題型1誤導選項可能有：

● 「えいか」中的濁音「が」變為清音「か」。

● 「えがい」中的「い」跟濁音「が」位置互換了。

● 「ええが」中長音「い」，標示為「え」。

慣用語

● 映画を見る/看電影。

生字 始まる/開始

□□ 0088

例 映画館は人でいっぱいでした。
1秒後影子跟讀〉

譯 電影院裡擠滿了人。

名 えいがかん【映画館】

電影院

類 テレビ　電視

對 図書館　圖書館

生字 いっぱい/充滿，擠滿

えいご【英語】

□□□ 0089

例 アメリカで英語を勉強しています。
〈1秒後影子跟讀〉

譯 在美國學英文。

生字 アメリカ／美國；勉強／用功學習

名 えいご【英語】

英語，英文

類 言葉 語言
對 日本語 日語
音 語＝ゴ

□□□ 0090

例 「お母さんはお元気ですか。」「ええ、おかげさまで元気です。」
〈1秒後影子跟讀〉

譯 「您母親還好嗎？」「嗯，託您的福，她很好。」

生字 元気／健康，硬朗；おかげさまで／托您的福

感 ええ

（用降調表示肯定）是的，嗯
（用升調表示驚訝）哎呀，咦

類 はい 是的
對 いいえ 不是

□□□ 0091

Track2

例 駅で友達に会いました。
〈1秒後影子跟讀〉

譯 在車站遇到了朋友。

文法 に [給…，跟…]：表示動作、作用的對象。
生字 友達／友人；会う／遇見，碰見

名 えき【駅】

（鐵路的）車站

類 バス停 公車站
對 空港 機場

□□□ 0092

例 1階でエレベーターに乗ってください。
〈1秒後影子跟讀〉

譯 請在一樓搭電梯。

出題重點 「エレベーター」是指"電梯"，在建築物中用於垂直移動的交通工具。題型2可能混淆的片假名有：「ニレベーター」中，「エ」被「ニ」取代；「エルベーター」中，「レ」被「ル」取代；「エレハーター」中，「ベ」被「ハ」取代；「エレベークー」中，「タ」被「ク」取代。都展示了常見的片假名字形混淆情況。

文法 …てください [請…]：表示請求、指示或命令某人做某事。
生字 階／（量詞）樓，樓層；乗る／搭乘

名 エレベーター【elevator】

電梯，升降機

類 エスカレーター 電扶梯
對 階段 樓梯

□□ 0093

例 それは<ruby>二<rt>ふた</rt></ruby>つで５<ruby>万円<rt>ご まんえん</rt></ruby>です。

1秒後影子跟讀 〉

譯 那種的是兩個共５萬圓。

文法 …で…[共…]：表示數量示數量、金額的總和。
生字 <ruby>二<rt>ふた</rt></ruby>つ／兩個

名・接尾 えん【円】

日圓（日本的貨幣單位）；圓（形）

類 お<ruby>金<rt>かね</rt></ruby> 金錢

對 ドル 美元

音 円＝エン

□□ 0094

例 これは<ruby>鉛筆<rt>えんぴつ</rt></ruby>です。

1秒後影子跟讀 〉

譯 這是鉛筆。

名 えんぴつ【鉛筆】

鉛筆

類 シャープペンシル 自動鉛筆

對 ボールペン 原子筆

□□ 0095

例 <ruby>広<rt>ひろ</rt></ruby>いお<ruby>庭<rt>にわ</rt></ruby>ですね。

1秒後影子跟讀 〉

譯 （貴）庭園真寬敞啊！

生字 <ruby>広<rt>ひろ</rt></ruby>い／寬敞的；<ruby>庭<rt>にわ</rt></ruby>／庭院，庭園

接頭 お・おん【御】

您（的）…，貴…；放在字首，表示尊敬語及美化語

類 ご・ごん 前綴，示尊重

□□ 0096

例 この<ruby>料理<rt>りょうり</rt></ruby>はおいしいですよ。

1秒後影子跟讀 〉

譯 這道菜很好吃喔！

出題重點 「美味しい」唸熟字訓「おいしい」，意指食物味道好。熟字訓屬訓讀，以兩字以上的「熟語」為單位讀音，整個讀音須與整個詞彙對應。不能分拆並對應個別漢字。題型１誤導選項可能有：

● 「おいらしい」插入了多餘的「ら」音。
● 「おいっしい」中增加了促音「っ」音。
● 「びみしい」用兩字的音讀「おい」變為「びみ」。

生字 <ruby>料理<rt>りょうり</rt></ruby>／料理，菜餚

形 おいしい【美味しい】

美味的，可口的，好吃的（或唸：おいしい）

類 <ruby>美味<rt>うま</rt></ruby>い 好吃的

對 <ruby>不味<rt>まず</rt></ruby>い 不好吃的

あ

おおい 【多い】

□□□ 0097

例 友^{とも}だちは、多^{おお}いほうがいいです。

[1秒後影子跟讀 >]

譯 多一點朋友比較好。

形 おおい 【多い】

多，多的

類 たくさん 很多地

對 少ない 少的

□□□ 0098

例 名^な前^{まえ}は大^{おお}きく書^かきましょう。

[1秒後影子跟讀 >]

譯 名字要寫大一點喔！

生字 名前^{なまえ}／名字，姓名；書く^か／書寫

形 おおきい 【大きい】

(數量，體積，身高等)大，巨
(程度，範圍等) 大，廣大

類 広い^{ひろ} 寬廣的

對 小さい^{ちい} 小的

訓 大＝おお（きい）

□□□ 0099

例 部^へ屋^やには人^{ひと}が大勢^{おおぜい}いて暑^{あつ}いです。

[1秒後影子跟讀 >]

譯 房間裡有好多人，很熱。

出題重點 「大勢」唸訓讀「おお」＋音讀「ぜい」，
意指很多人或大量。題型1誤導選項可能有：

● 「おおせい」中的濁音「ぜ」變為清音「せ」。
● 「おおぜえ」中的「い」變為「え」。
● 「だいぜい」中的「おお」變為音讀「だい」。

慣用語

●大勢^{おおぜい}の人々^{ひとびと}／很多人。

文法 には：強調格助詞前面的名詞的作用。
生字 部屋^{へや}／房間；暑い^{あつ}／悶熱的

名 おおぜい 【大勢】

很多人，眾多人；人數很多

類 沢山^{たくさん}の人^{ひと} 很多人

對 一人^{ひとり} 一個人

訓 大＝おお

□□□ 0100

例 あれはお母^{かあ}さんが洗^{せん}濯^{たく}した服^{ふく}です。

[1秒後影子跟讀 >]

譯 那是母親洗好的衣服。

文法 あれ[那個]：事物指示代名詞。指說話者、聽話
者範圍以外的事物。
生字 洗濯^{せんたく}／洗滌；服^{ふく}／衣服，衣物

名 おかあさん 【お母さん】

(「母」的鄭重說法)媽媽，母
親

類 はは 母

對 お父^{とう}さん 父親

訓 母＝かあ

□□ 0101

例 お菓子はあまり好きではありません。
1秒後影子跟讀 >

譯 不是很喜歡吃點心。

名 おかし【お菓子】
點心，糕點
類 スナック 零食
對 ご飯 正餐，米飯

文法 あまり…ません [(不) 很；(不) 怎樣；沒多少]：
表示程度不特別高，數量不特別多。

生字 好き／喜歡的

□□ 0102

例 車を買うお金がありません。
1秒後影子跟讀 >

譯 沒有錢買車子。

名 おかね【お金】
錢，貨幣
類 金額 金錢總額
對 小切手 支票
訓 金＝かね

生字 車／汽車；買う／購買

□□ 0103

例 毎朝6時に起きます。
1秒後影子跟讀 >

譯 每天早上6點起床。

自上 おきる【起きる】
(倒著的東西) 起來，立起來，
坐起來；起床
類 目覚める 醒來
對 寝る 睡覺

出題重點 起きる（おきる）："起床、站起"從睡眠
中覺醒或站起。題型3的陷阱可能有，
● 寝る（ねる）："睡覺"進行休息或睡眠。
● 走る（はしる）："奔跑"快速移動，特指跑或奔跑。
● 目覚める（めざめる）："醒來"從睡眠中自然覺醒。

慣用語 >
● 早く起きる／早起。
文法 に [在…]：在某時間做某事。表示動作、作用的
時間。

生字 毎朝／每天早上

□□ 0104

例 机の上に本を置かないでください。
1秒後影子跟讀 >

譯 桌上請不要放書。

他五 おく【置く】
放，放置；放下，留下，丟下
類 設置する 設置
對 取る 取走

文法 に […到；對…；在…；給…]：「に」前面接物品
或場所，表施加動作的對象，或施加動作的場所、地點。

生字 机／桌子，書桌；上／上方，之上

あ

おくさん【奥さん】

□□□ 0105

例 奥さん、今日は野菜が安いよ。

1秒後影子跟讀 ▷

譯 太太，今天蔬菜很便宜喔。

生字 野菜／蔬菜；安い／便宜的，價廉的

名 おくさん【奥さん】

太太；尊夫人

類 妻 妻子

對 主人 丈夫

□□□ 0106

例 みんながたくさん飲みましたから、もうお酒はありません。

1秒後影子跟讀 ▷

譯 因為大家喝了很多，所以已經沒有酒了。

出題重點 「お酒（おさけ）」是指"酒"的意思，通常用於描述含酒精的飲料。題型 2 可能混淆的漢字有：「酉」與「酒」的字形相似，但「酉」是十二生肖之一的"雞"；「昔」是"很久以前"的意思。

慣用語
- お酒を飲む／喝酒。
- お酒に強い／酒量很好。

生字 みんな／大家；たくさん／大量地

名 おさけ【お酒】

酒（「酒」的鄭重說法）；清

類 リキュール 酒精飲料

對 水 水

□□□ 0107

例 お皿は 10 枚ぐらいあります。

1秒後影子跟讀 ▷

譯 盤子大約有 10 個。

文法 ぐらい [大約，左右，上下]：表數量上的推測、估計。一般用在無法預估正確的數量，或數量不明確時。

生字 枚／（量詞）個（多用在紙、盤子等平面物品）

名 おさら【お皿】

盤子（「皿」的鄭重說法）

類 プレート 盤子

對 コップ 杯子

□□□ 0108

例 鈴木さんのおじいさんはどの人ですか。

1秒後影子跟讀 ▷

譯 鈴木先生的祖父是哪一位呢？

生字 どの／哪一，哪一個

名 おじいさん【お祖父さん・お爺さん】

祖父；外公；（對一般老年男子的稱呼）爺爺

類 じいじ 祖父

對 おばあさん 祖母

□□ 0109

例 山田さんは日本語を**教えています**。

1秒後影子跟讀 ≫

譯 山田先生在教日文。

他下 お|しえる【教える】

教授；指導；教訓；告訴

類 教育する 教育

對 学ぶ 學習

出題重點 教える（おしえる）："教授" 提供知識或信息。題型 3 的陷阱可能有，

● 聞く（きく）："聆聽" 進行聆聽或詢問。
● 読む（よむ）："閱讀" 瀏覽文字，進行閱讀。
● 学ぶ（まなぶ）："學習" 獲得知識或技能。

慣用語

● 方法を教える／教方法。
● 答えを教える／告訴答案。

文法 動詞＋ています：表示現在在做什麼職業。也表示某動作持續到現在。

□□ 0110

例 伯父さんは 65歳です。

1秒後影子跟讀 ≫

譯 伯伯 65 歲了。

名 お|じさん【伯父さん・叔父さん】

伯伯，叔叔，舅舅，姨丈，姑丈

類 おんじ 叔叔（比較不常用）

對 伯母さん・叔母さん 阿姨

生字 歳／歲，歲數

□□ 0111

例 白いボタンを**押してから**、テープを入れます。

1秒後影子跟讀 ≫

譯 按下白色按鍵之後，放入錄音帶。

他五 お|す【押す】

推，擠；壓，按；蓋章

類 プッシュ 推（外來語）

對 引く 拉

生字 ボタン／按鈕；テープ／錄音帶；入れる／放入

□□ 0112

例 山中さんは遅いですね。

1秒後影子跟讀 ≫

譯 山中先生好慢啊！

形 お|そい【遅い】

（速度上）慢，緩慢；（時間上）遲到，晚到的；趕不上

類 遅刻する 遲到

對 早い 早的

おちゃ【お茶】

□□□ 0113

例 喫茶店でお茶を飲みます。
1秒後影子跟讀》

譯 在咖啡廳喝茶。

生字 喫茶店/咖啡廳；飲む/飲用，啜飲

名 おちゃ【お茶】

茶，茶葉（「茶」的鄭重說法
茶道

類 リーフティー　茶葉泡的

對 コーヒー　咖啡

□□□ 0114

例 お手洗いはあちらです。
1秒後影子跟讀》

譯 洗手間在那邊。

生字 あちら/那邊

名 おてあらい
【お手洗い】

廁所，洗手間，盥洗室

類 トイレ　廁所
對 お風呂　浴室
訓 手＝て

□□□ 0115

例 お父さんは庭にいましたか。
1秒後影子跟讀》

譯 令尊在庭院嗎？

生字 庭/庭院

名 おとうさん
【お父さん】

（「父」的鄭重說法）爸爸，父

類 父　父親
對 お母さん　母親

□□□ 0116

例 私は姉が二人と弟が二人います。
1秒後影子跟讀》

譯 我有兩個姊姊跟兩個弟弟。

出題重點 「弟（おとうと）」意指"弟弟"。題型 2
可能混淆的漢字有：「第」意為"順序"；「悌」不是常
用的日語漢字；而「梯」是指"梯子"或"階梯"。

文法 …と…[…和…，…與…]：表示幾個事物的並列。
想要敘述的主要東西，全部都明確地列舉出來； 近 とお
なじ[和…相同的]
生字 姉/姊姊；二人/兩個人，兩人

名 おとうと【弟】

弟弟（鄭重說法是「弟さん

類 兄弟　兄弟姊妹
對 姉　姐姐

あ

□□ 0117

例 おととい傘を買いました。
1秒後影子跟讀〉

譯 前天買了雨傘。

生字 傘／雨傘；買う／購買，購入

名 おととい
【一昨日】

前天
類 一昨日　前天
對 明後日　後天

□□ 0118 [Track2-06]

例 おととし旅行しました。
1秒後影子跟讀〉

譯 前年我去旅行了。

生字 旅行／旅遊，遊覽

名 おととし
【一昨年】

前年
類 昨年　去年
對 再来年　明年
訓 年＝とし

□□ 0119

例 運賃は大人 500 円、子ども 250 円です。
1秒後影子跟讀〉

譯 票價大人是 500 圓，小孩是 250 圓。

出題重點 題型 4「おとな」的考點有：
● 例句：彼はもう大人です／他已經是大人了。
　大人：指已成年的人，通常與成熟、責任和年齡相關。
● 類似說法：彼はもう二十歳です／他已經 20 歲了。
　二十歳：在日本指成年的界限，但特指年齡為 20 歲。
● 相對說法：彼はまだ子どもです／他還是個孩子。
　子ども：指未成年的人，與「大人」相對。

生字 運賃／車資

名 おとな【大人】

大人，成人
類 成人　成年人
對 子ども　小孩

□□ 0120

例 もうお昼です。お腹が空きましたね。
1秒後影子跟讀〉

譯 已經中午了。肚子餓扁了呢。

文法 もう [已經…了]：後接肯定。表示行為、事情到
了某個時間已經完了。

生字 昼／中午（指正午前後的時間）；空く／肚子餓，空腹

名 おなか【お腹】

肚子；腸胃
類 腹　腹部
對 背中　背部

101

おなじ【同じ】

□□□ 0121

例 **同じ日に6回も電話をかけました。**
1秒後影子跟讀 》

譯 同一天內打了6通之多的電話。

慣用語 》
● 同じ服／同款衣服。

必考音訓讀
同（おな〈じ〉）＝同、相同、一樣。例：
● 同じ（おなじ）／相同的
● 同じ人（おなじひと）／相同的人

文法 》 …も…[之多]：前接數量詞，表示數量比一般想像的還多，有強調多的作用。含有意外的語意。

生字 》 日／一天，日子；かける／撥打

名・連體・副 **おなじ【同じ】**
相同的，一樣的，同等的；一個
類 一緒 相同
對 違う 不同
訓 同＝おな（じ）

□□□ 0122

例 **どちらがお兄さんの本ですか。**
1秒後影子跟讀 》

譯 哪一本書是哥哥的？

文法 》 が：「が」也可以當作疑問詞的主語。
生字 》 本／書籍

名 おにいさん【お兄さん】
哥哥（「兄さん」的鄭重說法
類 兄 哥哥
對 弟 弟弟

□□□ 0123

例 **山田さんはお姉さんといっしょに買い物に行きました。**
1秒後影子跟讀 》

譯 山田先生和姊姊一起去買東西了。

文法 》 といっしょに[跟…一起]：表示一起去做某事的對象。
生字 》 買い物／購物

名 おねえさん【お姉さん】
姊姊（「姉さん」的鄭重說法
類 姉 姐姐
對 妹 妹妹

□□□ 0124

例 **台湾まで航空便でお願いします。**
1秒後影子跟讀 》

譯 請幫我用航空郵件寄到台灣。

生字 》 航空便／空運，空郵遞

寒暄 おねがいします【お願いします】
麻煩，請
類 気を付けてください 請注意〈這裡沒有完全匹配的同義詞，但都是一種請求或建議〉
對 有難う 謝謝

□□ 0125

例 私のおばあさんは 10 月に生まれました。

1秒後影子跟讀 >

譯 我奶奶是 10 月生的。

生字 生まれる/誕生

名 おばあさん【お祖母さん・お婆さん】

祖母；外祖母；(對一般老年婦女的稱呼)老婆婆

類 お母さん 媽媽

對 おじいさん 祖父

□□ 0126

例 伯母さんは弁護士です。

1秒後影子跟讀 >

譯 我姑媽是律師。

出題重點 「伯母さん（おばさん）」意指"阿姨"，是描述父母的姊妹。題型 2 可能混淆的漢字有：「お婆さん」和「お祖母さん」都是"奶奶、祖母"或"婆婆"的意思；而「お母さん」則是"母親"。

慣用語

●おばさんの家/姑姑家。

●おばさんと話す/跟阿姨說話。

生字 弁護士/律師

名 おばさん【伯母さん・叔母さん】

姨媽，嬸嬸，姑媽，伯母，舅媽

類 おば (伯叔舅姨)母

對 伯父さん・叔父さん (伯叔舅)父，姨丈

あ

□□ 0127

例 おはようございます。いいお天気ですね。

1秒後影子跟讀 >

譯 早安。今天天氣真好呢！

生字 天気/天氣，氣候

寒暄 おはようございます

(早晨見面時)早安，您早

類 おはよう 早上好

對 こんばんは 晚上好

□□ 0128

例 コンビニにいろいろなお弁当が売っています。

1秒後影子跟讀 >

譯 便利超商裡賣著各式各樣的便當。

生字 コンビニ/便利商店；いろいろ/五花八門的；売る/販賣

名 おべんとう【お弁当】

便當

類 ご飯 米飯

對 お菓子 點心

おぼえる【覚える】

□□□ 0129

例 日本語の歌をたくさん覚えました。

1秒後影子跟讀 》

譯 我學會了很多日本歌。

生字 歌／歌曲；たくさん／許多地，眾多地

他下一 おぼえる【覚える】

記住，記得；學會，掌握

類 知っている　知道

對 忘れる　忘記

□□□ 0130

例 お巡りさん、駅はどこですか。

1秒後影子跟讀 》

譯 警察先生，車站在哪裡？

出題重點 題型 4「おまわりさん」的考點有：
● 例句：お巡りさんに道を聞きました／我向警察詢問了路。

おまわりさん：特別是指巡邏的警察。
● 類似説法：警察官に道を聞きました／我向警察官詢問了路。

警察官：是更正式的詞，直接指警察。

文法 》 どこ [哪裡]：場所指示代名詞。表示場所的疑問和不確定； 近 どこかへ [去某地方]

生字 駅／車站（電車）

名 おまわりさん【お巡りさん】

(俗稱) 警察，巡警

類 警官　警察

對 泥棒　小偷

□□□ 0131

例 この辞書は厚くて重いです。

1秒後影子跟讀 》

譯 這本辭典又厚又重。

生字 辞書／辭典；厚い／厚的，厚實的

形 おもい【重い】

(份量) 重，沉重

類 厚い　厚重的

對 軽い　輕的

□□□ 0132

例 この映画は面白くなかった。

1秒後影子跟讀 》

譯 這部電影不好看。

生字 映画／電影

形 おもしろい【面白い】

好玩；有趣，新奇；可笑的

類 楽しい　有趣的，愉快的

對 つまらない　無聊的，乏味的

訓 白＝しろ（い）

讀書計劃： □□／□□

□□ 0133

例 もう寝ます。おやすみなさい。

1秒後影子跟讀》

譯 我要睡囉。晚安！

生字 寝る／睡覺，就寢

寒暄 **おやすみなさい【お休みなさい】**

晚安

類 寝る 睡覺

對 おはようございます 早安

訓 休=やす（み）

□□ 0134

例 私は夏に海で泳ぎたいです。

1秒後影子跟讀》

譯 夏天我想到海邊游泳。

生字 夏／夏天，夏季；海／大海，海洋

自五 **およぐ【泳ぐ】**

（人，魚等在水中）游泳；穿過，擠過

類 水泳 游泳〈名詞〉

對 歩く 走路

あ

□□ 0135

例 ここでバスを降ります。

1秒後影子跟讀》

譯 我在這裡下公車。

文法》 を：表動作離開的場所用「を」。例如，從家裡出來或從車、船、飛機等交通工具下來。

生字 バス／公車，巴士

自上 **おりる【下りる・降りる】**

【下りる】（從高處）下來，降落；（霜雪等）落下；【降りる】（從車，船等）下來

類 降る 下〈雨雪等〉

對 上る 上升，爬升

□□ 0136

例 パーティーは9時に終わります。

1秒後影子跟讀》

譯 派對在9點結束。

出題重點 題型4「おわる」的考點有：

● 例句：宿題が終わった／我已經完成了作業。

終わる：表示某件事情或活動已經結束。

● 類似說法：宿題ができた／我已經做完作業。

できた：也表示某件事情或活動的結束。

● 相對說法：宿題を始めました／我開始做家庭作業了。

始める：表示某件事情或活動的開始。

生字 パーティー／派對

自五 **おわる【終わる】**

完畢，結束，終了

類 閉まる 關閉，停止

對 始まる 開始

おんがく【音楽】

□□□ 0137

例 雨の日は、アパートの部屋で音楽を聞きます。

1秒後影子跟讀 》

譯 下雨天我就在公寓的房裡聽音樂。

生字 アパート／公寓；部屋／房間

名 おんがく【音楽】

音樂
類 歌 歌曲
對 映画 電影

□□□ 0138   Track2

例 1日に3回薬を飲みます。

1秒後影子跟讀 》

譯 一天吃3次藥。

出題重點 「回（かい）」指的是"次數"或"輪次"，例如"一次"或"第一輪"。題型2可能混淆的漢字有：「同」在日語中不是一個常用的漢字；「囲」意為"包圍"或"圍繞"；「団」通常表示"團體"或"組織"。

慣用語 》
● 1回食べる／吃一次。
生字 薬／藥物；飲む／服用

名・接尾 かい【回】

…回，次數
類 度 次，度
對 いくつ 幾次

□□□ 0139

例 本屋は5階のエレベーターの前にあります。

1秒後影子跟讀 》

譯 書店位在5樓的電梯前面。

生字 本屋／書店；エレベーター／電梯

接尾 かい【階】

（樓房的）…樓，層
類 階段 階梯
對 部屋 房間

□□□ 0140

例 来年弟が外国へ行きます。

1秒後影子跟讀 》

譯 弟弟明年會去國外。

生字 来年／明年；弟／弟弟

名 がいこく【外国】

外國，外洋
類 世界 世界
對 国内 國內
音 外＝ガイ
音 国＝コク

□□□ 0141

例 日本語を勉強する**外国人**が多くなった。

1秒後影子跟讀》

譯 學日語的外國人變多了。

生字 勉強／用功學習；多い／多的，眾多的

名 が**いこく**じん【外国人】

外國人
類 〜人 …國人
對 日本人 日本人
音 国＝コク
音 人＝ジン

□□□ 0142

例 田中さんは一週間**会社**を休んでいます。

1秒後影子跟讀》

譯 田中先生向公司請了一週的假。

慣用語》
●会社に行く／去公司。
●会社を辞める／離開公司（離職）。
●会社で働く／在公司工作。

必考音訓讀》
社（シャ）＝社會、宗教、公司。例：
●会社（かいしゃ）／公司
●社長（しゃちょう）／社長

生字 一週間／一星期；休む／缺勤，休息

名 か**いしゃ**【会社】

公司；商社
類 仕事の所 工作地點
對 家 家
音 会＝カイ
音 社＝シャ

□□□ 0143

例 来週の月曜日の午前10時には、**階段**を使います。

1秒後影子跟讀》

譯 下週一早上10點，會使用到樓梯。

生字 月曜日／星期一；使う／使用

名 か**いだん**【階段】

樓梯，階梯，台階
類 昇り 上坡
對 ドア 門

□□□ 0144

例 デパートで**買い物**をしました。

1秒後影子跟讀》

譯 在百貨公司買東西了。

生字 デパート／百貨公司

名 か**いもの**【買い物】

購物，買東西；要買的東西
類 ショッピング 購物
對 売り物 待售的商品
訓 買＝か（い）

107

第一回

題型 1

もんだい1 ＿＿＿＿の ことばは どう よみますか。1・2・3・4
から いちばん いい ものを ひとつ えらんで く
ださい

1 かのじょは 五つの りんごを かいました。

　　1 ごっつ 　　　2 いつつ 　　　3 ごつつ 　　　4 いっつ

2 かれは おかしの 会社で はたらいて います。

　　1 かいしゃ 　　2 がいしゃ 　　3 かいしゅ 　　4 がいしゅ

題型 2

もんだい2 ＿＿＿＿の ことばは どう かきますか。1・2・3・4
から いちばん いい ものを ひとつ えらんで く
ださい。

3 しろい たてものの うしろには おおきな こうえんが あります。

　　1 彼ろ 　　　　2 後ろ 　　　　3 役ろ 　　　　4 俊ろ

4 えれべーたーは 5かいに とまりますか？

　　1 ユレベーヌー 2 ニルベーフー 3 エレベーター 4 エメベークー

題型 3

もんだい3 （　　　）に なにを いれますか。1・2・3・4から
いちばん いい ものを ひとつ えらんで くださ
い。

5 ドアが おもいから、ゆっくり（　　　）ください。

　　1 あけて 　　　　2 あかて 　　　　3 あいて 　　　　4 あきて

答案：(2) 2.(1) 3.(2) 4.(3) 5.(1) 6.(1) 7.(3) 8.(4)

6 これは わたしの （　　　　） バッグです。

　　1 あたらしい　2 とおい　　　　3 ひろい　　　　4 わかい

題型4
もんだい4 ＿＿＿＿＿の ぶんと だいたい おなじ いみの ぶ
　　　　　んが あります。1・2・3・4から いちばん い
　　　　　い ものを ひとつ えらんで ください。

7 さいきん、しごとが たくさん あって、わたしは とても いそが
　　しいです。

　　1 さいきん、しごとが たくさん あって、わたしは とても た
　　　のしいです。

　　2 さいきん、しごとが たくさん あって、わたしは とても や
　　　さしいです。

　　3 さいきん、しごとが たくさん あって、わたしは とても た
　　　いへんです。

　　4 さいきん、しごとが たくさん あって、わたしは とても ひ
　　　まです。

8 わたしの セーターと かれの セーターは いろが おなじです。

　　1 わたしの セーターと かれの セーターは いろが ちがいま
　　　す。

　　2 わたしの セーターと かれの セーターは いろが あかるい
　　　です。

　　3 わたしの セーターと かれの セーターは いろが こいです。

　　4 わたしの セーターと かれのセーターは いろが いっしょで
　　　す。

かう【買う】

☐☐☐ 0145

例 **本屋で本を買いました。**
1秒後影子跟讀 ≫

譯 在書店買了書。

生字 本屋／書店

他五 **かう【買う】**
購買
類 お金 金錢
對 売る 賣
訓 買=か（う）

☐☐☐ 0146

例 **図書館へ本を返しに行きます。**
1秒後影子跟讀 ≫

譯 我去圖書館還書。

文法 に [去…，到…]：表示動作、作用的目的、目標。
生字 図書館／圖書館；本／書籍

他五 **かえす【返す】**
還，歸還，退還；送回（原處
類 帰る 回去
對 借りる 借入

☐☐☐ 0147

例 **昨日うちへ帰るとき、会社で友達に傘を借りました。**
1秒後影子跟讀 ≫

譯 昨天回家的時候，在公司向朋友借了把傘。

出題重點 帰る（かえる）："返回"返回原來的地方，
如回家。題型 3 的陷阱可能有，
● 戻す（もどす）："放回"將物品放回原位或還原。
● 出る（でる）："出去"從某處移動到外部，如出門。
● 戻る（もどる）："返回"返回先前的位置或狀態。
慣用語
● 早く帰る／早早回家。
文法 …とき […的時候…]：表示與此同時並行發生其他
的事情。
生字 会社／公司；借りる／借（入），借用

自五 **かえる【帰る】**
回來，回家；歸去；歸還
類 戻る 返回
對 出かける 外出

☐☐☐ 0148

例 **顔が赤くなりました。**
1秒後影子跟讀 ≫

譯 臉紅了。

生字 赤い／紅色，鮮紅

名 **かお【顔】**
臉，面孔；面子，顏面
類 口 嘴巴
對 体 身體

□□ 0149

例 壁に絵が掛かっています。

1秒後影子跟讀〉

譯 牆上掛著畫。

文法 動詞+ています：表示某一動作後的結果或狀態還持續到現在，也就是說話的當時。

生字 壁／牆壁

自五 **かかる【掛かる】**

懸掛，掛上；覆蓋；花費

類 払う 支付

對 いらない 不需要

□□ 0150

例 これは自転車の鍵です。

1秒後影子跟讀〉

譯 這是腳踏車的鑰匙。

生字 自転車／腳踏車，自行車

名 **かぎ【鍵】**

鑰匙；鎖頭；關鍵

類 閉める 鎖上

對 ドア 門

か

□□ 0151

例 試験を始めますが、最初に名前を書いてください。

1秒後影子跟讀〉

譯 考試即將開始，首先請將姓名寫上。

文法 が：在向對方詢問、請求、命令之前，作為一種開場白使用。

生字 試験／測驗，考試；始める／開始；最初／首先，起先

他五 **かく【書く】**

寫，書寫；作（畫）；寫作（文章等）

類 付ける 記上

對 消す 擦掉

訓 書＝か（く）

□□ 0152

例 絵を描く。

1秒後影子跟讀〉

譯 畫圖。

出題重點 描く（かく）："畫畫" 繪畫或描述某物。題型 3 的陷阱可能有，

● 聞く（きく）："聆聽" 進行聆聽或詢問。
● 読む（よむ）："閱讀" 瀏覽文字，進行閱讀。
● 話す（はなす）："說話" 進行說話或講述。

慣用語

● 絵を描く／畫畫。

生字 絵／圖畫，繪畫

他五 **かく【描く】**

畫，繪製；描寫，描繪

類 読む 閱讀

對 話す 說話

がくせい【学生】

□□□ 0153

例 このアパートは<ruby>学生<rt>がくせい</rt></ruby>にしか<ruby>貸<rt>か</rt></ruby>しません。

1秒後影子跟讀 >

譯 這間公寓只承租給學生。

文法 しか[只，僅僅]：表示限定。一般帶有因不足而感到可惜、後悔或困擾的心情。

生字 アパート／公寓；<ruby>貸<rt>か</rt></ruby>す／租給，出租

名 がくせい【学生】
學生（主要指大專院校的學生）
類 <ruby>生徒<rt>せいと</rt></ruby> 學生
對 <ruby>先生<rt>せんせい</rt></ruby> 老師
音 学＝ガク
音 生＝セイ

□□□ 0154

例 <ruby>仕事<rt>しごと</rt></ruby>で３ヶ<ruby>月<rt>かげつ</rt></ruby><ruby>日本<rt>にほん</rt></ruby>にいました。

1秒後影子跟讀 >

譯 因為工作的關係，我在日本待了３個月。

生字 <ruby>仕事<rt>しごと</rt></ruby>／工作

接尾 かげつ【ヶ月】
…個月
類 <ruby>月<rt>つき</rt></ruby> 月份，月
對 <ruby>週<rt>しゅう</rt></ruby> 週
音 月＝ゲツ

□□□ 0155

例 ここに<ruby>鏡<rt>かがみ</rt></ruby>を<ruby>掛<rt>か</rt></ruby>けましょう。

1秒後影子跟讀 >

譯 鏡子掛在這裡吧！

生字 <ruby>鏡<rt>かがみ</rt></ruby>／鏡子

他下一 かける【掛ける】
掛在（牆壁）；戴上（眼鏡）
捆上
類 <ruby>置<rt>お</rt></ruby>く 放置
對 <ruby>取<rt>と</rt></ruby>る 取下

□□□ 0156

例 <ruby>辞書<rt>じしょ</rt></ruby>を<ruby>貸<rt>か</rt></ruby>してください。

1秒後影子跟讀 >

譯 請借我辭典。

出題重點 題型４「かす」的考點有：
● 例句：<ruby>彼<rt>かれ</rt></ruby>に<ruby>本<rt>ほん</rt></ruby>を<ruby>貸<rt>か</rt></ruby>しました／我借給他一本書。
貸す：表示將某物提供給他人使用，通常希望之後能夠返還。
● 類似說法：<ruby>彼<rt>かれ</rt></ruby>に<ruby>本<rt>ほん</rt></ruby>をあげました／我給了他一本書。
あげる：表示將某物作為禮物或出於好意給予他人。

生字 <ruby>辞書<rt>じしょ</rt></ruby>／辭典

他五 かす【貸す】
借出，借給；出租；提供幫助
（智慧與力量）
類 やる 給
對 <ruby>借<rt>か</rt></ruby>りる 借入

□□□ 0157

例 今日は強い風が吹いています。
1秒後影子跟讀 〉

譯 今天颳著強風。

生字 強い／強勁的；吹く／颳風，風吹

名 かぜ【風】
風
類 雨 雨
對 日 太陽

□□□ 0158

例 風邪を引いて、昨日から頭が痛いです。
1秒後影子跟讀 〉

譯 因為得了感冒，從昨天開始就頭很痛。

出題重點 「風邪」唸熟字訓「かぜ」，意指感冒。題型1誤導選項可能有：

● 「かせ」中的濁音「ぜ」變為「せ」。
● 「かざ」中的「ぜ」變為「ざ」。
● 「かぜい」多了尾音「い」。

慣用語 〉
● 風邪を引く／感冒。
文法 〉動詞＋て：表示原因。
生字 頭／頭部；痛い／疼痛的

名 かぜ【風邪】
感冒，傷風
類 病気 疾病
對 健康 健康

□□□ 0159

例 日曜日、家族と京都に行きます。
1秒後影子跟讀 〉

譯 星期日我要跟家人去京都。

文法 〉と [跟…一起]：表示一起去做某事的對象。
生字 日曜日／星期天

名 かぞく【家族】
家人，家庭，親屬
類 家の人 家裡的人
對 友達 朋友

□□□ 0160

例 山田さんはとてもいい方ですね。
1秒後影子跟讀 〉

譯 山田先生人非常地好。

生字 とても／很，非常

名 かた【方】
位，人（「人」的敬稱）
類 様 先生，女士
對 物 物品

補充小專欄

あそぶ【遊ぶ】

遊玩；閒著；旅行；沒工作

慣用語〉
- おもちゃで遊ぶ／用玩具玩耍。

あまい【甘い】

甜的；甜蜜的

慣用語〉
- ケーキは甘い／蛋糕很甜。
- 甘い菓子／甜點心。

あたらしい【新しい】

新的；新鮮的；時髦的

慣用語〉
- 新しい服を着る／穿新衣。
- 新しい本を読む／閱讀新書。
- 新しいことを知る／學到新事物。

あまり【余り】

(後接否定)不太…，不怎麼…；過分，非常

慣用語〉
- あまり好きじゃない／不太喜歡。
- あまり食べない／不太吃。
- あまり時間がない／沒有太多時間。

あと【後】

(地點) 後面;(時間) 以後;(順序) 之後;(將來的事)以後

慣用語〉
- あとで会う／之後見面。
- あと3日／還有3天。
- あと少し／還有一點。

必考音訓讀〉
後（ゴ・うしろ、あと）＝後、之後、以後。例：
- 午後（ごご）／下午
- 後ろ（うしろ）／背後
- 後（あと）／之後

ある【有る】

有，持有，具有

慣用語〉
- 時間がある／有時間。
- お金がある／有錢。

いう【言う】

說，講；說話，講話

慣用語〉
- 先生が言う／老師說。

あね【姉】

姊姊，家姊；嫂子

慣用語〉
- 姉は綺麗だ／姐姐很美。
- 姉と遊ぶ／和姐姐玩。
- 姉の部屋／姐姐的房間。

いくら【幾ら】

多少 (錢，價格，數量等)

慣用語〉
- いくらですか？／多少錢？
- いくらで買ったの？／用多少買的？
- いくらか持っている／持有一些。

いそがしい【忙しい】

忙，忙碌

慣用語〉
- ●今日は忙しい／今天很忙。
- ●忙しい一日／忙碌的一天。
- ●忙しい生活／忙碌的生活。

いつ【何時】

何時，幾時，什麼時候；平時

慣用語〉
- ●いつ帰りますか？／何時回來？
- ●いつですか？／什麼時候呢？
- ●いつ出かける？／什麼時候出門呢？

いつつ【五つ】

（數）五個；五歲；第五（個）

慣用語〉
- ●五つの質問／5個問題。
- ●五つに切る／切成5份。

いもうと【妹】

妹妹（鄭重說法是「妹さん」）

慣用語〉
- ●妹 はかわいい／妹妹很可愛。
- ●妹 と遊ぶ／和妹妹玩。
- ●妹 の部屋／妹妹的房間。

いれる【入れる】

放入，裝進；送進，收容；計算進去

慣用語〉
- ●手を入れる／把手放入。
- ●荷物をかばんに入れる／把行李放入包裡。

必考音訓讀〉
入（い〈れる〉）＝入、放入。例：
- ●入れる（いれる）／放入

うえ【上】

（位置）上面，上部

慣用語〉
- ●ページの上／頁面的上方。
- ●山の上／山的頂部。

必考音訓讀〉
上（うえ）＝上、上方。例：
- ●上（うえ）／上方

うしろ【後ろ】

後面；背面，背地裡

慣用語〉
- ●椅子の後ろ／椅子的後面。
- ●車の後ろ／車的後方。
- ●建物の後ろに／建築物的背後。

補充小專欄

うる【売る】

賣，販賣；出賣

慣用語〉
- 服を売る／賣衣服。

えいが【映画】

電影（或唸：えいが）

慣用語〉
- 映画のチケット／電影票。
- 映画館で／在電影院。

エレベーター【elevator】

電梯，升降機

慣用語〉
- エレベーターで上がる／用電梯上去。
- エレベーターのボタン／電梯按鈕。
- エレベーターが止まる／電梯停止。

おいしい【美味しい】

美味的，可口的，好吃的

慣用語〉
- おいしい料理／美味的料理。
- おいしいケーキ／美味的蛋糕。
- おいしい飲み物／美味的飲料。

おおぜい【大勢】

很多人，眾多人；人數很多

慣用語〉
- 大勢で集まる／大群人聚集。
- 大勢で遊ぶ／和很多人一起玩。

必考音訓讀〉
大（ダイ・おお〈きい〉）＝大、大的、偉大。例
- 大学（だいがく）／大學
- 大きい（おおきい）／大的

おきる【起きる】

（倒著的東西）起來，立起來，坐起來；起床

慣用語〉
- 6時に起きる／6點鐘起床。
- 大変なことが起きる／發生不得了的事件。

おさけ【お酒】

酒（「酒」的鄭重說法）；清酒

慣用語〉
- お酒を買う／買酒。

おしえる【教える】

教授；指導；教訓；告訴

慣用語〉
- 英語を教える／教英語。

116

おとうと【弟】

弟弟（鄭重說法是「弟さん」）

〈慣用語〉
- 弟と遊ぶ／和弟弟玩。
- 弟の部屋／弟弟的房間。
- 弟が学校に行く／弟弟去學校。

おとな【大人】

大人，成人

〈慣用語〉
- 大人の数／成人人數。

おなじ【同じ】

相同的，一樣的，同等的；同一個

〈慣用語〉
- 同じ時間／同一時間。
- 同じ考え／同樣的想法。

おばさん【伯母さん・叔母さん】

姨媽，嬸嬸，姑媽，伯母，舅媽

〈慣用語〉
- おばさんからの手紙／阿姨的來信。

おまわりさん【お巡りさん】

《俗稱》警察，巡警

〈慣用語〉
- お巡りさんに会う／遇到警察。
- お巡りさんを呼ぶ／叫警察。
- お巡りさんが来る／警察來了。

おわる【終わる】

完畢，結束，終了

〈慣用語〉
- 仕事が終わる／工作結束。
- 映画が終わる／電影結束。
- パーティーが終わる／派對結束。

かい【回】

…回，次數

〈慣用語〉
- 3回行く／去3次。
- 2回見る／看兩次。

かえる【帰る】

回來，回家；歸去；歸還

〈慣用語〉
- 家に帰る／回家。
- 学校から帰る／從學校回來。

かく【描く】

畫，繪製；描寫，描繪

〈慣用語〉
- ノートに描く／在筆記本上畫。
- 漫画を描く／畫漫畫。

かす【貸す】

借出，借給；出租；提供幫助（智慧與力量）

〈慣用語〉
- お金を貸す／借錢。
- 車を貸す／借車。

がた【方】

□□□ 0161

例 **先生方。**
1秒後影子跟讀 >

譯 各位老師。

接尾 **がた【方】**
(前接人稱代名詞,表對複數的敬稱) 們,各位
類 達 …們
對 一人 一個人

出題重點 「方 (がた)」指的是 "某人" 的意思。題型 2 可能混淆的漢字有:「力」意為 "力量" 或 "能力";「刀」意為 "刀子";「万」意為 "萬" 或用於表示 "萬事俱佳"、"萬歲" 的意思。

文法 がた […們]:表示人的複數的敬稱,說法比「たち」更有禮貌。

生字 先生/老師

□□□ 0162

例 **ご住所は片仮名で書いてください。**
1秒後影子跟讀 >

譯 請用片假名書寫您的住址。

名 **かたかな【片仮名**
片假名
類 平仮名 平假名
對 漢字 漢字
訓 名=な

生字 住所/住址;書く/書寫

□□□ 0163

例 **私のおばさんは 10 月に結婚しました。**
1秒後影子跟讀 >

譯 我阿姨在 10 月結婚了。

接尾 **がつ【月】**
…月
類 ヶ月 月
對 日 日
音 月=ガツ

生字 おばさん/姨媽;結婚/結婚,成婚

□□□ 0164

例 **田中さんは昨日病気で学校を休みました。**
1秒後影子跟讀 >

譯 田中昨天因為生病請假沒來學校。

名 **がっこう【学校】**
學校;(有時指)上課
類 小学校 小學
對 家 家
音 学=ガッ
音 校=コウ

生字 病気/生病;休む/請假

□□ 0165

例 贈り物にカップはどうでしょうか。

1秒後影子跟讀〉

譯 禮物就送杯子怎麼樣呢？

名 カップ【cup】

杯子；(有把) 茶杯

類 グラス 玻璃杯

對 瓶 瓶子

文法 どう [如何，怎麼樣]：詢問對方的想法及健康狀況，及不知情況如何或該怎麼做等。也用在勸誘時。

生字 贈り物／禮物

□□ 0166

例 その店の角を左に曲がってください。

1秒後影子跟讀〉

譯 請在那家店的轉角左轉。

名 かど【角】

角；(道路的) 拐角，角落

類 隅 角落

對 真ん中 中央

出題重點 題型 4「角」的考點有：

● 例句：部屋の角にいすがあります／房間的角落有一張椅子。

角：指街道或物體的拐角或角落。

● 類似說法：部屋の隅にいすがあります／房間的角落有一張椅子。

隅：物體或空間的角落、邊緣或偏遠處。

生字 曲がる／轉彎

□□ 0167

例 私は新しい鞄がほしいです。

1秒後影子跟讀〉

譯 我想要新的包包。

名 かばん【鞄】

皮包，提包，公事包，書包

類 スーツケース 手提行李箱

對 靴 鞋子

生字 新しい／新的，全新的

□□ 0168

例 花瓶に水を入れました。

1秒後影子跟讀〉

譯 把水裝入花瓶裡。

名 かびん【花瓶】

花瓶

類 箱 箱子

對 花 花

生字 入れる／注入，裝進

かぶる 【被る】

□□□ 0169

例 あの帽子をかぶっている人が田中さんです。

1秒後影子跟讀〉

譯 那個戴著帽子的人就是田中先生。

他五 **かぶる 【被る】**

戴（帽子等）；（從頭上）蒙蓋（被子）；（從頭上）套，

類 着る 穿上

對 脱ぐ 脱掉

出題重點 「被る」唸訓讀「かぶる」，意指戴上或覆蓋。題型1誤導選項可能有：

● 「かぷる」中的濁音「ぶ」變為半濁音「ぷ」。
● 「かむる」中的「ぶ」變為發音近似的「む」。
● 「かばる」中的「ぶ」變為「ば」。

慣用語〉
●帽子をかぶる／戴帽子。
●雨をかぶる／淋雨。

生字 帽子／帽子

□□□ 0170

例 本を借りる前に、この紙に名前を書いてください。

1秒後影子跟讀〉

譯 要借書之前，請在這張紙寫下名字。

名 **かみ 【紙】**

紙

類 ノート 筆記本

對 ペン 筆

文法〉 まえに […之前，先…]：表示動作的順序，也就是做前項動作之前，先做後項的動作；**近** 名詞＋のまえに［…前］

生字 借りる／借（入），借取；名前／名字

□□□ 0171

例 このカメラはあなたのですか。

1秒後影子跟讀〉

譯 這台相機是你的嗎？

名 **カメラ 【camera**

照相機；攝影機

類 ビデオカメラ 錄影機

對 ラジオ 收音機

文法〉 …の […的]：擁有者的所屬物。這裡的準體助詞「の」，後面可以省略前面出現過的名詞，不需要再重複，或替代該名詞。

□□□ 0172

例 火曜日に 600 円返します。

1秒後影子跟讀〉

譯 星期二我會還你 600 圓。

名 **かようび 【火曜日】**

星期二

類 火曜 星期二

對 1週間 一個星期

訓 日＝び

0173

例 山田さんは辛いものが大好きです。

1秒後影子跟讀〉

譯 山田先生最喜歡吃辣的東西了。

生字 大好き／非常喜愛

形 からい【辛い】

辣，辛辣；鹹的；嚴格

類 苦い 苦的

對 甘い 甜的

0174

例 体をきれいに洗ってください。

1秒後影子跟讀〉

譯 請將身體洗乾淨。

文法 形容動詞に＋動詞：形容動詞修飾句子裡的動詞。
生字 洗う／清洗

名 からだ【体】

身體；體格，身材

類 背 背部

對 心 心靈

0175

例 銀行からお金を借りた。

1秒後影子跟讀〉

譯 我向銀行借了錢。

出題重點 借りる（かりる）："借用" 從他人處取得物品，需返還。題型 3 的陷阱可能有，

● 売る（うる）："賣出" 出售物品，進行銷售。
● 入る（はいる）："進入" 進入某個空間或場所。
● 貸す（かす）："出借" 提供物品給他人使用，預期返還。

慣用語

● 本を借りる／借書。

文法 から [從…，由…]：表示從某對象借東西、從某對象聽來的消息，或從某對象得到東西等。

生字 銀行／銀行；お金／錢；金錢

他上 かりる【借りる】

借進（錢、東西等）；借助

類 入る 到手

對 貸す 借出

0176

例 きれいなものを見てほしがる人が多い。

1秒後影子跟讀〉

譯 很多人看到美麗的事物，就覺得想得到它。

生字 きれい／漂亮的；見る／看見

接尾 がる

想，覺得…

類 ほしい 想要的

對 いらない 不需要

かるい【軽い】

□□□ 0177

例 この本は薄くて軽いです。

1秒後影子跟讀 》

譯 這本書又薄又輕。

形 かるい【軽い】

輕的，輕快的;(程度) 輕微
輕鬆的

類 少ない 少的

對 重い 重的

出題重點 「軽い」唸訓讀「かるい」，意指重量輕或
不繁重。題型1誤導選項可能有：

- 「かぬい」中的「る」變為發音近似的「ぬ」。
- 「かるあい」中增加了「あ」音。
- 「からい」中的「る」變為「ら」。

慣用語 》

● 軽い病気／小病。

生字 薄い／薄的

□□□ 0178

例 きれいな写真のカレンダーですね。

1秒後影子跟讀 》

譯 好漂亮的相片日曆喔！

生字 きれい／漂亮的，美麗的；写真／照片

名 カレンダー
【calendar】

日曆；全年記事表

類 表 表格

對 時計 時鐘

□□□ 0179

例 この川は魚が多いです。

1秒後影子跟讀 》

譯 這條河有很多魚。

生字 魚／魚，魚類；多い／多的，眾多的

名 かわ【川・河】

河川，河流

類 海 海

對 山 山岳

訓 川＝かわ

□□□ 0180

例 本屋はエレベーターの向こう側です。

1秒後影子跟讀 》

譯 書店在電梯的正對面。

生字 エレベーター／電梯；向こう／正對面，對面 (前方)，
另一側

名・
接尾 がわ【側】

…邊，…側；…方面，立場
周圍，旁邊

類 方 一方

對 中 中央

122

□□ 0181

例 猫も犬もかわいいです。
ねこ いぬ

1秒後影子跟讀 〉

譯 貓跟狗都很可愛。

文法 〉 …も…も […也…，都…]：表示同性質的東西並列
或列舉。

生字 猫／貓；犬／狗
ねこ　　　　いぬ

形 かわいい
【可愛い】

可愛，討人喜愛；小巧玲瓏
類 小さい 小巧的
ちい
對 格好いい 帥，酷
かっこう

□□ 0182

例 先生、この漢字は何と読むのですか。
せんせい　　　かんじ　なん　よ

1秒後影子跟讀 〉

譯 老師，這個漢字怎麼唸？

出題重點 「漢字」唸音讀「かんじ」，意指從中國引
進的字。題型1誤導選項可能有：

● 「かんし」中的濁音「じ」變為清音「し」。

● 「かんず」中的「じ」變為「ず」。

● 「かじん」中的「んじ」位置互換成「じん」。

慣用語

● 漢字を学ぶ／學習漢字。
かんじ　まな

生字 先生／老師；読む／閱讀
せんせい　　　　よ

名 かんじ【漢字】

漢字
類 文字 文字
もじ
對 平仮名 平假名
ひらがな

か

□□ 0183

例 木の下に犬がいます。
き　した　いぬ

1秒後影子跟讀 〉

譯 樹下有隻狗。

生字 下／下面，下方；犬／狗
した　　　　　　　　　いぬ

名 き【木】

樹，樹木；木材
類 木 樹木
もく
對 花 花
はな
訓 木＝き

□□ 0184

例 私のかばんはあの黄色いのです。
わたし　　　　　　　　きいろ

1秒後影子跟讀 〉

譯 我的包包是那個黃色的。

文法 〉 形容詞＋の：這個「の」是一個代替名詞，代替
句中前面已出現過的某個名詞； 近 〔形容動詞な＋の〕
例 きれいなのが好きです。
す

生字 かばん／皮包，提包

形 きいろい【黄色い】

黃色，黃色的
類 黄 黄
き
對 青い 藍色
あお

きえる 【消える】

☐☐☐ 0185

[Track]

例 風でろうそくが消えました。

1秒後影子跟讀≫

譯 風將燭火給吹熄了。

出題重點 題型4「きえる」的考點有：
- 例句：財布が消えました／錢包消失了。
  消える：指物體或光線消失、熄滅。
- 類似說法：財布が失くなりました／錢包弄丟了。
  失くす：物品的消失或遺失。
- 相對說法：財布が見つかりました／錢包找到了。
  見つかる：被找到或發現某物。

生字 蝋燭／蠟燭

自下 **きえる 【消える】**
（燈，火等）熄滅；（雪等）
化；消失，看不見
類 なくなる 消失，不見
對 出る 出現

☐☐☐ 0186

例 宿題をした後で、音楽を聞きます。

1秒後影子跟讀≫

譯 寫完作業後，聽音樂。

生字 宿題／作業，家庭作業；音楽／音樂

他五 **きく 【聞く】**
聽，聽到；聽從，答應；詢
類 尋ねる 詢問
對 言う 説話
訓 聞=き（く）

☐☐☐ 0187

例 北海道は日本の一番北にあります。

1秒後影子跟讀≫

譯 北海道在日本的最北邊。

生字 一番／最…，頂…

名 **きた 【北】**
北，北方，北邊
類 北側 北邊
對 南 南
訓 北=きた

☐☐☐ 0188

例 土曜日は散歩したり、ギターを練習したりします。

1秒後影子跟讀≫

譯 星期六我會散散步、練練吉他。

生字 散歩／散步；練習／練習

名 **ギター 【guitar】**
吉他
類 バイオリン 小提琴
對 ピアノ 鋼琴

124

□□ 0189

0189

) 汚い部屋だねえ。掃除してください。
〈1秒後影子跟讀〉

訳 真是骯髒的房間啊！請打掃一下。

生字 部屋/房間；掃除/打掃

形 **き**たない【汚い】

骯髒；(看上去) 雜亂無章，亂七八糟

類 汚れる 弄髒
對 綺麗 乾淨的

□□ 0190

例 昼ご飯は駅の前の喫茶店で食べます。
〈1秒後影子跟讀〉

訳 午餐在車站前的咖啡廳吃。

生字 昼ご飯/午餐；駅/(電車)車站

名 **き**っさてん【喫茶店】

咖啡店

類 コーヒーショップ 咖啡店
對 レストラン 餐廳

か

□□ 0191

例 郵便局で切手を買います。
〈1秒後影子跟讀〉

訳 在郵局買郵票。

出題重點 「切手」唸訓讀「きって」，意指用於郵寄的郵資標籤。題型1誤導選項可能有：

● 「きて」中少了「っ」。
● 「きてた」中的「って」變為「てた」。
● 「きつて」中的「っ」變為大寫「つ」。

慣用語〉
●切手を貼る/貼郵票。

生字 郵便局/郵局；買う/購買

名 **き**って【切手】

郵票

類 葉書 明信片
對 切符 車票
訓 手=て

□□ 0192

例 切符を2枚買いました。
〈1秒後影子跟讀〉

訳 買了兩張車票。

生字 枚/張 (計算薄片物品的量詞)

名 **き**っぷ【切符】

票，車票

類 チケット 票券

きのう【昨日】

□□□ 0193

例 昨日は誰も来ませんでした。

1秒後影子跟讀〉

譯 昨天沒有任何人來。

出題重點 題型4「きのう」的考點有：

● 例句：昨日、映画を見ました／我昨天看了電影。

昨日：指前一天，即今天的前一天。

● 類似說法：今日の前の日、映画を見ました／我今天的前一天看了電影。

今日の前の日：也指前一天，即今天的前一天。

文法 だれも[誰也(不)…，誰都(不)…]：後接否定。表示全面的否定。

生字 来る／來，前來

名 **きのう【昨日】**

昨天；近來，最近；過去

類 前の日 前一天

對 明日 明天

□□□ 0194

例 子どもたちは九時ごろに寝ます。

1秒後影子跟讀〉

譯 小朋友們大約9點上床睡覺。

文法 たち[…們]：接在人稱代名詞的後面，表示人的複數；ごろ[左右]：表示大概的時間。一般只接在年月日，和鐘點的詞後面。

生字 子ども／孩子；寝る／就寢，睡覺

名 **きゅう・く【九】**

(數) 九；九個

類 九つ 9個

音 九＝キュウ、ク

□□□ 0195

例 それはどこの国の牛肉ですか。

1秒後影子跟讀〉

譯 那是哪個國家產的牛肉？

文法 それ[那個]：事物指示代名詞。指離聽話者近的事物。

生字 国／國家

名 **ぎゅうにく【牛肉】**

牛肉

類 ビーフ 牛肉〈英文〉

對 鳥肉 雞肉

□□□ 0196

例 お風呂に入ってから、牛乳を飲みます。

1秒後影子跟讀〉

譯 洗完澡後喝牛奶。

文法 に：表示動作移動的到達點。

生字 風呂／浴缸，浴池；入る／進入

名 **ぎゅうにゅう【牛乳】**

牛奶

類 ミルク 牛奶〈英文〉

對 お茶 茶

□□ 0197

例 **今日は早く寝ます。**
1秒後影子跟讀〉

譯 今天我要早點睡。

生字 早い／（時間）早的；寝る／睡覺

名 **きょう【今日】**

今天

類 こんにち 今天
對 明後日 後天

□□ 0198

例 **教室に学生が3人います。**
1秒後影子跟讀〉

譯 教室裡有3個學生。

生字 学生／學生

名 **きょうしつ【教室】**

教室；研究室
類 音楽室 音樂教室
對 図書館 圖書館

か

□□ 0199

例 **私は女の兄弟が4人います。**
1秒後影子跟讀〉

譯 我有4個姊妹。

出題重點 題型4「きょうだい」的考點有：
● 例句：彼女は3人兄弟です／她有3個兄弟姐妹。
● 類似說法：彼女は3人姉妹です／她有3個姐妹。
● 相對說法：彼女は二人の子どもがいます／她有兩個
孩子。

兄弟：指弟和姐妹，包括兄、弟、姐、妹；姉妹：
指女性的姐姐和妹妹；子ども：指孩子，無論是兒子
還是女兒。

生字 女／女性

名 **きょうだい【兄弟】**

兄弟；兄弟姉妹；親如兄弟的
人
類 姉妹 姐妹
對 友達 朋友

□□ 0200

例 **去年の冬は雪が1回しか降りませんでした。**
1秒後影子跟讀〉

譯 去年僅僅下了一場雪。

生字 冬／冬天，冬季；雪／雪；降る／下（雪）

名 **きょねん【去年】**

去年
類 前の年 前一年
對 来年 明年
音 年＝ネン

きらい【嫌い】

読書計劃：□□/□□/□□

□□□ 0201

例) 魚は嫌いですが、肉は好きです。
1秒後影子跟讀〉

譯) 我討厭吃魚，可是喜歡吃肉。

文法〉が [但是]：表示逆接。連接兩個對立的事物，前句跟後句內容是相對立的。
生字) 魚／魚，魚類；肉／肉，肉品

形動) **きらい【嫌い】**
嫌惡，厭惡，不喜歡
類) 嫌 不喜歡的
對) 好き 喜歡的

□□□ 0202

例) ナイフですいかを切った。
1秒後影子跟讀〉

譯) 用刀切開了西瓜。

出題重點) 題型4「きる」的考點有：
● 例句：パンを切ります／我切麵包。
● 類似說法：パンを割ります／我分割麵包。
● 相對說法：パンを食べます／我吃麵包。

切る：表示"切"或"剪"的動作，如切食物、紙張等；割る：表示均勻地分割或打破物體；食べる：表示"吃"的動作。
文法〉で [用…]：動作的方法、手段。
生字) ナイフ／刀子，刀具；すいか／西瓜

他五) **きる【切る】**
切，剪，裁剪；切傷
類) 取る 剪下
對) 付ける 黏上

□□□ 0203

例) 寒いのでたくさん服を着ます。
1秒後影子跟讀〉

譯) 因為天氣很冷，所以穿很多衣服。

文法〉…ので…[因為…]：表示原因、理由。是較委婉的表達方式。一般用在客觀的因果關係，所以也容易推測出結果。
生字) たくさん／許多的；服／衣服，衣物

他上一) **きる【着る】**
(穿) 衣服
類) 履く 穿〈鞋或褲子〉
對) 脱ぐ 脱下

□□□ 0204

例) 鈴木さんの自転車は新しくてきれいです。
1秒後影子跟讀〉

譯) 鈴木先生的腳踏車又新又漂亮。

生字) 自転車／腳踏車；新しい／新的，嶄新的

形動) **きれい【綺麗】**
漂亮，好看；整潔，乾淨
類) 美しい 美麗的
對) 汚い 骯髒的

☐☐ 0205

㊐ 鈴木さんの体重は 120 キロ以上だ。
1秒後影子跟讀〉

㊡ 鈴木小姐的體重超過 120 公斤。

生字 体重／體重；以上／超過

名 キ口
【(法 kilogramme 之略】
千克，公斤
類 千グラム　1000 克
對 グラム　克

☐☐ 0206

㊐ 大阪から東京まで 500 キロあります。
1秒後影子跟讀〉

㊡ 大阪距離東京 500 公里。

出題重點 「キロ」是 "公里" 的意思，題型 2 可能混淆的片假名有：「キユ」、「テロ」和「チコ」。「キ」筆劃交叉，「テ」形似 "二" 加一撇，「チ」像 "千" 字；而「口」像 "口" 字，「コ」如「口」但少左邊直線，「ユ」下筆較長。在考試時間壓迫下易混淆，須留意其差異。

慣用語〉
● 5キロ走る／跑 5 公里。

名 キ口
【(法) kilo mêtre 之略】
一千公尺，一公里
類 千メートル　1000 公尺
對 メートル　公尺

☐☐ 0207

㊐ 日曜日は銀行が閉まっています。
1秒後影子跟讀〉

㊡ 週日銀行不營業。

生字 日曜日／星期天；閉まる／停止營業，關門

名 ぎんこう【銀行】
銀行
類 郵便局　郵局
對 アパート　公寓

☐☐ 0208

㊐ 来週の金曜日友達と出かけるつもりです。
1秒後影子跟讀〉

㊡ 下週五我打算跟朋友出去。

文法 つもり [打算…，準備…]：打算作某行為的意志。是事前而非臨時決定，且想做的意志相當堅定； 近 動詞ない形＋つもり [不打算…]
生字 来週／下週；出かける／外出

名 きんようび
【金曜日】
星期五
類 週末　週末
對 月曜日　星期一
訓 日＝び
音 金＝キン

主題單字

あ

か

さ

た

な

は

ま

や

ら

練習

129

くすり【薬】

☐☐☐ 0209

例 頭が痛いときはこの薬を飲んでください。
1秒後影子跟讀 》

譯 頭痛的時候請吃這個藥。

出題重點 薬（くすり）："藥物"治療疾病或緩解症狀的物質。題型 3 的陷阱可能有，
- 果物（くだもの）："水果" 植物的食用部分，如蘋果、香蕉。
- 食べ物（たべもの）："食物" 可供食用的物品或料理。
- お菓子（おかし）："甜點" 甜點或小吃，如餅乾、糖果。

慣用語
- 薬を飲む／吃藥。

生字 痛い／疼痛的；飲む／服用，飲用

名 く|すり【薬】
藥，藥品
類 薬品 藥品
對 食べ物 食物

☐☐☐ 0210

例 部屋をきれいにしてください。
1秒後影子跟讀 》

譯 請把房間整理乾淨。

生字 部屋／房間；きれい／乾淨的，整潔的

補助 く|ださ|い
【下さい】
（表請求對方作）請給（我）
請…
類 もらう 接收
對 あげる 給予

☐☐☐ 0211
Track2

例 毎日果物を食べています。
1秒後影子跟讀 》

譯 每天都會吃水果。

文法 動詞＋ています：有習慣做同一動作的意思。
生字 毎日／每天

名 く|だもの【果物】
水果，鮮果
類 フルーツ 水果
對 野菜 蔬菜

☐☐☐ 0212

例 口を大きく開けて。風邪ですね。
1秒後影子跟讀 》

譯 張大嘴巴。你感冒了喲。

生字 開ける／打開，張開；風邪／感冒

名 く|ち【口】
口，嘴巴
類 入り口 入口
對 目 眼睛
訓 口=くち

讀書計劃：☐☐／☐☐／☐☐

例 0213

靴を履いて外に出ます。

1秒後影子跟讀 >

譯 穿上鞋子出門去。

生字 履く／穿著，穿上；出る／出去

名 **くつ【靴】**

鞋子

類 サンダル　涼鞋

對 帽子　帽子

例 0214

寒いから、厚い靴下を穿きなさい。

1秒後影子跟讀 >

譯 天氣很冷，所以穿上厚襪子。

生字 厚い／厚的，厚實的；穿く／穿著，穿上

名 **くつした【靴下】**

襪子

類 ソックス　短襪

對 手袋　手套

か

例 0215

世界で一番広い国はどこですか。

1秒後影子跟讀 >

譯 世界上國土最大的國家是哪裡？

慣用語

● 他の国／其他國家。

● 日本という国／叫做日本的國家。

必考音訓讀

国（コク・くに）＝國家、國土、國。例：

● 外国（がいこく）／外國

● お国（おくに）／您的國家

生字 世界／世界，全球，天下；広い／寬廣的，寬闊的

名 **くに【国】**

國家；國土；故鄉

類 国家　國家

對 市　城市

訓 国＝くに

例 0216

明後日の午前は晴れますが、午後から曇ります。

1秒後影子跟讀 >

譯 後天早上是晴天，從午後開始轉陰。

生字 明後日／後天；晴れる／晴朗，放晴

自五 **くもる【曇る】**

變陰；模糊不清

類 雲が出る　雲層加厚

對 晴れる　天晴

131

くらい 【暗い】

読書計劃：□□／□□／□□

□□□ 0217

例 空が暗くなりました。
1秒後影子跟讀

譯 天空變暗了。

生字 空／天，天空

形 く|らい 【暗い】
(光線) 暗，黑暗；(顏色)
暗，發黑
類 明るくない　不亮的
對 明るい　明亮的

□□□ 0218

例 郵便局までどれぐらいかかりますか。
1秒後影子跟讀

譯 到郵局大概要花多少時間？

出題重點 「位 (くらい・ぐらい)」意指"大約"或"左右"，題型 2 可能混淆的漢字有：「立」表示"站立"或"建立"；「拉」意為"拉扯"；「佳」表示"好"；「粒」在日文中稱作「つぶ」，意指"顆粒"或"粒子"。

慣用語
● 5人くらい／大約 5 人。

文法 どれぐらい [多久]：可視句子的內容，翻譯成「多久、多少、多少錢、多長、多遠」等；近 どのぐらい [多久]
生字 郵便局／郵局；かかる／花費

副助 くらい・ぐらい
【位】
(數量或程度上的推測) 大概，左右，上下
類 大体　大約
對 丁度　正好

□□□ 0219

例 男の子だけのクラスはおもしろくないです。
1秒後影子跟讀

譯 只有男生的班級一點都不好玩！

文法 だけ [只，僅僅]：表示只限於某範圍，除此以外沒有別的了。
生字 男の子／男孩；おもしろい／有趣的

名 クラス 【class】
(學校的) 班級；階級，等級
類 教室　教室
對 学校　學校

□□□ 0220

例 すみません、グラス二つください。
1秒後影子跟讀

譯 不好意思，請給我兩個玻璃杯。

文法 …ください [我要…，給我…]：表示想要什麼的時候，跟某人要求某事物。
生字 二つ／兩個

名 グラス 【glass】
玻璃杯；玻璃
類 コップ　玻璃杯
對 皿　盤子

132

0221

例 牛肉を 500 グラム買う。
1秒後影子跟讀〉

譯 買 500 公克的牛肉。

生字 牛肉／牛肉；買う／購買

名 グラム
【(法) gramme】
公克
類 千分の一キロ　毫公斤
對 キログラム（キロ）公斤

0222

例 山中さんはもうすぐ来るでしょう。
1秒後影子跟讀〉

譯 山中先生就快來了吧！

慣用語
●友達がくる／朋友會來。

必考音訓讀
来（ライ・く〈る〉）＝來、到來、來臨。例：
●来月（らいげつ）／下個月
●来週（らいしゅう）／下週
●来る（くる）／來

文法 でしょう[也許…，大概…吧]：表示説話者的推測，説話者不是很確定；近 でしょう[…對吧／表示確認]

生字 もうすぐ／即將，再過一會兒

自サ くる【来る】
（空間，時間上的）來；到來
類 訪ねる　拜訪
對 行く　去
訓 来＝く（る）

0223

例 車で会社へ行きます。
1秒後影子跟讀〉

譯 開車去公司。

生字 会社／公司

名 くるま【車】
車子的總稱，汽車
類 自動車　汽車
對 自転車　自行車
訓 車＝くるま

0224

例 猫も犬も黒いです。
1秒後影子跟讀〉

譯 貓跟狗都是黑色的。

生字 猫／貓，貓咪；犬／狗

形 くろい【黒い】
黑色的；褐色；骯髒；黑暗
類 暗い　昏暗的
對 白い　白色

けいかん【警官】

□□□ 0225

例 前の車、止まってください。警官です。

1秒後影子跟讀 》

譯 前方車輛請停車。我們是警察。

生字 前/前面，前方；止まる/停下，停止

名 けいかん【警官】

警官，警察

類 お巡りさん 巡警

對 泥棒 小偷

□□□ 0226

例 今朝図書館に本を返しました。

1秒後影子跟讀 》

譯 今天早上把書還給圖書館了。

生字 図書館/圖書館；返す/歸還

名 けさ【今朝】

今天早上

類 今日の朝 今天早上

對 今晩 今天晚上

□□□ 0227

例 地震のときはすぐ火を消しましょう。

1秒後影子跟讀 》

譯 地震的時候趕緊關火吧！

生字 すぐ/立刻，立即；火/火

他五 けす【消す】

熄掉，撲滅；關掉，弄滅；
失，抹去

類 無くなる 沒了，消失

對 付ける 打開

□□□ 0228

例 ご飯はもうけっこうです。

1秒後影子跟讀 》

譯 飯我就不用了。

出題重點 結構（けっこう）：“相當、不錯”意味著程度是足夠的或不錯的。題型 3 的陷阱可能有，

● もっと：“更多”更多的、更進一步的，程度上的增加。

● 良い（よい／いい）：“好的”正面的評價或感覺。

● 悪い（わるい）：“壞的”負面的評價或感覺。

慣用語 》

● けっこうな高さ/相當的高度。

● けっこうな量/相當的量。

● けっこう疲れる/相當累。

生字 ご飯/米飯，飯食

形動·副 けっこう【結構】

很好，出色；可以，足夠；（表示否定）不要；相當

類 良い 好的

對 悪い 不好的

□□ 0229

例 兄は今35歳で**結婚**しています。

1秒後影子跟讀〉

譯 哥哥現在是35歲，已婚。

生字 兄/哥哥；歳/歲，歲數

名·自サ **けっこん【結婚】**

結婚

類 愛 愛情
對 別れ 分離

□□ 0230

例 来週の**月曜日**の午後3時に、駅で会いましょう。

1秒後影子跟讀〉

譯 下禮拜一的下午3點，我們約在車站見面吧。

生字 午後/下午；駅/（電車）車站

名 **げつようび 【月曜日】**

星期一
類 週の初め 一週的開始
對 日曜日 星期日
訓 日＝び
音 月＝ゲツ

か

□□ 0231

例 友達は**玄関**で靴を脱ぎました。

1秒後影子跟讀〉

譯 朋友在玄關脫了鞋。

生字 靴/鞋子；脱ぐ/脫掉

名 **げんかん【玄関】**

（建築物的）正門，前門，玄關
類 入口 入口
對 出口 出口

□□ 0232

例 どの人が一番**元気**ですか。

1秒後影子跟讀〉

譯 哪個人最有精神呢？

出題重點 題型4「げんき」的考點有：

● 例句：元気です/我很好。

元気：身體和精神狀態好，有活力。

● 類似說法：体がいいです/身體很好。

体がいい：身體狀態良好或健康狀態佳。

● 相對說法：体が悪いです/我不舒服。

体が悪い：身體狀態不好，可能疲勞或生病。

生字 一番/最，頂

名·形動 **げんき【元気】**

精神，朝氣；健康
類 健康 健康
對 病気 生病
音 気＝キ

135

こ【個】

□□□ 0233

例　冷蔵庫にたまごが3個あります。
1秒後影子跟讀》

譯　冰箱裡有3個雞蛋。

出題重點　「個（こ）」是一個計數單位，常用於計算可數物品的數量。題型2可能混淆的漢字有：「固」意指"堅固"或"固定"；「涸」字在日語中不常用；「徊」意指"徘徊"、"猶豫不決"；「個」在日語中也不常用，但可能表示"悠然自得"或"非凡"的意義。

慣用語

● 3個のりんご／3個蘋果。

生字　冷蔵庫／冰箱；たまご／雞蛋

名・接尾　**こ**【個】
…個
類　**点** 點
對　**本** 根，瓶

□□□ 0234

例　八百屋でリンゴを五個買いました。
1秒後影子跟讀》

譯　在蔬果店買了5顆蘋果。

生字　八百屋／蔬果鋪，蔬果店；リンゴ／蘋果

名　**ご**【五】
（數）五
類　**五個** 5個
音　五＝ゴ

□□□ 0235

Track2-

例　日本語のテストはやさしかったですが、問題が多かったです。
1秒後影子跟讀》

譯　日語考試很簡單，但是題目很多。

生字　テスト／考試；やさしい／簡單的；問題／題目

名・接尾　**ご**【語】
語言；…語
類　**言葉** 語言
對　**文** 文章
音　語＝ゴ

□□□ 0236

例　この公園はきれいです。
1秒後影子跟讀》

譯　這座公園很漂亮。

生字　きれい／漂亮的

名　**こうえん**【公園】
公園
類　**森** 樹林
類　**建物** 建築物

□□ 0237

例 その**交差点**を左に曲がってください。

1秒後影子跟讀》

譯 請在那個交差路口左轉。

生字 左／左邊；曲がる／轉彎

名 こうさてん【交差点】

交差路口

對 道 道路

□□ 0238

例 大きな**声**で言ってください。

1秒後影子跟讀》

譯 請大聲說。

出題重點 声（こえ）："聲音"尤其是人的說話聲。
題型3的陷阱可能有，

- 顔（かお）："臉"人的臉部。
- 手（て）："手"人的手，包含五指。
- 髪（かみ）："頭髮"頭髮。

慣用語》

- 声を出す／提高嗓音。
- 声が低い／低沉的聲音。

生字 大きな／大的，巨大的；言う／說，講，說出

名 こえ【声】

（人或動物的）聲音，語音

類 音 聲音

對 静か 安靜的

か

□□ 0239

例 すみません、**コート**を取ってください。

1秒後影子跟讀》

譯 不好意思，請幫我拿大衣。

生字 取る／拿取

名 コート【coat】

外套，大衣；（西裝的）上衣

類 ジャケット 夾克

對 Tシャツ T恤

□□ 0240

例 ジュースはもうありませんが、**コーヒー**はまだあります。

1秒後影子跟讀》

譯 已經沒有果汁了，但還有咖啡。

文法》 まだ[還…；還有…]：後接肯定。表示同樣的狀態，從過去到現在一直持續著。另也表示還留有某些時間或東西。

生字 ジュース／果汁

名 コーヒー【（荷）koffie】

咖啡

類 お茶 茶

對 砂糖 砂糖

こ こ

□□□ 0241

例　**ここで電話をかけます。**
でん わ

1秒後影子跟讀 〉

譯　在這裡打電話。

生字　**かける**／撥打

代 **こ こ**

這裡；（表時間）最近，目前

類 **こっち**　這裡

對 **あそこ**　那裡

□□□ 0242

例　**九日は誕生日だったから、家族とパーティーをしました。**
ここのか　たんじょうび　　　　　　　　かぞく

1秒後影子跟讀 〉

譯　9 號是我的生日，所以和家人辦了慶祝派對。

生字　**家族**／家人；**パーティー**／派對
かぞく

名 **こ このか 【九日】**

（每月）九號，九日；九天

類 **九日目**　第9天
ここのかめ

訓 九=ここの

訓 日=か

□□□ 0243

例　**うちの子は九つになりました。**
こ　ここの

1秒後影子跟讀 〉

譯　我家小孩9歲了。

生字　**うち**／我家；**子**／孩子
こ

名 **こ このつ 【九つ】**

（數）九個；九歲

類 **九個**　9個
きゅうこ

訓 九=ここの （つ）

□□□ 0244

例　**午後7時に友達に会います。**
ご ご しち じ　ともだち　あ

1秒後影子跟讀 〉

譯　下午 7 點要和朋友見面。

出題重點　題型 4「ごご」的考點有：

● 例句：**午後3時です**／下午 3 點了。
ご ご さん じ

午後：顯示時間是從正午之後的某個時刻。

● 類似說法：**夕方3時です**／傍晚 3 點了。
ゆうがたさん じ

夕方：指傍晚或晚上接近的時間。

文法　**に**[在…]：在某時間做某事。表示動作、作用的時間。

生字　**友達**／友人，朋友；**会う**／見面
ともだち　　　　　　　　　あ

名 **ごご 【午後】**

下午，午後，後半天

類 **昼**　中午
ひる

對 **午前**　上午
ごぜん

音 午=ゴ

□□□ 0245

例 **ご主人のお仕事は何でしょうか。**
〈1秒後影子跟讀〉

譯 請問您先生的工作是…？

文法 …の…[…的…]：用於修飾名詞，表示該名詞的所有者、內容說明、作者、數量、材料還有時間、位置等等。
生字 仕事／工作

名 **ご**しゅじん
【ご主人】
（稱呼對方的）您的先生，您的丈夫
類 夫 丈夫
對 奥さん 夫人
音 人＝ジン

□□□ 0246

例 **明後日の午前、天気はどうなりますか。**
〈1秒後影子跟讀〉

譯 後天上午的天氣如何呢？

出題重點 題型4「ごぜん」的考點有：
● 例句：午前9時です／上午9點了。
● 類似說法：朝9時です／早上9點了。
● 相對說法：午後9時です／下午9點了。

午前：顯示時間是從正午之前的某個時刻；朝：指早上的時間；午後：顯示時間是從正午之後的某個時刻。
生字 明後日／後天；天気／天氣

名 **ご**ぜん**【午前】**
上午，午前
類 朝 早上
對 午後 下午
音 午＝ゴ
音 前＝ゼン

□□□ 0247

例 **山田君、この質問に答えてください。**
〈1秒後影子跟讀〉

譯 山田同學，請回答這個問題。

文法 この[這…]：指示連體詞。指離說話者近的事物。
生字 質問／問題

自下 **こ**たえる
【答える】
回答，答覆；解答（或唸：こたえる）
類 話す 告訴
對 聞く 提問

□□□ 0248

例 **おいしかったです。御馳走様でした。**
〈1秒後影子跟讀〉

譯 真好吃，承蒙您招待了，謝謝。

生字 おいしい／美味的

寒暄 **ご**ちそうさまでした
【御馳走様でした】
多謝您的款待，我已經吃飽了
類 ありがとう 謝謝
對 いただきます 我要開動了〈用於餐前〉

こちら

□□□ 0249

例 山本さん、こちらはスミスさんです。

1秒後影子跟讀 》

譯 山本先生，這位是史密斯小姐。

文法 こちら [這邊；這位]：方向指示代名詞，指離説話者近的方向。也可以用來指人。

代 **こちら**

這邊，這裡，這方面;這位;我們（口語為「こっち」）

類 こっち 這裡

對 あちら 那裡

□□□ 0250

例 こちらこそ、どうぞよろしくお願いします。

1秒後影子跟讀 》

譯 不敢當，請您多多指教！

出題重點 「こちらこそ」是日常會話中常用的語句，表示對方的感謝或對等的回應。題型 2 可能混淆的字有：「ロチラコソ」、「コテラコソ」、「コチワコソ」、「コチラコン」。「コ」和「ロ」差異在「ロ」左邊有一直線；「チ」形似 "千"，「テ」形似 "T"；「ラ」頭部有一橫線，而「ワ」左邊有一直線；「ソ」和「ン」的斜線方向相反。

寒喧 **こちらこそ**

哪兒的話，不敢當

類 私も 我也是

對 そちらこそ 你們才是

□□□ 0251

Track2-

例 コップで水を飲みます。

1秒後影子跟讀 》

譯 用杯子喝水。

文法 で [用…；乘坐…]：動作的方法、手段；或表示使用的交通工具。
生字 水／水；飲む／喝，飲用

名 **コップ**
【（荷）kop】

杯子，玻璃杯

類 グラス 玻璃杯

對 皿 盤子

□□□ 0252

例 去年は旅行しましたが、今年はしませんでした。

1秒後影子跟讀 》

譯 去年有去旅行，今年則沒有去。

文法 …は…が、…は…[但是…]：區別、比較兩個對立的事物，對照地提示兩種事物。
生字 旅行／旅遊

名 **ことし**【今年】

今年

對 来年 明年

訓 年＝とし

音 今＝コ

□□ 0253

例 日本語の言葉を9つ覚えました。
　1秒後影子跟讀 ▷

譯 學會了9個日語詞彙。

名 こ**とば**【言葉】

語言，詞語
類 単語　單詞
對 文　句子

文法 を：表示動作的目的或對象。
生字 9つ／9個；覚える／記住

□□ 0254

例 子どもに外国のお金を見せました。
　1秒後影子跟讀 ▷

譯 給小孩子看了外國的錢幣。

名 こ**ども**【子ども】

自己的兒女；小孩，孩子，兒童
類 男の子　男孩
對 大人　成人
訓 子＝こ

文法 に[給…，跟…]：表示動作、作用的對象。
生字 外国／國外；見せる／給…看

□□ 0255

例 この仕事は1時間ぐらいかかるでしょう。
　1秒後影子跟讀 ▷

譯 這項工作大約要花一個小時吧。

連體 **この**

這…，這個…
對 その　那個
對 あの　那個

文法 ぐらい[大約，左右，上下]：表示時間上的推測、估計。一般用在無法預估正確的時間，或是時間不明確的時候。
生字 仕事／工作；かかる／花費

□□ 0256

例 ご飯を食べました。
　1秒後影子跟讀 ▷

譯 我吃過飯了。

名 ご**はん**【ご飯】

米飯；飯食，餐
類 食事　食物
對 飲み物　飲料

出題重點 「ご飯（ごはん）」指的是"飯"或"米飯"，常用來表示一餐的主食。題型2可能混淆的漢字有：「飲」、「飽」和「飢」。其中「飲」是"喝"的意思；「飽」是"飽足"的意思；「飢」是"飢餓"的意思。

慣用語 ▷

● ご飯を作る／煮飯。

● ご飯が冷める／飯冷了。

生字 食べる／吃，食用

コピー 【copy】

□□□ 0257

例 山田君、これをコピーしてください。
やま だ くん

1秒後影子跟讀 〉

譯 山田同學，麻煩請影印一下這個。

名・他サ **コピー 【copy】**

拷貝，複製，副本

類 一緒 相同
いっしょ

對 違う 不同
ちが

出題重點 「コピー」意為 "複製" 或 "影印"。題型 2 可能混淆的片假名有：「ユピー」、「コモー」和「コピニ」。「コ」與「ユ」不同在第二筆畫比較長。「ヒ」像 "比" 的一邊，「モ」形狀像上面少一撇的 "毛"。長音符「一」是一條水平線，「ニ」不是正確的表現方式。須注意這些片假名的形狀都有些細微的差別。

文法 これ [這個]：事物指示代名詞。指離説話者近的事物。

□□□ 0258

例 お金がなくて、困っています。
かね こま

1秒後影子跟讀 〉

譯 沒有錢真傷腦筋。

自五 **こまる 【困る】**

感到傷腦筋，困擾；難受，苦惱；沒有辦法

類 大変 麻煩的
たいへん

對 嬉しい 高興的
うれ

文法 が：表示好惡、需要及想要得到的對象，還有能夠做的事情、明白瞭解的事物，以及擁有的物品。

生字 お金／錢，金錢
かね

□□□ 0259

例 ごめんください。山田です。
やま だ

1秒後影子跟讀 〉

譯 有人在家嗎？我是山田。

寒暄 **ごめんください**
【御免ください】

有人在嗎

類 お邪魔します 打擾了
じゃ ま

對 入らない 不進入
はい

□□□ 0260

例 遅くなってごめんなさい。
おそ

1秒後影子跟讀 〉

譯 對不起。我遲到了。

連語 **ごめんなさい**
【御免なさい】

對不起

類 すみません 對不起

對 ありがとう 謝謝

文法 形容詞く＋動詞：形容詞修飾句子裡的動詞。

生字 遅い／遲的，過時
おそ

□□□ 0261

例 これは私が高校のときの写真です。
1秒後影子跟讀 >

譯 這是我高中時的照片。

代 これ

這個，此；這人；現在，此時

類 この 這（個）

對 それ 那個

出題重點 題型 4「これ」的考點有：
● 例句：これは私のペンです／這是我的筆。
これ：指的是說話者附近的事物或情況。
● 類似說法：このペンは私のです／這支筆是我的。
この：也指說話者附近的事物，但是後面通常直接跟名詞。

文法 …は…です […是…]：主題是後面要敘述或判斷的
對象。對象只限「は」所提示範圍。「です」表示對主題
的斷定或說明。

生字 高校／高中；写真／照片

□□□ 0262

例 昨日は 11 時ごろ寝ました。
1秒後影子跟讀 >

譯 昨天 11 點左右就睡了。

名·接尾 ころ·ごろ 【頃】

（表示時間）左右，時候，時期；
正好的時候

類 時 時間，時候

對 いつも 總是，經常

文法 ごろ [左右]：表示大概的時間。一般只接在年月
日，和鐘點的詞後面。

生字 昨日／昨天；寝る／睡覺

□□□ 0263

例 今月も忙しいです。
1秒後影子跟讀 >

譯 這個月也很忙。

名 こんげつ【今月】

這個月

類 この月 這個月

對 先月 上個月

音 今＝コン

音 月＝ゲツ

文法 …も… [也…，又…]：用於再累加上同一類型的事物。

生字 忙しい／忙碌的

□□□ 0264

例 今週は 80 時間も働きました。
1秒後影子跟讀 >

譯 這一週工作了 80 個小時之多。

名 こんしゅう
【今週】

這個星期，本週

類 この週 這週

對 先週 上週

音 今＝コン

音 週＝シュウ

文法 …も… [之多；竟；也]：前接數量詞，表示數量
比一般想像的還多，有強調多的作用。含有意外的語意。

生字 時間／…小時；働く／工作

か

143

第二回

題型 1

もんだい1 ＿＿＿＿＿の ことばは どう よみますか。1・2・3・4
から いちばん いい ものを ひとつ えらんで く
ださい。

1 この かばんは とても 軽いです。

　　　1 かるい　　　2 あつい　　　3 おもい　　　4 ちかい

2 にほんは きれいな 国です。

　　　1 くに　　　　2 こく　　　　3 ごく　　　　4 にく

題型 2

もんだい2 ＿＿＿＿＿の ことばは どう かきますか。1・2・3・4
から いちばん いい ものを ひとつ えらんで く
ださい。

3 かれは あした、この まちに あそびに くる。

　　　1 来る　　　　2 來る　　　　3 菜る　　　　4 夾る

4 かれは がくせいだけど、ケーキを つくるのが じょうずです。

　　　1 労　　　　　2 学　　　　　3 孚　　　　　4 字

題型 3

もんだい3 （　　　）に なにを いれますか。1・2・3・4から
いちばん いい ものを ひとつ えらんで くださ
い。

5 かれから ほんを （　　　） つもりです。

　　　　1 かる　　　　　2 かす　　　　　　3 かりる　　　　4 かえす

6　あかるすぎるから、でんきを　（　　　）　ください。
　　　　1 つけて　　　　2 あけて　　　　　3 あいて　　　　4 けして

題型 4

もんだい 4 　　＿＿＿＿の　ぶんと　だいたい　おなじいみの　ぶ
　　　　　んが　あります。1・2・3・4から　いちばん　い
　　　　　い　ものを　ひとつ　えらんで　ください。

7　かれは　わたしに　1000えんを　かします。
　　1　かれは　わたしに　1000えんを　とります。
　　2　かれは　わたしに　1000えんを　かえします。
　　3　かれは　わたしに　1000えんを　みせます。
　　4　わたしは　かれに　1000えんを　かります。

8　としょかんは　まいあさ　10じに　ひらきます。
　　1　としょかんは　ごご　10じに　しまります。
　　2　としょかんは　ごご　10じまでです。
　　3　としょかんは　ごぜん　10じからです。
　　4　としょかんは　ごぜん　10じまで　ひらきます。

こんな

□□□ 0265

例 **こんなうちに住みたいです。**
1秒後影子跟讀 〉

譯 我想住在這種房子裡。

出題重點 題型 4「こんな」的考點有：
● 例句：こんな本、欲しかった！／我想要這樣的書！
こんな：用於描述某種特定類型或特性的事物。
● 類似說法：このような本、欲しかった！／我想要這種書！
このような：同樣用於描述特定類型或特性的事物。

文法 たい［…想要做…］：表示說話者內心希望某一行為能實現，或是強烈的願望。疑問句時表示聽話者的願望。

生字 うち／房屋，住宅；住む／居住

連體 こんな
這樣的，這種的

類 このような 這樣的

對 そんな 那樣的

□□□ 0266

例 **「こんにちは、お出かけですか。」「ええ、ちょっとそこまで。」**
1秒後影子跟讀 〉

譯 「你好，要出門嗎？」「對，去辦點事。」

文法 そこ［那裡］：場所指示代名詞。指離聽話者近的場所。

生字 出かける／外出，出門；ちょっと／稍微，一下

寒暄 こんにちは
【今日は】
你好，日安

類 おはようございます 早好

對 こんばんは 晚上好
音 今＝コン
音 日＝ニチ

□□□ 0267

例 **今晩のご飯は何ですか。**
1秒後影子跟讀 〉

譯 今晚吃什麼呢？

文法 なん［什麼］：代替名稱或情況不瞭解的事物。也用在詢問數字時。

生字 ご飯／餐食，飯菜

名 こんばん【今晩】
今天晚上，今夜

類 今日の晩 今晚
對 今朝 今天早晨
音 今＝コン

□□□ 0268

例 **こんばんは、お散歩ですか。**
1秒後影子跟讀 〉

譯 晚安你好，來散步嗎？

文法 か［嗎，呢］：接於句末，表示問別人自己想知道的事。

生字 散歩／散步

寒暄 こんばんは
【今晩は】
晚安你好，晚上好

類 おやすみなさい 晚安

對 おはようございます 早好
音 今＝コン

□□ 0269

例 **外は寒いでしょう。さあ、お入りなさい。**

1秒後影子跟讀 >

譯 外面很冷吧。來，請進請進。

文法 **でしょう[也許…，大概…吧]**：表示說話者的推測，說話者不是很確定。

生字 **外**／室外，外面；**入る**／進入

感 **さあ**

（表示勸誘，催促）來；表躊躇，遲疑的聲音

類 どうだろう　不確定的回答

對 はい　對，是

□□ 0270

例 **日本では6歳で小学校に入ります。**

1秒後影子跟讀 >

譯 在日本，6歲就上小學了。

文法 **では**：強調格助詞前面的名詞。

生字 **小学校**／小學；**入る**／進入

名·接尾 **さい【歳】**

…歲

類 年　年齡

對 背　身高

さ

□□ 0271

例 **財布はどこにもありませんでした。**

1秒後影子跟讀 >

譯 到處都找不到錢包。

出題重點 「財布」唸音讀「さいふ」，意指錢包。題型1誤導選項可能有：

● 「さいぶ」中的「ふ」變為濁音「ぶ」。

● 「さえふ」中的「い」變為「え」。

● 「ざいふ」中的「さ」變為濁音「ざ」。

文法 **…は…ません**：「は」前面的名詞或代名詞是動作、行為否定的主體。

生字 **どこ**／哪裡

名 **さいふ【財布】**

錢包

類 袋　小袋子

對 バッグ　包包

□□ 0272

例 **先に食べてください。私は後で食べます。**

1秒後影子跟讀 >

譯 請先吃吧。我等一下就吃。

文法 **…てください[請…]**：表示請求、指示或命令某人做某事。

生字 **食べる**／吃，食用

名 **さき【先】**

先，早；頂端，尖端；前頭，最前端

類 前　前面

對 後　之後

訓 先＝さき

さく【咲く】

□□□ 0273

例 公園に桜の花が咲いています。

1秒後影子跟讀

譯 公園裡開著櫻花。

文法 に：存在的場所。後接「います」和「あります」表存在。「います」用在有生命物體的名詞。

生字 公園／公園；桜／櫻花，櫻花樹

自五 さく【咲く】

開（花）

類 開く 開放

對 落ちる 落下

□□□ 0274

例 自分の夢について、日本語で作文を書きました。

1秒後影子跟讀

譯 用日文寫了一篇有關自己的夢想的作文。

生字 自分／自己；夢／夢想；書く／寫，撰寫

名 さくぶん【作文】

作文

類 エッセイ 散文

對 小説 小説

□□□ 0275

例 雨だ。傘をさしましょう。

1秒後影子跟讀

譯 下雨了，撐傘吧。

出題重點 差す（さす）："伸出、展開"向特定方向伸出或展開，如撐開傘或伸出手。題型3的陷阱可能有，
- 取る（とる）："拿起、獲得"從位置上拿起或取得某物。
- 回る（まわる）："旋轉、環繞"物體或人在某點或路線上進行旋轉、環繞。
- 出す（だす）："移出、提交"將物品從內部移至外部，或提交文件。

慣用語
- 日が差す／陽光照射。

生字 雨／雨；傘／傘，雨傘

他五 さす【差す】

撐（傘等）；插

類 出す 伸出

對 取る 拿取

□□□ 0276

例 雑誌2冊とビールを買いました。

1秒後影子跟讀

譯 我賣了2本雜誌跟一瓶啤酒。

文法 …と…[…和…，…與…]：表示幾個事物的並列。想要敘述的主要東西，全部都明確地列舉出來。

生字 雑誌／雜誌；ビール／啤酒；買う／購買，購入

接尾 さつ【冊】

…本，…冊

類 本 冊

對 雑誌 雜誌

148

0277

例 **雑誌**をまだ**半分**しか**読**んでいません。

1秒後影子跟讀 〉

譯 雜誌僅僅看了一半而已。

名 **ざっし【雑誌】**

雜誌，期刊

類 漫画 漫畫
對 新聞 新聞

出題重點 雑誌（ざっし）："雜志"定期出版，涵蓋特定主題或廣泛 容的印刷品。題型 3 的陷阱可能有，

● 電車（でんしゃ）："電車"運行於鐵軌上，使用電力的交通工具。
● 椅子（いす）："座椅"人們坐下時使用的家具，常有背靠和四腳。
● 音楽（おんがく）："音樂"由聲音組成，具有旋律、節奏的藝術形式。

文法 しか [只，僅僅]：表示限定。一般帶有因不足而感到可惜、後悔或困擾的心情。

生字 半分／一半；読む／閱讀

0278

例 このケーキには**砂糖**がたくさん**入**っています。

1秒後影子跟讀 〉

譯 這蛋糕加了很多砂糖。

名 **さとう【砂糖】**

砂糖

類 甘い 甜的
對 塩 鹽

文法 には：強調格助詞前的名詞。

生字 ケーキ／蛋糕；たくさん／大量地；入る／含有，放入

0279

例 **私**の**国**の**冬**は、とても**寒**いです。

1秒後影子跟讀 〉

譯 我國冬天非常寒冷。

形 **さむい【寒い】**

（天氣）寒冷

類 涼しい 涼爽的
對 暑い 炎熱的

生字 国／國家；冬／冬天，冬季

0280

例 「**さようなら**」は**中国語**で**何**といいますか。

1秒後影子跟讀 〉

譯 「sayoonara」的中文怎麼說？

感 **さよなら・さようなら**

再見，再會；告別（或唸：さよなら・さようなら）

類 それじゃ 再見
對 こんにちは 你好

生字 中国語／中文

□□□ 0281

例 今、2023 年です。さらいねんは外国に行きます。

1秒後影子跟讀》

譯 現在是 2023 年。後年我就要去國外了。

文法 に [往…，去…]：前接跟地方有關的名詞，表示動作、行為的方向。同時也指行為的目的地。

生字 外国／國外；行く／前往

名 さらいねん
【再来年】

後年

類 来年　明年

對 去年　去年

音 来＝ライ

音 年＝ネン

□□□ 0282

例 林さんは面白くていい人です。

1秒後影子跟讀》

譯 林先生人又風趣，個性又好。

文法 形容詞く＋て：表示句子還沒說到此暫時停頓和屬性的並列的意思。還有輕微的原因。

生字 面白い／幽默的，有趣的；良い／善良的

接尾 さん

(接在人名，職稱後表敬意或親切)…先生，…小姐

類 様　先生，小姐

對 君　君

□□□ 0283

例 三時ごろ友達が家へ遊びに来ました。

1秒後影子跟讀》

譯 3 點左右朋友來家裡來玩。

文法 …へ…に：表移動的場所與目的。

生字 ごろ／左右，大約；来る／前來，來訪

名 さん【三】

(數) 三；三個；第三；三次

類 三つ　3 個

音 三＝サン

□□□ 0284

例 私は毎朝公園を散歩します。

1秒後影子跟讀》

譯 我每天早上都去公園散步。

出題重點 「散歩（さんぽ）」意指 "散步"，表示在公園或其他地方悠閒地走走。題型 2 可能混淆的漢字有：「散渋」、「激歩」和「激渋」，這些字在日語中並沒有特定的意義。

慣用語

● 散歩に行く／去散步。

● 朝の散歩／早晨散步。

文法 を：表經過或移動的場所。

生字 公園／公園

名·自サ さんぽ【散歩】

散步，隨便走走

類 歩く　走路

對 走る　跑步

□□ 0285

例 昨日<ruby>四<rt>きのう よ</rt></ruby>時間勉強しました。

1秒後影子跟讀》

譯 昨天唸了4個小時的書。

生字 時間／…小時；勉強／用功讀書，學習

名 し・よん【四】

(數) 四;四個;四次 (後接「時
（じ）、時間（じかん)」時，
則唸「四」(よ))

類 四つ 4個
訓 四＝よん
音 四＝シ

□□ 0286

例 いつも3時ごろおやつを食べます。

1秒後影子跟讀》

譯 平常都是3點左右吃點心。

生字 いつも／通常，總是（一個習慣或常態的行為）；おや
つ／點心

名 じ【時】

…時

類 時間 時間
對 分 分鐘
音 時＝ジ

□□ 0287

例 海の水で塩を作りました。

1秒後影子跟讀》

譯 利用海水做了鹽巴。

文法 で [用…]：製作什麼東西時，使用的材料。
生字 水／水；作る／製作

名 しお【塩】

鹽，食鹽

類 醤油 醬油
對 砂糖 糖

□□ 0288

例 時間はある。しかしお金がない。

1秒後影子跟讀》

譯 有空但是沒錢。

慣用語

● しかし、それは違う／但是，那是錯的。

● したいと思う、しかしできない／想要做，但是不能。

● 行きたい、しかしお金がない／想要去，但沒有錢。

文法 しかし [但是]：表示轉折關係。表示後面的事態，
跟前面的事態是相反的。或提出與對方相反的意見。
生字 時間／時間；お金／金錢

接續 しかし

然而，但是，可是

類 けど 但是
對 そして 然後

さ

じかん【時間】

□□□ 0289

例) 新聞を読む時間がありません。

1秒後影子跟讀 〉

訳) 沒有看報紙的時間。

文法 動詞＋名詞：動詞的普通形，可以直接修飾名詞。
生字 新聞／報紙；読む／閱讀

名 じかん【時間】

時間，功夫；時刻，鐘點

類 時 時候
對 所 地點
音 時＝ジ
音 間＝カン

□□□ 0290

例) 昨日は6時間ぐらい寝ました。

1秒後影子跟讀 〉

訳) 昨天睡了6個小時左右。

慣用語
●時間がかかる／花時間。
●時間がない／沒有時間。

必考音訓讀
間（カン・あいだ）＝間、之間、期間。例：
●週間（しゅうかん）／週間
●間（あいだ）／之間
生字 ぐらい／大約，大概；寝る／睡覺

接尾 じかん【時間】

…小時，…點鐘

音 時＝ジ
音 間＝カン

□□□ 0291

例) 明日は仕事があります。

1秒後影子跟讀 〉

訳) 明天要工作。

生字 明日／明天

名 しごと【仕事】

工作；職業

類 働く 工作
對 遊び 遊玩

□□□ 0292

Track2-

例) 辞書を見てから漢字を書きます。

1秒後影子跟讀 〉

訳) 看過辭典後再寫漢字。

文法 てから [先做…，然後再做…]：表示前句的動作做完後，進行後句的動作。強調先做前項的動作。
生字 漢字／日文漢字；書く／寫，書寫

名 じしょ【辞書】

字典，辭典

類 辞典 辭典
對 雑誌 雜誌

□□ 0293

例 図書館では静かに歩いてください。
1秒後影子跟讀〉

譯 圖書館裡走路請放輕腳步。

文法〉形容動詞に＋動詞：形容動詞修飾句子裡的動詞。
生字 図書館／圖書館；歩く／步行，行走

形動 しずか【静か】

静止；平靜，沉穩；慢慢，輕輕

類 寝る 睡覺

對 うるさい 吵鬧的

□□ 0294

例 あの木の下でお弁当を食べましょう。
1秒後影子跟讀〉

譯 到那棵樹下吃便當吧。

出題重點 題型4「した」的考點有：
● 例句：机の下にあります／在桌子下面。
  下：描述某物的位置在某物的底部或下方。
● 類似說法：机の裏にあります／在桌子的背後。
  裏：描述某物的位置在某物的背面或反面。
文法〉あの[那…]：指示連體詞。指說話者及聽話者範圍以外的事物。
生字 木／樹，樹木；弁当／便當

名 した【下】

(位置的) 下，下面，底下；年紀小

類 下部 基層

對 上 上

訓 下＝した

□□ 0295

例 いつも七時ごろまで仕事をします。
1秒後影子跟讀〉

譯 平常總是工作到7點左右。

生字 いつも／總是；ごろ／前後，大約

名 しち・なな【七】

(數) 七；七個

類 七つ 7個

訓 七＝なな

音 七＝シチ

□□ 0296

例 英語の分からないところを質問しました。
1秒後影子跟讀〉

譯 針對英文不懂的地方提出了疑問。

生字 英語／英文，英語；分かる／理解

名・自サ しつもん【質問】

提問，詢問

類 問題 問題

對 答え 回答

さ

補充小專欄

かぜ【風邪】
感冒，傷風

慣用語
- 風邪で寝る／因感冒而休息。
- 風邪の薬／感冒藥。

がた【方】
(前接人稱代名詞，表對複數的敬稱) 們，各位

慣用語
- あなた方／您們。
- 奥さま方／太太們。

かど【角】
角；(道路的) 拐角，角落

慣用語
- 部屋の角／房間的角落。
- 通りの角／街道的轉角。
- テーブルの角／桌子的尖角。

かぶる【被る】
戴 (帽子等)；(從頭上) 蒙，蓋 (被子)；(從頭上) 套，穿

慣用語
- 頭からかぶる／從頭上套上。

かりる【借りる】
借進 (錢、東西等)；借助

慣用語
- お金を借りる／借錢。
- 自転車を借りる／借腳踏車。

かるい【軽い】
輕的，輕快的；(程度) 輕微的；輕鬆的

慣用語
- 軽い荷物／輕的行李。
- 軽い気持ち／輕鬆的心情。

かんじ【漢字】
漢字

慣用語
- 漢字のテスト／漢字考試。
- 漢字の辞書／漢字字典。

きえる【消える】
(燈，火等) 熄滅；(雪等) 融化；消失，看不見

慣用語
- 光が消える／光線消失。
- 火が消える／火焰熄滅。
- 音が消える／聲音消失。

きって【切手】
票，車票

慣用語
- 切手を集める／收集郵票。
- 切手の値段／郵票的價格。

必考音訓讀
手、手部、手指。例：
- 手（て）／手

き|のう【昨日】

作天；近來，最近；過去

慣用語〉
- 昨日の晩／昨晩。
- 昨日のニュース／昨天的新聞。
- 昨日来なかった／昨天沒來。

きょ|うだい【兄弟】

兄弟；兄弟姊妹；親如兄弟的人

慣用語〉
- 兄弟が5人いる／有5個兄弟。
- 兄弟と遊ぶ／和兄弟玩。
- 兄弟は何人？／有幾個兄弟姊妹呢？

く|に【国】

國家；國土；故鄉

慣用語〉
- 国の文化／國家的文化。

き|る【切る】

刀，剪，裁剪；切傷

慣用語〉
- 紙を切る／剪紙。
- 野菜を切る／切蔬菜。
- 髪を切る／剪頭髪。

キ|ロ【(法) kilo mêtre 之略】

千克，公斤

慣用語〉
- 3キロ先／前方3公里。
- 1キロの長さ／1公里的長度。

く|すり【薬】

藥，藥品

慣用語〉
- 薬をつける／抹上藥。
- 薬を買う／買藥。

く|に【国】

國家；國土；故鄉

慣用語〉
- 国の文化／國家的文化。

くらい・ぐらい【位】

(數量或程度上的推測) 大概，左右，上下

慣用語〉
- 3時くらい／大約3點。
- 10ドルくらい／大約10美元。

く|る【来る】

(空間，時間上的) 來；到來

慣用語〉
- 明日くる／明天來。
- 会いにくる／來見面。

補充小專欄

げんき【元気】

精神，朝氣；健康

慣用語〉
- 元気な子ども/活潑的小孩。
- 元気な笑顔/充滿活力的笑容。

必考音訓讀〉
気（キ）＝氣、情緒、精神。例：
- 電気（でんき）/電力
- 天気（てんき）/天氣

ご【個】

…個

慣用語〉
- 5個のケーキ/5個蛋糕。
- 1個の箱/1個箱子。

こえ【声】

（人或動物的）聲音，語音

慣用語〉
- 声を聞く/聽到聲音。

ごご【午後】

下午，午後，後半天

慣用語〉
- 午後3時/下午3點。
- 午後の時間/下午的時間。
- 午後に会う/下午見面。

必考音訓讀〉
午（ゴ）＝午、中午。例：
- 午前（ごぜん）/上午
- 午後（ごご）/下午

ごぜん【午前】

上午，午前

慣用語〉
- 午前6時/早上6點。
- 午前の仕事/早上的工作。
- 午前に起きる/早上醒來。

必考音訓讀〉
前（ゼン・まえ）＝前、前面、之前。例：
- 午前（ごぜん）/上午
- 名前（なまえ）/名字

こちらこそ

哪兒的話，不敢當

慣用語〉
- こちらこそありがとう/我才要謝謝你。
- こちらこそ失礼しました/我才是失禮了。
- こちらこそよろしく/我也請多多關照。

156

ごはん【ご飯】

米飯；飯食，餐

〈慣用語〉
- 朝_{あさ}ご飯_{はん}／早餐。

コピー【copy】

拷貝，複製，副本

〈慣用語〉
- コピーを取_とる／複印。
- コピー機_き／複印機。
- コピー用紙_{ようし}／複印紙。

これ

這個，此；這人；現在，此時

〈慣用語〉
- これは何_{なに}？／這是什麼？
- これをください／請給我這個。
- これが好_すきだ／喜歡這個。

こんな

這樣的，這種的

〈慣用語〉
- こんなに多_{おお}い／這麼多。
- こんな時間_{じかん}／這樣的時間。
- こんな遅_{おそ}い時間_{じかん}／這麼晚的時間。

さいふ【財布】

錢包

〈慣用語〉
- 財布_{さいふ}を忘_{わす}れる／忘記錢包。
- 財布_{さいふ}を開_あける／打開錢包。
- 財布_{さいふ}がなくなる／錢包不見了。

さす【差す】

撐（傘等）；插

〈慣用語〉
- 傘_{かさ}を差_さす／打傘。
- 指_{ゆび}で差_さす／用指頭指。

ざっし【雑誌】

雜誌，期刊

〈慣用語〉
- 雑誌_{ざっし}を読_よむ／讀雜誌。
- 雑誌_{ざっし}を買_かう／買雜誌。
- 週刊雑誌_{しゅうかんざっし}／週刊雜誌。

さんぽ【散歩】

散步，隨便走走

〈慣用語〉
- 散歩_{さんぽ}する／散步。

じかん【時間】

時間，功夫；時刻，鐘點

〈慣用語〉
- 時間_{じかん}を確認_{かくにん}する／查看時間。

〈必考音訓讀〉
間（カン・あいだ）＝間、之間、期間。例：
- 時間（じかん）／時間

157

しつれいします【失礼します】

例 もう5時です。そろそろ失礼します。

1秒後影子跟讀〉

譯 已經5點了。我差不多該告辭了。

出題重點 「失礼します（しつれいします）」意指 "打擾一下" 或 "我先走了"，常用於離開場合或打斷他人時作為禮貌的表示。題型 2 可能混淆的字有：「失」與「夫、朱」、「礼」與「祀」。「夫」是 "丈夫" 或 "男人" 的意思；「朱」是 "朱紅色" 的意思；「祀」指的是 "祭祀" 或 "供奉神明" 的意思。

文法 もう [已經…了]：後接肯定。表示行為、事情到了某個時間已經完了。

生字 そろそろ／即將，就要

寒暄 **しつれいします【失礼します】**

告辭，再見，對不起；不好思，打擾了

類 ごめんなさい 對不起

對 ありがとう 謝謝

例 忙しいところに電話してしまって、失礼しました。

1秒後影子跟讀〉

譯 忙碌中打電話叨擾您，真是失禮了。

文法 形容詞＋名詞：形容詞修飾名詞。形容詞本身有「…的」之意，所以形容詞不再加「の」。

生字 忙しい／忙碌的；電話／電話

寒暄 **しつれいしました【失礼しました】**

請原諒，失禮了

類 ごめんなさい 對不起

對 ありがとう 謝謝

例 私は自転車を2台持っています。

1秒後影子跟讀〉

譯 我有兩台腳踏車。

生字 台／（計數機器或某些類型的車輛的量詞）輛；持つ／擁有

名 **じてんしゃ【自転車】**

腳踏車，自行車（或唸：じてんしゃ）

類 オートバイ 機車

對 車 汽車

音 車＝シャ

例 日本の自動車はいいですね。

1秒後影子跟讀〉

譯 日本的汽車很不錯呢。

文法 ね [呢]：表示輕微的感嘆，或話中帶有徵求對方認同的語氣。另外也表示跟對方做確認的語氣。

生字 いい／優良的

名 **じどうしゃ【自動車】**

車，汽車（或唸：じどうしゃ）

類 カー 汽車

對 バイク 機車

音 車＝シャ

□□ 0301

◀) 私のおじいさんは 10 月に死にました。
1秒後影子跟讀》

® 我的爺爺在 10 月過世了。

生字 おじいさん／爺爺，祖父

自五 しぬ【死ぬ】
死亡
類 亡くなる 去世
對 生きる 活著

□□ 0302

◀) 字引を引いて、分からない言葉を調べた。
1秒後影子跟讀》

® 翻字典查了不懂的字彙。

文法 動詞＋て：表示行為的方法或手段。
生字 分かる／理解；言葉／單詞，詞語；調べる／查詢

名 じびき【字引】
字典，辭典
類 辞書 詞典
對 雑誌 雜誌

□□ 0303

◀) 料理は自分で作りますか。
1秒後影子跟讀》

® 你自己下廚嗎？

文法 で [在…；以…]：表示在某種狀態、情況下做後項的事情。
生字 料理／料理；作る／烹煮

名 じぶん【自分】
自己，本人，自身；我
類 僕 我
對 彼 他
音 分＝ブン

□□ 0304

◀) 強い風で窓が閉まった。
1秒後影子跟讀》

® 窗戶因強風而關上了。

出題重點 閉まる（しまる）： "關閉" 自動地關閉或封閉，如門或窗戶。題型 3 的陷阱可能有，
● 開く（あく）： "打開" 使物體從封閉狀態變為打開狀態，如門或書。
● 付ける（つける）： "添加、連接" 加上、連接或應用某物，如開燈或把筆記寫上。
● 消す（けす）： "消除、熄滅" 使某物消失、結束或停止，如熄滅火焰或刪除文字。

慣用語
● 店が閉まる／店關了。
文法 …で [因為…]：表示原因、理由。
生字 強い／強勁；窓／窗戶

自五 しまる【閉まる】
關閉；關門，停止營業
類 消す 關上
對 開く 開啟

さ

159

しめる【閉める】

□□□ 0305

例 ドアが閉まっていません。閉めてください。

> 1秒後影子跟讀 >

譯 門沒關，請把它關起來。

他下一 しめる【閉める

關閉，合上；繫緊，束緊

類 閉じる 關上

對 開ける 打開

出題重點 題型4「しめる」的考點有：

● 例句：ドアを閉める／關上門。

閉める：表示關閉或封閉一個開放的物體，如門或窗。

● 類似說法：ドアを閉じる／合上門。

閉じる：常用於書、雜誌或其他可以摺疊的物件的關閉動作。

文法 が：描寫眼睛看得到的、耳朵聽得到的事情。

生字 ドア／門；閉まる／關閉

□□□ 0306

例 車の中では、シートベルトを締めてください。

> 1秒後影子跟讀 >

譯 車子裡請繫上安全帶。

他下一 しめる【締める

勒緊；繫著；關閉

類 閉じる 關上

對 開ける 打開

生字 中／裡面，內部；シートベルト／安全帶

□□□ 0307

例 「映画は3時からです。」「じゃあ、2時に出かけましょう。」

> 1秒後影子跟讀 >

譯 「電影3點開始。」「那我們兩點出門吧！」

感 じゃ・じゃあ

那麼（就）

類 それでは 那麼

對 こんにちは 你好

文法 ましょう[做…吧]：表示勸誘對方一起做某事。一般用在做那一行為、動作，事先已規定好，或已成為習慣的情況。

生字 映画／電影；出かける／出門，出發

□□□ 0308

例 あの白いシャツを着ている人は山田さんです。

> 1秒後影子跟讀 >

譯 那個穿白襯衫的人是山田先生。

名 シャツ【shirt】

襯衫

類 ブラウス 女士襯衫

對 パンツ 褲子

生字 白い／白色；着る／身穿，穿著

読書計劃：
□□／
□□／
□□

□□ 0309

例) 勉強した後で、シャワーを浴びます。

1秒後影子跟讀〉

譯) 唸完書之後淋浴。

文法〉たあとで […以後…]：表示前項的動作做完後，相隔一定的時間發生後項的動作。
生字 勉強/用功學習；浴びる/淋浴

名 シャワー
【shower】

淋浴
類 浴びる　淋浴
對 風呂に入る　泡澡

□□ 0310

例) 山田さんは兄弟が十人もいます。

1秒後影子跟讀〉

譯) 山田先生的兄弟姊妹有 10 人之多。

生字 兄弟/兄弟姊妹

名 じゅう【十】

（數）十；第十
類 十　10
音 十＝ジュウ

□□ 0311

例) タイは一年中暑いです。

1秒後影子跟讀〉

譯) 泰國終年炎熱。

出題重點 題型 4「じゅう」的考點有：
● 例句：彼は電話中です／他正在打電話。
　中：描述某活動正在進行中，在此表正在進行電話通話。
● 類似說法：彼は電話で誰かと話している／他正在用電話和某人交談。
　電話で誰かと話している：表示某人正在用電話與他人交談。
文法〉じゅう [整]：表示整個時間上的期間一直怎樣，或整個空間上的範圍之內。
生字 タイ/泰國；暑い/炎熱的

名・接尾 じゅう【中】

整個，全；(表示整個期間或區域) 期間
類 中　之內
對 外　外面

□□ 0312

例) 1週間に1回ぐらい家族に電話をかけます。

1秒後影子跟讀〉

譯) 我大約一個禮拜打一次電話給家人。

文法〉に：表示某一範圍內的數量或次數。
生字 回/（量詞）次；家族/家人；かける/撥打

名・接尾 しゅうかん
【週間】

…週，…星期
類 一週　一週
對 日　天
音 週＝シュウ
音 間＝カン

さ

じゅぎょう 【授業】

□□□ 0313

例 林さんは今日授業を休みました。
1秒後影子跟讀

譯 林先生今天沒來上課。

出題重點 「授業」唸音讀「じゅぎょう」，意指課程或上課。題型1誤導選項可能有：

● 「じゅきょう」中的濁音「ぎ」變為清音「き」。
● 「じゅぎょお」中缺少了「う」音。且尾音「う」變「お」。
● 「じぎょう」缺少了「ゅ」音。

慣用語

● 授業を受ける／上課。

生字 今日／今天；休む／請假

名・自サ **じゅぎょう**
【授業】

上課，教課，授課
類 学校 上課
對 休み 休息

□□□ 0314　[Track2]

例 家に帰ると、まず宿題をします。
1秒後影子跟讀

譯 一回到家以後，首先寫功課。

文法 に：表動作移動的到達點。
生字 帰る／回來；まず／首先

名 **しゅくだい**
【宿題】

作業，家庭作業
類 作文 作文
對 テスト 考試

□□□ 0315

例 あの子は歌を上手に歌います。
1秒後影子跟讀

譯 那孩子歌唱得很好。

生字 歌／歌曲；歌う／唱歌

名・形動 **じょうず** 【上手】

（某種技術等）擅長，高明，厲害
類 すごい 厲害的
對 下手 不擅長的
音 上＝ジョウ

□□□ 0316

例 体が丈夫になりました。
1秒後影子跟讀

譯 身體變健康了。

生字 体／身體

形動 **じょうぶ** 【丈夫】

（身體）健壯，健康；堅固，結實
類 強い 強壯的
對 弱い 脆弱的

□□ 0317

例 味が薄いですね、少し醤油をかけましょう。
1秒後影子跟讀〉

譯 味道有點淡，加一些醬油吧！

生字 味／味道；薄い／淡的，淡而無味；少し／少許，一點；かける／淋上

名 しょうゆ【醤油】
醬油
類 たれ　調料
對 みそ　味噌

□□ 0318

例 日曜日は食堂が休みです。
1秒後影子跟讀〉

譯 星期日餐廳不營業。

出題重點 「食堂」唸音讀「しょくどう」，意指餐廳或食堂。題型1誤導選項可能有：
● 「しょくとう」中的濁音「ど」變為清音「と」。
● 「しょどう」中缺了「く」音。
● 「しょくど」缺少了「う」音。

慣用語
● 食堂で食べる／在餐廳吃飯。
生字 日曜日／星期天；休み／歇業

名 しょくどう【食堂】
食堂，餐廳，飯館
類 レストラン　餐廳
對 喫茶店　咖啡廳

□□ 0319

例 新聞で明日の天気を知った。
1秒後影子跟讀〉

譯 看報紙得知明天的天氣。

生字 新聞／報紙；天気／天氣

他五 しる【知る】
知道，得知；理解；認識；學會
類 分かる　了解
對 知らない　不知道

□□ 0320

例 山田さんは白い帽子をかぶっています。
1秒後影子跟讀〉

譯 山田先生戴著白色的帽子。

文法 動詞＋ています：表示結果或狀態的持續。某一動作後的結果或狀態還持續到現在，也就是説話的當時。
生字 帽子／帽子

形 しろい【白い】
白色的；空白；乾淨，潔白
類 白色　白色
對 黒い　黑色
訓 白＝しろ（い）

さ

じん【人】

例 昨日会社にアメリカ人が来ました。
1秒後影子跟讀 >

譯 昨天有美國人到公司來。

出題重點 「人（じん）」在這裡意指 "某國家的人"。
題型 2 可能混淆的字有：「大」表示 "大的" 或 "大小"；
「入」意為 "進入" 或 "放入"；「八」表示數字 "八"；「个」
在日語中並不是常用的漢字，但在中文中它是一個量詞。

慣用語
● 外国人／外國人。

生字 会社／公司；アメリカ／美國

接尾 **じん【人】**

…人
類 達 們
對 動物 動物
音 人＝ジン

例 この新聞は一昨日のだからもういりません。
1秒後影子跟讀 >

譯 這報紙是前天的東西了，我不要了。

文法 もう[已經（不）…了]：後接否定。表示不能繼
續某種狀態了。一般多用於感情方面達到相當程度。
生字 一昨日／前天

名 **しんぶん【新聞】**

報紙
類 ニュース 新聞
對 雑誌 雜誌

例 月曜日か水曜日にテストがあります。
1秒後影子跟讀 >

譯 星期一或星期三有小考。

文法 …か…[或者…]：表示在幾個當中，任選其中一個；
近 …か…か[…或是…]
生字 月曜日／星期一；テスト／考試

名 **すいようび
【水曜日】**

星期三
類 水曜 週三
對 月曜日 星期一
訓 日＝び
音 水＝スイ

例 山へ行って、きれいな空気を吸いたいですね。
1秒後影子跟讀 >

譯 好想去山上呼吸新鮮空氣啊。

文法 動詞＋て：單純的連接前後短句成一個句子，表示
並舉了幾個動作或狀態。
生字 綺麗／乾淨的，清新的；空気／空氣

他五 **すう【吸う】**

吸，抽；啜；吸收
類 飲む 喝
對 吐く 呼吸出，吐氣

讀書計劃：□□／□□／□□

□□ 0325

例 ズボンを脱いで、スカートを穿きました。
1秒後影子跟讀〉

譯 脫下了長褲，換上了裙子。

文法〉動詞＋て：表示並舉了幾個動作或狀態。
生字〉ズボン／長褲，褲子；穿く／穿著

名 スカート【skirt】
裙子
類 ミニスカート　迷你裙
對 ズボン　褲子

□□ 0326

例 どんな色が好きですか。
1秒後影子跟讀〉

譯 你喜歡什麼顏色呢？

出題重點〉好き（すき）：“喜歡”喜愛或鍾情於某物或某人。題型 3 的陷阱可能有，
● きれい：“美觀、潔淨”潔淨、無汙染，或外貌、景色等美觀。
● 嫌い（きらい）：“討厭”不喜歡或討厭某物或某人。
● 良い（いい）：“好、適當”正面評價，表示好、適當或滿意。

慣用語〉
● 好きな食べ物／喜歡的食物。
文法〉どんな [什麼樣的]：用在詢問事物的種類、內容。
生字〉色／顏色

名・形動 すき【好き】
喜好，愛好；愛，產生感情
類 気に入る　喜歡，中意
對 嫌い　討厭

□□ 0327

例 今 9 時 15 分過ぎです。
1秒後影子跟讀〉

譯 現在是 9 點過 15 分。

文法〉すぎ [過…，…多]：接在表示時間名詞後面，表示比那時間稍後。
生字〉今／現在

接尾 すぎ【過ぎ】
超過…，過了…，過度
類 多い　多的
對 前　前面

□□ 0328

例 この公園は人が少ないです。
1秒後影子跟讀〉

譯 這座公園人煙稀少。

生字〉公園／公園

形 すくない
【少ない】
少，不多
類 少し　微少
對 多い　很多

さ

165

すぐ

□□□ 0329

例 銀行は駅を出てすぐ右です。

〔1秒後影子跟讀〕

譯 銀行就在出了車站的右手邊。

文法 を：表示動作離開的場所用「を」。例如，從家裡出來或從車、船、飛機等交通工具下來。

生字 銀行／銀行；駅／（電車）車站

副 **すぐ**
馬上，立刻；（距離）很近

類 今 立刻

對 あと 稍後

□□□ 0330

例 すみませんが、少し静かにしてください。

〔1秒後影子跟讀〕

譯 不好意思，請稍微安靜一點。

文法 が：在向對方詢問、請求、命令之前，作為一種開場白使用。

生字 すみません／不好意思，抱歉；静か／安靜的

副 **すこし【少し】**
一下子；少量，稍微，一點

類 ちょっと 一點，稍微

對 たくさん 很多

□□□ 0331

例 今日はとても涼しいですね。

〔1秒後影子跟讀〕

譯 今天非常涼爽呢。

出題重點 「涼しい」唸訓讀「すずしい」，意指涼爽的感覺。題型1誤導選項可能有：

● 「すすしい」將第二個「ず」變為清音的「す」。
● 「すしい」缺了濁音「ず」音。
● 「ずずしい」清音「す」變為濁音「ず」。

〔慣用語〕

●涼しい風／涼爽的風。

生字 とても／非常地

形 **すずしい【涼しい】**
涼爽，涼爽

類 寒い 冷的

對 熱い 熱的

□□□ 0332

例 単語を1日に30ずつ覚えます。

〔1秒後影子跟讀〕

譯 一天各背30個單字。

文法 ずつ[每，各]：接在數量詞後面，表示平均分配的數量。

生字 単語／單字，單詞；覚える／記住

副助 **ずつ**
（表示均攤）每…，各…；表示反覆多次

類 ひとつひとつ 逐一

對 全部 全部

□□ 0333

例 寒いから**ストーブ**をつけましょう。

1秒後影子跟讀 ≫

譯 好冷，開暖爐吧！

生字 寒い／寒冷的；つける／打開（電器）

名 ス|ト|ー|ブ【stove】

火爐，暖爐

類 暖房 暖氣機

對 エアコン 空調

□□ 0334

例 **スプーン**でスープを飲みます。

1秒後影子跟讀 ≫

譯 用湯匙喝湯。

生字 スープ／湯；飲む／喝，飲用

名 ス|プ|ー|ン【spoon】

湯匙

類 箸 筷子

對 ナイフ 刀子

□□ 0335

例 このズボンはあまり丈夫ではありませんでした。

1秒後影子跟讀 ≫

譯 這條褲子不是很耐穿。

出題重點 題型 4「ズボン」的考點有：

● 例句：新しいズボンを穿いています／我穿著新褲子。
　ズボン：是指褲子，尤其是西裝褲或休閒褲。

● 類似說法：新しいパンツを穿いています／我穿著新的內褲。
　パンツ：通常指內褲。但在其他情境中，它也可以指褲子。

文法 あまり…ません[(不)很；(不)怎樣；沒多少]：表示程度不特別高，數量不特別多。

生字 丈夫／耐用的，堅固的

名 ズ|ボ|ン【（法）jupon】

西裝褲;褲子（或唸:ズ|ボ|ン）

類 パンツ 褲子

對 スカート 裙子

さ

□□ 0336

例 **すみません**。トイレはどこにありますか。

1秒後影子跟讀 ≫

譯 不好意思，請問廁所在哪裡呢？

文法 …は…にあります[…在…]：表示某物或人存在某場所。也就是無生命事物的存在場所。

生字 トイレ／廁所，洗手間

寒暄 す|み|ま|せ|ん

（道歉用語）對不起，抱歉；謝謝

類 ごめんなさい 對不起

對 ありがとう 謝謝

すむ【住む】

□□□ 0337

例 みんなこのホテルに住んでいます。
1秒後影子跟讀》

譯 大家都住在這間飯店。

生字 ホテル／飯店，旅館

自五 **すむ【住む】**
住，居住；(動物) 棲息，生存
類 居る 居住
對 出る 離開

□□□ 0338

例 畳の部屋に入るときはスリッパを脱ぎます。
1秒後影子跟讀》

譯 進入榻榻米房間時，要將拖鞋脫掉。

出題重點 「スリッパ」代表"拖鞋"。題型2可能混淆的片假名有：「ヌリッパ」、「スクッパ」、「スリッパ」。「ス」跟「ヌ」第二撇位置不同；「リ」是兩筆直下，而「ク」是向左下轉折；「ッ」是小型的，與正常尺寸的「ツ」有別。要注意這些差異。

文法 …とき […的時候…]：表示與此同時並行發生其他的事情。

生字 畳／榻榻米；入る／進入；脱ぐ／脫掉

名 **スリッパ【slipper】**
室內拖鞋
類 靴 鞋子
對 帽子 帽子

□□□ 0339

Track2-

例 昨日、スポーツをしました。
1秒後影子跟讀》

譯 昨天做了運動。

生字 昨日／昨天；スポーツ／運動

自他サ **する**
做，進行
類 やる 做
對 しない 不做

□□□ 0340

例 どうぞ、こちらに座ってください。
1秒後影子跟讀》

譯 歡迎歡迎，請坐這邊。

文法 こちら [這邊；這位]：方向指示代名詞，指離說話者近的方向。也可以用來指人。也可說成「こっち」。

生字 どうぞ／請

自五 **すわる【座る】**
坐，跪座
類 止まる 停下
對 立つ 站起

□□□ 0341

例 母は背が高いですが、父は低いです。
1秒後影子跟讀〉

譯 媽媽個子很高，但爸爸很矮。

名 せ・せい【背】

身高，身材
類 高さ　高度
對 広さ　寛度

出題重點 「背（せ・せい）」指的是"身高"或"背部"，常用來描述人或動物的高度。題型2可能混淆的漢字有：「肯」在日語中沒有特定的意義；「育」意為"培養"或"成長"；而「肓」也不是日語常見的漢字。

文法 が[但是]：表示逆接。連接兩個對立的事物，前句跟後句內容是相對立的。
生字 高い／高挑的；低い／矮的

□□□ 0342

例 山田さんは赤いセーターを着ています。
1秒後影子跟讀〉

譯 山田先生穿著紅色毛衣。

生字 赤い／紅色；着る／身穿，穿著

名 セーター【sweater】

毛衣
類 あったかい服　暖和的衣服
對 Tシャツ　T恤

□□□ 0343

例 この中学校は生徒が200人います。
1秒後影子跟讀〉

譯 這所國中有200位學生。

生字 中学校／國中，中學

名 せいと【生徒】

（中學，高中）學生
類 学生　學生
對 先生　老師
音 生＝セイ

□□□ 0344

例 石鹸で手を洗ってから、ご飯を食べましょう。
1秒後影子跟讀〉

譯 用肥皂洗手後再來用餐吧。

生字 手／手；洗う／清洗

名 せっけん【石鹸】

香皂，肥皂
類 シャンプー　洗髮乳
對 食べ物　食物

169

せびろ【背広】

せびろ【背広】

□□□ 0345

例 **背広を着て、会社へ行きます。**

1秒後影子跟讀 〉

譯 穿西裝上班去。

文法 動詞＋て：這些行為動作一個接著一個，按照時間順序進行。

生字 会社／公司

名 **せびろ【背広】**

(男子穿的) 西裝 (的上衣)

類 スーツ 西裝

對 ジーンズ 牛仔褲

訓 広＝びろ

□□□ 0346

例 **狭い部屋ですが、いろんな家具を置いてあります。**

1秒後影子跟讀 〉

譯 房間雖然狹小，但放了各種家具。

出題重點 「狭い」唸訓讀「せまい」，意指空間有限或狹窄。題型1誤導選項可能有：

● 「広い (ひろい)」："寬闊"，描述空間或範圍的寬敞。
● 「厚い (あつい)」："厚重"，指材質的厚度或重疊。
● 「低い (ひくい)」："不高"，描述物體的矮或音量小。

文法 他動詞＋てあります [⋯著；已⋯了]：表示抱著某個目的、有意圖地去執行，當動作結束之後，那一動作的結果還存在的狀態。

生字 いろんな／各式各樣的，各種的；家具／家具

形 **せまい【狭い】**

狹窄，狹小，狹隘

類 小さい 小的

對 広い 寬的

□□□ 0347

例 **2引く2はゼロです。**

1秒後影子跟讀 〉

譯 2減2等於0。

生字 引く／（數學）減，減去

名 **ゼロ【zero】**

(數) 零；沒有

類 ない 無

對 一 一

□□□ 0348

例 **その本は1,000ページあります。**

1秒後影子跟讀 〉

譯 那本書有1000頁。

文法 その [那⋯]：指示連體詞。指離聽話者近的事物。

生字 ページ／（量詞）頁，頁數

名 **せん【千】**

(數) 千，一千；形容數量之多

類 千人 1000人

對 万 萬

音 千＝セン

□□□ 0349

例 **先月子どもが生まれました。**

1秒後影子跟讀〉

譯 上個月小孩出生了。

生字 生まれる／誕生

名 **せんげつ【先月】**

上個月

類 前の月　前一個月
對 来月　下個月
音 先＝セン
音 月＝ゲツ

□□□ 0350

例 **先週の水曜日は 20 日です。**

1秒後影子跟讀〉

譯 上週三是 20 號。

生字 水曜日／星期三

名 **せんしゅう【先週】**

上個星期，上週

類 前の週　前一週
對 来週　下週
音 先＝セン
音 週＝シュウ

□□□ 0351

例 **先生の部屋はこちらです。**

1秒後影子跟讀〉

譯 老師的房間在這裡。

慣用語
●先生に質問する／向老師提問。
●英語の先生／英文老師。

必考音訓讀
先（セン・さき）＝先、前、首先。例：
●先月（せんげつ）／上個月
●先週（せんしゅう）／上週
●先（さき）／前面、先

生字 部屋／房間

名 **せんせい【先生】**

老師，師傅；醫生，大夫

類 教師　教師
對 生徒　學生
音 先＝セン
音 生＝セイ

さ

□□□ 0352

例 **昨日洗濯をしました。**

1秒後影子跟讀〉

譯 昨天洗了衣服。

生字 昨日／昨天

名·他サ **せんたく【洗濯】**

洗衣服，清洗，洗滌

類 洗う　清洗
對 料理　烹調

ぜんぶ【全部】

□□□ 0353

例 パーティーには全部で何人来ましたか。
1秒後影子跟讀 〉

譯 全部共有多少人來了派對呢？

生字 パーティー／派對；来る／前來

名 ぜんぶ【全部】
全部，總共
類 すべて 全部
對 少し 少量

□□□ 0354

例 「全部で6人来ましたか。」「はい、そうです。」
1秒後影子跟讀 〉

譯 「你們是共6個人一起來的嗎？」「是的，沒錯。」

文法 …で…[共…]：表示數量示數量、金額的總和。
生字 全部／總共，全數

感 そう
（回答）是，沒錯
類 ああ 那樣
對 違う 不同

□□□ 0355

例 朝は勉強し、そして午後はプールで泳ぎます。
1秒後影子跟讀 〉

譯 早上唸書，然後下午到游泳池游泳。

文法 そして[接著；還有]：表示動作順序。連接前後兩件事，按照時間順序發生。另還表示並列。用在列舉事物，再加上某事物。
生字 勉強／用功學習；プール／泳池；泳ぐ／游泳

接續 そうして・そして
然後；而且；於是；又
類 また 又，且又
對 しかし 但是

□□□ 0356

例 私が掃除をしましょうか。
1秒後影子跟讀 〉

譯 我來打掃好嗎？

出題重點 「掃除」唸音讀「そうじ」，意指打掃或清潔。題型1誤導選項可能有：
● 「そじゅう」中的「うじ」變為「じゅう」。
● 「そうじゅ」中在「じ」後加了多餘的「ゅ」音。
● 「そおじ」中的「う」變為「お」。

文法 ましょうか[我來…吧；我們…吧]：表示提議，想為對方做某件事情並徵求對方同意。另也表示邀請，站在對方的立場著想才進行邀約。

名・他サ そうじ【掃除】
打掃，清掃，掃除
類 洗濯 洗衣
對 ご飯を作る 料理

讀書計劃：□□／□□

172

□□ 0357

例 **受付はそこです。**
1秒後影子跟讀 >

譯 受理櫃臺在那邊。

生字 受付／受理櫃檯，接待處

代 **そこ**

那兒，那邊

類 その 那（個）

對 ここ 這裡

□□ 0358

例 **こちらが台所で、そちらがトイレです。**
1秒後影子跟讀 >

譯 這裡是廚房，那邊是廁所。

文法 そちら [那邊；那位]：方向指示代名詞，指離聽話者近的方向。也可以用來指人。

生字 台所／廚房；トイレ／廁所

代 **そちら**

那兒，那裡；那位，那個；府上，貴處（口語為 " そっち "）

類 そこ 那裡

對 こちら 這邊

□□ 0359

例 **天気が悪くて外でスポーツができません。**
1秒後影子跟讀 >

譯 天候不佳，無法到外面運動。

出題重點 外（そと）："外部" 與內相反，某物體或範圍的外部。題型 3 的陷阱可能有，
● 上（うえ）："上方、較高處" 相對於底部的位置或方向，較高的部分。
● 内（うち）："內部" 與外相反，某物體或範圍的內部。
● 中（なか）："中間、裡面" 某物體、地方或時間範圍的中部或內部。

慣用語
● 外に出る／出去。
文法 で [在…]：表示動作進行的場所。
生字 悪い／欠佳的，不良的；スポーツ／運動，體育活動

名 **そと【外】**

外面，外邊；戶外

類 向こう 那邊

對 中 裡面

訓 外＝そと

□□ 0360

例 **そのテープは5本で600円です。**
1秒後影子跟讀 >

譯 那個錄音帶，5卷賣 600 圓。

生字 テープ／錄音帶；本・本・本／（計數細長的物品的量詞）卷

連體 **その**

那…，那個…

類 あの 那個

對 この 這個

そば【側・傍】

□□□ 0361

例 病院のそばには、たいてい薬屋や花屋があります。
1秒後影子跟讀〉

譯 醫院附近大多會有藥局跟花店。

文法 …や…[…和…]：表示在幾個事物中，列舉出 2、3 個來做為代表，其他的事物就被省略下來，沒有全部説完。
生字 たいてい／大部分，大都；薬屋／藥鋪；花屋／花店

名 **そば【側・傍】**
旁邊，側邊；附近
類 隣 旁邊
對 遠い 遠的

□□□ 0362

例 空には雲が一つもありませんでした。
1秒後影子跟讀〉

譯 天空沒有半朵雲。

出題重點 題型 4「そら」的考點有：
● 例句：空がきれいです／天空很美麗。
● 類似説法：青空がきれいです／藍天很美麗。
● 相對説法：海がきれいです／海洋很美麗。
● 空：指天空或上空；青空：指藍色的天空，沒有雲的晴天；海：指海洋或大海。
生字 雲／雲朵，白雲；一つ／一朵

名 **そら【空】**
天空，空中；天氣
類 青空 藍天
對 海 大海

□□□ 0363

例 それは中国語でなんといいますか。
1秒後影子跟讀〉

譯 那個中文怎麼說？

文法 それ [那個]：事物指示代名詞。指離聽話者近的事物。
生字 中国語／中文；言う／稱作，稱述

代 **それ**
那，那個；那時，那裡；那₩
類 あれ 那個
對 これ 這個

□□□ 0364

例 家から駅までバスです。それから、電車に乗ります。
1秒後影子跟讀〉

譯 從家裡坐公車到車站。然後再搭電車。

文法 …から、…まで [從…到…]：表明空間的起點和終點，也就是距離的範圍。也表示各種動作、現象的起點及由來；それから [然後；還有]：表示動作順序。
生字 駅／（電車）車站；乗る／搭乘

接續 **それから**
還有；其次，然後；（催促對方談話時）後來怎樣
類 次に 接著
對 その前に 在那之前

0365

例 今日は5日です。**それでは**8日は日曜日ですね。

1秒後影子跟讀 >

譯 今天是5號。那麼8號就是禮拜天囉。

文法 **それでは**[那麼]：表示順態發展。根據對方的話，再說出自己的想法。或某事物的開始或結束，以及與人分別的時候。

生字 5日／5號；8日／8號；日曜日／星期天

接續 **それ**では

那麼，那就；如果那樣的話

類 だから 所以

對 しかし 但是

0366 [Track2-17]

例 今日はテレビを一台買った。

1秒後影子跟讀 >

譯 今天買了一台電視。

生字 テレビ／電視；買う／購買，購入

接尾 **だい【台】**

…台，…輛，…架

類 テーブル 桌子

對 椅子 椅子

0367

例 大学に入るときは100万円ぐらいかかりました。

1秒後影子跟讀 >

譯 上大學的時候大概花了100萬圓。

慣用語

●大学に入学する／進入大學。

必考音訓讀

学（ガッ・まな〈ぶ〉）＝學、學習、教育。例：
●学校（がっこう）／學校
●学ぶ（まなぶ）／學習

文法 ぐらい[大約，左右，上下]：表示數量上的推測、估計。一般用在無法預估正確的數量，或是數量不明確的時候。

生字 入る／進入；円／日圓

名 **だいがく【大学】**

大學

類 大学校 大學

對 高校 高中

音 大＝ダイ

音 学＝ガク

た

0368

例 姉は韓国の**大使館**で翻訳をしています。

1秒後影子跟讀 >

譯 姊姊在韓國大使館做翻譯。

文法 動詞＋ています：表示現在在做什麼職業。也表示某動作持續到現在。

生字 韓国／韓國；翻訳／翻譯

名 **たいしかん【大使館】**

大使館

類 領事館 領事館

對 学校 學校

音 大＝タイ

だいじょうぶ【大丈夫】

□□□ 0369

例 風は強かったですが、服をたくさん着ていたから大丈夫でした。

1秒後影子跟讀 〉

譯 雖然風很大，但我穿了很多衣服所以沒關係。

生字 強い／強勁的；たくさん／很多地；着る／身穿，穿著

形動 だいじょうぶ
【大丈夫】
牢固，可靠；放心，沒問題，
沒關係
類 いい 可以的
對 いいえ 不行
音 大＝ダイ

□□□ 0370

例 妹は甘いものが大好きです。

1秒後影子跟讀 〉

譯 妹妹最喜歡吃甜食了。

生字 甘い／甜的

形動 だいすき【大好き】
非常喜歡，最喜好
類 愛している 深愛著
對 嫌い 不喜歡
音 大＝ダイ

□□□ 0371

例 大切な紙ですから、なくさないでください。

1秒後影子跟讀 〉

譯 因為這是一張很重要的紙，請別搞丟了。

文法 …から、…[因為…]：表示原因、理由。説話者出於個人主觀理由，進行請求、命令、希望、主張及推測。
生字 紙／紙張，文件；無くす／丟失，遺失

形動 たいせつ【大切】
重要，要緊；心愛，珍惜
類 大事 重要
對 つまらない 無聊，不重要
音 大＝タイ

□□□ 0372

例 たいていは歩いて行きますが、ときどきバスで行きます。

1秒後影子跟讀 〉

譯 大多都是走路過去的，但有時候會搭公車。

出題重點 「大抵」唸音讀「たいてい」，意指大部分或通常。題型 1 誤導選項可能有：
● 「たいでい」中「て」變為濁音「で」。
● 「たいてえ」中「い」變為「え」。
● 「たてい」中「た」後面缺了「い」音。

慣用語
● たいてい忙しい／通常很忙。
生字 歩く／步行；ときどき／偶爾；バス／公車

副 たいてい【大抵】
大部分，差不多；（下接推量）
多半；（接否定）一般
類 ほとんど 大部分
對 たまに 偶爾
音 大＝タイ

□□□ 0373

例 猫は部屋にも台所にもいませんでした。
〈1秒後影子跟讀〉

譯 貓咪不在房間，也不在廚房。

文法 にも：強調格助詞前面的名詞的作用。
生字 猫／貓咪，小貓；部屋／房間

名 だいどころ
【台所】
廚房

類 キッチン 廚房
對 リビング 客廳

□□□ 0374

例 昨日の料理はたいへんおいしかったです。
〈1秒後影子跟讀〉

譯 昨天的菜餚非常美味。

出題重點 題型4「たいへん」的考點有：
● 例句：試験が大変でした／考試很困難。
　大変：用來描述某事物或狀態非常嚴重、困難或者辛苦。
● 類似說法：試験が難しかったです／考試很難。
　難しい：描述某事物具有一定的複雜性或難以處理。
● 相對說法：試験が簡単でした／考試很簡單。
　簡単：描述某事物不複雜或容易處理。
生字 料理／料理，佳餚；おいしい／美味的

副・形動 たいへん【大変】
很，非常，太；不得了

類 難しい 困難
對 簡単 簡單
音 大＝タイ

□□□ 0375

例 あのレストランは、まずくて高いです。
〈1秒後影子跟讀〉

譯 那間餐廳又貴又難吃。

生字 レストラン／餐廳；まずい／難吃的

形 たかい【高い】
（價錢）貴；（程度，數量，身材等）高，高的

類 上 上
對 安い 便宜
訓 高＝たか（い）

□□□ 0376

例 とりがたくさん空を飛んでいます。
〈1秒後影子跟讀〉

譯 許多鳥在天空飛翔著。

生字 空／天空；飛ぶ／飛翔，翱翔

名・形動・副 たくさん【沢山】
很多，大量；足夠，不再需要
（或唸：たくさん）

類 多い 多的
對 少ない 少的

た

177

タクシー【taxi】

□□□ 0377

例 時間がありませんから、タクシーで行きましょう。
1秒後影子跟讀》

譯 沒時間了，搭計程車去吧！

生字 時間／時間

名 **タクシー【taxi】**
計程車
類 車　汽車
對 バス　公車

□□□ 0378

例 小川さんだけお酒を飲みます。
1秒後影子跟讀》

譯 只有小川先生要喝酒。

出題重點 題型4「だけ」的考點有：
● 例句：水だけ飲みました／我只喝了水。
　だけ：表示僅限於某物，對應於中文的"只"。
● 類似說法：水しか飲みませんでした／我除了水什麼都沒喝。
　しか～ない：表示只有某物，語帶有否定意味。
文法 だけ[只，僅僅]：表示只限於某範圍，除此以外沒有別的了。
生字 酒／酒；飲む／喝，飲用

副助 **だけ**
只有…
類 しか　只有
對 すべて　全部

□□□ 0379

例 きのう友達に手紙を出しました。
1秒後影子跟讀》

譯 昨天寄了封信給朋友。

生字 友達／友人；手紙／書信

他五 **だす【出す】**
拿出，取出；提出；寄出
類 取る　拿出
對 入れる　放入
訓 出＝だ（す）

□□□ 0380

例 学生たちはどの電車に乗りますか。
1秒後影子跟讀》

譯 學生們都搭哪一輛電車呢？

文法 たち[…們]：接在人稱代名詞的後面，表示人的複數。
生字 学生／學生；電車／電車；乗る／搭乘

接尾 **たち【達】**
（表示人的複數）…們，…等
類 人　人
對 物　物品

読書計劃：□□／□□／□□

178

0381

例 家の前に女の人が立っていた。

1秒後影子跟讀》

譯 家門前站了個女人。

生字 前/前面；女の人/女人

自五 たつ【立つ】

站立；冒，升；出發

類 起きる 立起來

對 座る 坐下

訓 立＝た（つ）

0382

例 あの大きな建物は図書館です。

1秒後影子跟讀》

譯 那棟大建築物是圖書館。

文法 形容動詞な＋名詞：形容動詞修飾後面的名詞。
生字 大きな/巨大的，巍峨的；図書館/圖書館

名 たてもの【建物】

建築物，房屋（或唸：たてもの）

類 家 房子

對 道 路

0383

例 旅行は楽しかったです。

1秒後影子跟讀》

譯 旅行真愉快。

出題重點 「楽しい」唸訓讀「たのしい」，意指有趣
或愉快。題型1誤導選項可能有：

● 「だのしい」中的清音「た」變為濁音「だ」。
● 「たろしい」中「の」變為發音近似的「ろ」。
● 「がくしい」中「たの」變為音讀「がく」。

慣用語

●楽しい話/有趣的故事。
生字 旅行/旅行

形 たのしい
【楽しい】

快樂，愉快，高興

類 嬉しい 高興的

對 つまらない 無聊的

0384

例 男の人が飲み物を頼んでいます。

1秒後影子跟讀》

譯 男人正在點飲料。

生字 男の人/男人；飲み物/飲料

他五 たのむ【頼む】

請求，要求；委託，託付；依靠

類 ください 請求

對 いいえ 不

たばこ 【煙草】

読書計劃：□□/□□/□□

□□□ 0385

例 1日に6本たばこを吸います。
〈1秒後影子跟讀〉

譯 一天抽6根煙。

生字 本・本・本／（量詞）根；吸う／抽吸

名 たばこ 【煙草】
香煙；煙草
類 吸う 吸入
對 お菓子 糖果

□□□ 0386

例 あの人はたぶん学生でしょう。
〈1秒後影子跟讀〉

譯 那個人大概是學生吧。

文法 でしょう [也許…，可能…，大概…吧]：表示説話者的推測，説話者不是很確定。
生字 学生／學生

副 たぶん 【多分】
大概，或許；恐怕
類 かもしれない 可能
對 いいえ 不是
音 分＝ブン

□□□ 0387

例 好きな食べ物は何ですか。
〈1秒後影子跟讀〉

譯 你喜歡吃什麼食物呢？

生字 好き／喜歡；何／什麼，何物

名 たべもの 【食べ物】
食物，吃的東西（或唸：たべもの）
類 料理 料理
對 飲み物 飲料
訓 食＝た（べ）

□□□ 0388

例 レストランで 1,000 円の魚料理を食べました。
〈1秒後影子跟讀〉

譯 在餐廳裡吃了一道千元的鮮魚料理。

出題重點 食べる（たべる）："吃"消耗固體食物。
題型 3 的陷阱可能有，
- 見る（みる）："看"使用眼睛觀察或檢查。
- 吸う（すう）："吸入"通過口吸入，如抽煙或吸氣。
- 飲む（のむ）："喝"攝取液體，例如水或茶。

慣用語
- 一緒に食べる／一起吃。
- 食べるのが遅い／吃得慢。

生字 レストラン／餐廳；魚／魚

他下 たべる 【食べる】
吃
類 食事する 用餐
對 飲む 喝
訓 食＝た（べる）

☐☐ 0389

例 この卵は6個で 300 円です。

1秒後影子跟讀〉

譯 這個雞蛋6個賣 300 圓。

生字 個／個，顆；円／日圓

名 たまご【卵】

蛋，卵；鴨蛋，雞蛋

類 鶏の卵 雞蛋

對 牛乳 牛奶

☐☐ 0390 〔Track2-18〕

例 部屋には誰もいません。

1秒後影子跟讀〉

譯 房間裡沒有半個人。

出題重點 「誰（だれ）」意指"誰"，用於詢問特定的人是誰。題型 2 可能混淆的漢字有：「進」意為"進行"或"進步"；「瞧」在日語中並不常用，而在中文中它意為"看"或"瞧見"；而「準」意為"準備"或"標準"。

慣用語〉
●誰ですか？／是誰？

文法〉 だれも [誰也 (不) …，誰都 (不) …]：後接否定。表示全面的否定。

生字 部屋／房間

代 だれ【誰】

誰，哪位

類 人 人

對 何 什麼

た

☐☐ 0391

例 誰か窓を閉めてください。

1秒後影子跟讀〉

譯 誰來把窗戶關一下。

文法〉 だれか [某人]：表示不確定是誰。

生字 窓／窗戶，窗扉；閉める／關上，關閉

代 だれか【誰か】

某人；有人

類 人 某人

對 誰も 每個人

☐☐ 0392

例 おばあさんの誕生日は 10 月です。

1秒後影子跟讀〉

譯 奶奶的生日在 10 月。

生字 おばあさん／奶奶，祖母

名 たんじょうび
【誕生日】

生日

類 生まれた日 出生的日子

對 記念日 紀念日

訓 日＝び

第三回

題型1

もんだい1 ＿＿＿＿＿の　ことばは　どう　よみますか。1・2・3・4
　　　　　から　いちばん　いい　ものを　ひとつ　えらんで　く
　　　　　ださい

1 　きのうの　パーティーは　とても　楽しいでした。
　　　　1 むずかしい　　2 あたらしい　　3 たのしい　　　4 うつくしい

2 　あしたは　ごぜんちゅうに　授業が　あります。
　　　　1 じゅぎょう　　2 しゅうぎょう　3 じゅきょう　　4 しゅうぎょ

題型2

もんだい2 ＿＿＿＿＿の　ことばは　どう　かきますか。1・2・3・4
　　　　　から　いちばん　いい　ものを　ひとつ　えらんで　く
　　　　　ださい。

3 　まどの　そとには　おおきな　きが　あります。
　　　　1 処　　　　　　2 外　　　　　　3 宛　　　　　　4 夗

4 　わたしは　にちようびに　でぱーとで　かいものを　します。
　　　　1 デパート　　　2 ヂゾーイ　　3 ナンーヘ　　　4 デルーメ

題型3

もんだい3 （　　　）に　なにを　いれますか。1・2・3・4から
　　　　　いちばん　いい　ものを　ひとつ　えらんで　くださ
　　　　　い。

5 　でかける　ときは、まどを　（　　　）　ください。

1 あげて　　　　2 しめて　　　　3 とまって　　　4 とめて

6　わたしは　まいしゅう、テニスなどの　（　　）を　します。
　　1 パーティー　2 ドラマ　　　3 ゲーム　　　　4 スポーツ

題型4
もんだい4　＿＿＿＿＿の　ぶんと　だいたい　おなじいみの　ぶ
　　　　　んが　あります。1・2・3・4から　いちばん　い
　　　　　い　ものを　ひとつ　えらんで　ください。

7　ここは　ゲームが　たくさん　あって、わたしは　たのしいです。
　1　ここは　ゲームが　たくさん　あって、わたしは　きょうみが　あ
　　　りません。
　2　ここは　ゲームが　たくさん　あって、わたしは　とても　かん
　　　たんです。
　3　ここは　ゲームが　たくさん　あって、わたしは　とても　すき
　　　です。
　4　ここは　ゲームが　たくさん　あって、わたしは　とても　つま
　　　らないです。

8　あきに　なって、あさは　すこし　さむくなりました。
　1　あきに　なって、あさは　もう　さむく　なりました。
　2　あきに　なって、あさは　ときどき　さむく　なりました。
　3　あきに　なって、あさは　すごく　さむく　なりました。
　4　あきに　なって、あさは　ちょっと　さむく　なりました。

だんだん【段々】

例 もう春ですね。これから、だんだん暖かくなりますね。
1秒後影子跟讀〉

譯 已經春天了呢！今後會漸漸暖和起來吧。

慣用語
- だんだん暗くなる／逐漸變暗。
- だんだん忙しくなる／逐漸變得忙碌。
- だんだん分かる／漸漸理解。

文法 形容詞く＋なります：表示事物的變化。
生字 春／春天，春季；暖かい／溫暖的

副 だんだん【段々】
漸漸地
類 少しずつ 漸漸地
對 急に 突然地

例 この小さい辞書は誰のですか。
1秒後影子跟讀〉

譯 這本小辭典是誰的？

文法 だれ[誰]：是詢問人的詞。
生字 辞書／辭典，詞典

形 ちいさい
【小さい】
小的；微少，輕微；幼小的
類 狭い 狹窄的
對 大きい 大的
訓 小＝ちい（さい）

例 すみません、図書館は近いですか。
1秒後影子跟讀〉

譯 請問一下，圖書館很近嗎？

生字 すみません／請問；図書館／圖書館

形 ちかい【近い】
（距離，時間）近，接近，靠
近
類 隣 隔壁
對 遠い 遠的

例 「これは山田さんの傘ですか。」「いいえ、違います。」
1秒後影子跟讀〉

譯 「這是山田小姐的傘嗎？」「不，不是。」

生字 傘／傘，雨傘；いいえ／不是

自五 ちがう【違う】
不同，差異；錯誤；違反，
符
類 間違っている 錯誤的
對 正しい 正確的

□□ 0397

例 駅の近くにレストランがあります。
1秒後影子跟讀 >

譯 車站附近有餐廳。

名・副 ちかく【近く】

附近，近旁；(時間上)近期，
即將

類 この辺 這附近

對 遠い 遠的

出題重點 近く（ちかく）："近"與某物體或位置的
相對距離短。題型 3 的陷阱可能有，

● 遠く（とおく）："遠"相對的距離很遠的地方或狀態。
● この辺（このへん）："這附近"這附近或這一地區。
● 回り（まわり）："周圍、環繞"周圍、附近、或環繞某物。

慣用語

● 近くの店／附近的店。

文法 …に…があります［…有…］：表某處存在某物。也
就是無生命事物的存在場所。

生字 駅／(電車)車站；レストラン／餐廳

□□ 0398

例 地下鉄で空港まで 3 時間もかかります。
1秒後影子跟讀 >

譯 搭地下鐵到機場竟要花上 3 個小時。

生字 空港／機場；かかる／花費，需時

名 ちかてつ
【地下鉄】

地下鐵

類 電車 電車

對 バス 公車

□□ 0399

例 8 日から 10 日まで父と旅行しました。
1秒後影子跟讀 >

譯 8 號到 10 號我和爸爸一起去了旅行。

文法 …から、…まで［從…到…］：表示時間的起點和
終點，也就是時間的範圍。

生字 旅行／旅行，遊覽

名 ちち【父】

家父，爸爸，父親

類 おとうさん 爸爸

對 はは 媽媽

訓 父＝ちち

□□ 0400

例 山田さんは茶色の髪の毛をしています。
1秒後影子跟讀 >

譯 山田小姐是咖啡色的頭髮。

生字 髪の毛／頭髮

名 ちゃいろ【茶色】

茶色

類 ブラウン 褐色

對 あか 紅色

た

ちゃわん【茶碗】

□□□ 0401

例 鈴木さんは茶碗やコップをきれいにしました。
> 1秒後影子跟讀 >

譯 鈴木先生將碗和杯子清乾淨了。

文法 形容動詞に＋します [使變成…]：表示事物的變化。是人為的、有意圖性的施加作用，而產生變化； 近 名詞に＋します [變成…]

生字 コップ／杯子；きれい／乾淨的

名 ちゃわん【茶碗

碗，茶杯，飯碗

類 カップ 茶杯

對 皿 盤子

□□□ 0402

例 明日の午前中はいい天気になりますよ。
> 1秒後影子跟讀 >

譯 明天上午期間會是好天氣喔！

文法 ちゅう […中]：表示正在做什麼，或那個期間裡之意；名詞に＋なります [變成…]：表事物的變化。無意識中物體本身產生的自然變化。

生字 午前／上午

名·接尾 ちゅう【中】

中央，中間；…期間，正在當中；在…之中

類 内 裡面

對 外 外

音 中＝チュウ

□□□ 0403

例 30 たす 70 はちょうど 100 です。
> 1秒後影子跟讀 >

譯 30 加 70 剛好是 100。

出題重點 「丁度」唸音讀「ちょうど」，意指恰好或正好。題型 1 誤導選項可能有：

- 「ちょど」中缺了「う」音。
- 「ちょうと」中的濁音「ど」變為「と」。
- 「ちょどう」中「ちょ」後面缺了「う」，而「どう」增加了多餘的「う」音。

生字 足す／（數學）加，相加

副 ちょうど【丁度】

剛好，正好；正，整

類 ぴったり 恰好

對 だいたい 大致

□□□ 0404

例 ちょっとこれを見てくださいませんか。
> 1秒後影子跟讀 >

譯 你可以幫我看一下這個嗎？

文法 てくださいませんか [能不能請你…]：表示請求。說法較有禮貌。請求的內容給對方負擔較大，因此有婉轉地詢問對方是否願意的語氣。

生字 見る／查看，賞鑒

副·感 ちょっと【一寸】

一下子；（下接否定）不太…，不太容易…；一點點

類 少し 稍微

對 たくさん 很多

□□ 0405

例 仕事は7月一日から始まります。

1秒後影子跟讀 ≫

譯 從7月1號開始工作。

生字 仕事/工作；始まる/開始，展開

名 ついたち【一日】

（每月）一號，初一

類 初め 開始

對 月末 月底

□□ 0406

例 和食はお箸を使い、洋食はフォークとナイフを使います。

1秒後影子跟讀 ≫

譯 日本料理用筷子，西洋料理則用餐叉和餐刀。

他五 つかう【使う】

使用；雇傭；花費

類 働く 工作

對 遊ぶ 玩樂

出題重點 「使う（つかう）」意指"使用"或"利用"，常用來表示某物品或工具的使用。題型2可能混淆的漢字有：「吏う」、「史う」和「役う」都是漢字字型相似，但不是標準的日語詞彙。

慣用語

● 電話を使う/使用電話。

● 頭を使う/使腦力。

生字 箸/筷子；フォーク/叉子；ナイフ/刀子

□□ 0407

例 一日中仕事をして、疲れました。

1秒後影子跟讀 ≫

譯 因為工作了一整天，真是累了。

文法 動詞＋て：表示原因。
生字 中/全，整整；仕事/工作

自下 つかれる
【疲れる】

疲倦，疲勞

類 大変 費勁的

對 元気になる 恢復精力

□□ 0408

例 私は次の駅で電車を降ります。

1秒後影子跟讀 ≫

譯 我在下一站下電車。

生字 駅/（電車）車站；電車/電車；降りる/下（車）

名 つぎ【次】

下次，下回，接下來；第二，其次

類 後 後面

對 前 前面

た

つく【着く】

□□□ 0409

例 毎日7時に着きます。

1秒後影子跟讀 〉

譯 每天7點抵達。

生字 毎日／每天

自五 つく【着く】

到，到達，抵達；寄到

類 止まる 停止

對 出発する 出發

□□□ 0410

例 すみません、机はどこに置きますか。

1秒後影子跟讀 〉

譯 請問一下，這張書桌要放在哪裡？

文法 どこ [哪裡]：場所指示代名詞。表示場所的疑問和不確定。

生字 置く／放置

名 つくえ【机】

桌子，書桌

類 デスク 書桌

對 椅子 椅子

□□□ 0411

例 昨日料理を作りました。

1秒後影子跟讀 〉

譯 我昨天做了菜。

生字 昨日／昨天；料理／料理

他五 つくる【作る】

做，造；創造；寫，創作

類 する 製作

對 壊す 破壞

□□□ 0412

例 部屋の電気をつけました。

1秒後影子跟讀 〉

譯 我打開了房間的電燈。

出題重點 点ける（つける）："打開、開啟"使物件發光或發聲，例如打開燈或收音機。題型3的陷阱可能有，

● 閉じる（とじる）："關閉、封閉"使某物合上或封閉，如閉上門窗或書本。

● 消す（けす）："熄滅、關掉"使光或聲音熄滅，如燈或音樂。

● 開ける（あける）："打開"使某物打開，如打開門或容器。

慣用語

● 暖房を点ける／開暖氣。

生字 部屋／房間；電気／電燈

他下一 つける【点ける】

點（火），點燃；扭開（開關），打開

類 開ける 打開，如開燈

對 消す 熄滅

□□ 0413

例 私は銀行に３５年間勤めました。

1秒後影子跟讀 〉

譯 我在銀行工作了 35 年。

他下一 **つとめる【勤める】**

工作，任職；擔任（某職務）

類 働く 工作

對 休む 休息

出題重點 勤める（つとめる）："在職、被僱用"在某個組織或公司工作，指正式僱用的狀態。題型 3 的陷阱可能有，

● 住む（すむ）："居住"在某處居住或居住於某地，指人的居住狀態。

● 休む（やすむ）："休息、放假"暫停工作或學習，進行休息或放鬆。

● 働く（はたらく）："工作、勞動"進行工作或勞動，用於描述勞動或工作行為。

生字 銀行／銀行

□□ 0414

例 大人の本は子どもにはつまらないでしょう。

1秒後影子跟讀 〉

譯 我想大人看的書對小孩來講很無趣吧！

生字 大人／大人；子ども／孩子

形 **つまらない**

無趣，沒意思；無意義

類 嫌い 討厭的

對 面白い 有趣的

た

□□ 0415

例 お茶は、冷たいのと熱いのとどちらがいいですか。

1秒後影子跟讀 〉

譯 你茶要冷的還是熱的？

文法 の：前接形容詞。這個「の」是一個代替名詞，代替句中前面已出現過的某個名詞。

生字 茶／茶；熱い／熱的；どちら／哪一個，哪一方

形 **つめたい【冷たい】**

冷，涼；冷淡，不熱情

類 寒い 寒冷的

對 あたたかい 溫暖的

□□ 0416

例 明日は風が強いでしょう。

1秒後影子跟讀 〉

譯 明天風很強吧。

生字 風／風

形 **つよい【強い】**

強悍，有力；強壯，結實；擅長的

類 すばらしい 優秀的

對 弱い 弱的

189

て【手】

□□□ 0417

例 手をきれいにしてください。

1秒後影子跟讀 ≫

譯 請把手弄乾淨。

名 て【手】

手，手掌；胳膊

類 足 腳

對 頭 頭

訓 手＝て

慣用語
● 手を挙げる／舉手。
● 手を洗う／洗手。

必考音訓讀
手（シュ・て、た）＝手、手部、手指。例：
● 握手（あくしゅ）／握手
● 手（て）／手
● 下手（へた）／不熟練的

生字 きれい／乾淨的

□□□ 0418

例 テープを入れてから、赤いボタンを押します。

1秒後影子跟讀 ≫

譯 放入錄音帶後，按下紅色的按鈕。

生字 入れる／放入；赤い／紅色；押す／按壓

名 テープ【tape】

膠布；錄音帶，卡帶

類 線 線條

對 ペーパー 紙

□□□ 0419

例 テープレコーダーで日本語の発音を練習しています。

1秒後影子跟讀 ≫

譯 我用錄音機在練習日語發音。

文法 動詞＋ています：表示動作或事情的持續，也就是動作或事情正在進行中。

生字 日本語／日語，日文；発音／發音

名 テープレコーダー
【tape recorder】

磁帶錄音機

類 ラジオ 收音機

對 テレビ 電視

□□□ 0420

例 お箸はテーブルの上に並べてください。

1秒後影子跟讀 ≫

譯 請將筷子擺到餐桌上。

生字 箸／筷子；並べる／陳列，排列

名 テーブル【table】

桌子；餐桌，飯桌

類 椅子 椅子

對 棚 架子

☐☐ 0421

例 **毎日7時に出かけます。**
1秒後影子跟讀

譯 每天7點出門。

生字 毎日／每天

自下 でかける【出掛ける】

出去，出門，到…去；要出去

類 帰る 返回

對 待つ 等待

訓 出=で

☐☐ 0422

例 **きのう友達に手紙を書きました。**
1秒後影子跟讀

譯 昨天寫了封信給朋友。

生字 友達／朋友；書く／書寫

名 てがみ【手紙】

信，書信，函

類 葉書 明信片

對 本 書

訓 手=て

☐☐ 0423

例 **山田さんはギターもピアノもできますよ。**
1秒後影子跟讀

譯 山田小姐既會彈吉他又會彈鋼琴呢！

出題重點 出来る（できる）："能夠、有能力"能夠
完成或做某事，表能力或可能性。題型3的陷阱可能有，

● 下手（へた）："不擅長、笨拙"技能或能力不佳。
● 上手（じょうず）："擅長、熟練"具有高技能或能力，
  做事很好。
● 終わる（おわる）："結束、完成"某事結束或完成，
  已經不再持續。

文法 よ[…喔]：請對方注意，或使對方接受自己的意見時，
用來加強語氣。說話者認為對方不知道，想引起對方注意。

生字 ギター／吉他；ピアノ／鋼琴

自上 できる【出来る】

能，可以，辦得到；做好，做
完

類 上手 擅長的

對 下手 不擅長的

訓 出=で

た

☐☐ 0424

例 **すみません、出口はどちらですか。**
1秒後影子跟讀

譯 請問一下，出口在哪邊？

文法 どちら[哪邊；哪位]：方向指示代名詞，表示方向
的不確定和疑問。也可以用來指人。也可說成「どっち」。

生字 すみません／請問

名 でぐち【出口】

出口

類 口 出入口

對 入り口 入口

訓 出=で

訓 口=ぐち

テスト【test】

□□□ 0425

例 **テストをしていますから、静かにしてください。**
1秒後影子跟讀》

譯 現在在考試，所以請安靜。

生字 静か／安靜的

名 **テスト【test】**
考試，試驗，檢查
類 試験 考試
對 練習 練習

□□□ 0426

例 **では、明日見に行きませんか。**
1秒後影子跟讀》

譯 那明天要不要去看呢？

文法 に [去…，到…]：表示動作、作用的目的、目標；
ませんか [要不要…呢]：表示行為、動作是否做，在尊
敬對方抉擇的情況下，有禮貌地勸誘一起做某事。
生字 明日／明天

接續 **では**
那麼，那麼說，要是那樣
類 それでは 那麼
對 しかし 但是

□□□ 0427

例 **近くに新しいデパートができて賑やかになりました。**
1秒後影子跟讀》

譯 附近開了家新百貨公司，變得很熱鬧。

出題重點 「デパート」意為 "百貨公司"。題型 2 容
易混淆的片假名有：「ヂパート」、「デプート」和「デ
パーイ」。「デ」和「ヂ」差別在上部；「パ」左右兩撇
對稱，與「プ」明顯不同；「卜」是中間一點，與開頭一
撇「イ」區別明確。需仔細辨識。
生字 新しい／新的；賑やか／熱鬧的

名 **デパート**
【department store】
百貨公司
類 スーパー 超市
對 アパート 公寓

□□□ 0428

例 **お婆ちゃん、楽しかったです。ではお元気で。**
1秒後影子跟讀》

譯 婆婆今天真愉快！那，多保重身體喔！

生字 楽しい／愉快的

寒喧 **ではおげんきで**
【ではお元気で】
請多保重身體
類 さようなら 再見
對 こんにちは 你好
音 気＝キ

□□ 0429

例) **では、また後で。**
1秒後影子跟讀 >

訳) 那麼，待會見。

主字) 後／之後，隨後

寒暄) **では、また**

那麼，再見

類 またね　再見
對 初めまして　初次見面

□□ 0430

例) **彼は夏でも厚いコートを着ています。**
1秒後影子跟讀 >

訳) 他就算是夏天也穿著厚重的外套。

文法) でも：強調格助詞前面的名詞的作用。
主字) 厚い／厚重的；コート／大衣外套；着る／穿著，披上

接続) **でも**

可是，但是，不過；話雖如此

類 しかし　但是
對 そして　然後

□□ 0431

例) **7時に家を出ます。**
1秒後影子跟讀 >

訳) 7點出門。

出題重點 題型4「でる」的考點有：
● 例句：映画館から出ました／我從電影院出來了。
● 類似說法：映画館から離れました／我離開了電影院。
● 相對說法：映画館に入りました／我進入了電影院。

出る：表示從某個地方或物體中出來；離れる：也表示從某個地方離開；入る：表示進入某個地方或物體中。

主字) 家／(自) 家

自下) **でる【出る】**

出來，出去；離開

類 出す　取出
對 入る　進入
訓 出＝で

□□ 0432

例) **昨日はテレビを見ませんでした。**
1秒後影子跟讀 >

訳) 昨天沒看電視。

主字) 昨日／昨天；見る／看，觀看

名) **テレビ
【television 之略】**

電視

類 ラジオ　收音機
對 コンピューター　電腦

た

てんき【天気】

□□□ 0433

例　今日はいい天気ですね。

1秒後影子跟讀

譯　今天天氣真好呀！

出題重點　題型4「てんき」的考點有：
- 例句：今日の天気は晴れです／今天的天氣晴朗。
- 類似說法：今日の空が青いです／今天的天空很藍。
- 相對說法：今日の天気は雨です／今天下雨。

　天気：表示天氣的狀態；空が青い：天空很藍就是天氣晴朗；雨：從天空降下的水滴。

生字　今日／今天；良い／晴朗的，宜人的

名　**てんき【天気】**

天氣；晴天，好天氣

類　晴れ　晴天

對　雨　雨

音　天＝テン

音　気＝キ

□□□ 0434

例　ドアの右に電気のスイッチがあります。

1秒後影子跟讀

譯　門的右邊有電燈的開關。

生字　ドア／門；スイッチ／開關

名　**でんき【電気】**

電力；電燈；電器

類　明るい　明亮的

對　水　水

音　電＝デン

音　気＝キ

□□□ 0435

例　大学まで電車で30分かかります。

1秒後影子跟讀

譯　坐電車到大學要花30分鐘。

生字　大学／大學；かかる／花費，需要時間

名　**でんしゃ【電車】**

電車（或唸：でんしゃ）

類　バス　公車

對　車　汽車

音　電＝デン

音　車＝シャ

□□□ 0436

例　林さんは明日村田さんに電話します。

1秒後影子跟讀

譯　林先生明天會打電話給村田先生。

生字　明日／明天

名・
自サ　**でんわ【電話】**

電話；打電話

類　携帯　手機

對　手紙　信

音　電＝デン

音　話＝ワ

194

□□ 0437

例 「戸」は左右に開けたり閉めたりするものです。

1秒後影子跟讀 >

譯 「門」是指左右兩邊可開可關的東西。

名 と【戸】

（大多指左右拉開的）門；大門

類 ドア　門

對 窓　窗

文法 …たり、…たりします [又是…，又是…；有時…，有時…]：表動作的並列，舉出代表性的，暗示還有其他的。另表動作的反覆實行，説明有多種情況或對比情況。

生字 左右／左右兩側；開ける／打開；閉める／關閉

□□ 0438

例 たいへん、熱が 39 度もありますよ。

1秒後影子跟讀 >

譯 糟了！發燒到 39 度耶！

名・接尾 ど【度】

…次；…度（溫度，角度等單位）

類 回　次

對 いつも　永遠

生字 大変／不得了；熱／發燒

□□ 0439

例 寒いです。ドアを閉めてください。

1秒後影子跟讀 >

譯 好冷。請關門。

名 ドア【door】

（大多指西式前後推開的）門；（任何出入口的）門

類 窓　窗

對 床　地板

生字 寒い／寒冷的，冷冽的；閉める／關閉，關上

□□ 0440

例 トイレはどちらですか。

1秒後影子跟讀 >

譯 廁所在哪邊？

名 トイレ【toilet】

廁所，洗手間，盥洗室

類 お風呂　浴室

對 キッチン　廚房

出題重點 「トイレ」意指"廁所"或"洗手間"。題型 2 可能混淆的片假名有：「メイル」、「トナレ」和「トイル」都片假名字型相似，但不是正確表示"廁所"的日語詞彙。

慣用語

● トイレットペーパー／廁所衛生紙（滾筒）。

生字 どちら／哪邊

た

195

どう

□□□ 0441

例 この店のコーヒーはどうですか。
〔1秒後影子跟讀〕

譯 這家店的咖啡怎樣？

副 どう
怎麼，如何
類 いかが 如何
對 良い 好

文法 どう[如何，怎麼樣]：詢問對方的想法及健康狀況，及不知情況如何或該怎麼做等。也用在勸誘時。
生字 店／商店，商鋪；コーヒー／咖啡

□□□ 0442

例 「ありがとうございました。」「どういたしまして。」
〔1秒後影子跟讀〕

譯 「謝謝您。」「不客氣。」

寒暄 どういたしまし〔
沒關係，不用客氣，算不了
麼
類 気にしないで 不用謝
對 ありがとう 謝謝

□□□ 0443   Track2

例 昨日はどうして早く帰ったのですか。
〔1秒後影子跟讀〕

譯 昨天為什麼早退？

副 どうして
為什麼，何故
類 なぜ 為什麼
對 いつ 何時

出題重點 題型4「どうして」的考點有：
● 例句：どうして遅れたのですか？／為什麼遲到了？
  どうして：用來詢問原因或理由，等同於"為什麼"。
● 類似說法：なぜ遅れたのですか？／為什麼遲到了？
  なぜ：也是用來詢問原因或理由的詞彙。

文法 どうして[為什麼]：詢問理由的疑問詞。口語常用「なんで」。
生字 昨日／昨天；帰る／回去

□□□ 0444

例 コーヒーをどうぞ。
〔1秒後影子跟讀〕

譯 請用咖啡。

副 どうぞ
(表勸誘，請求，委託) 請；(
承認，同意) 可以，請
類 はい 請便
對 待って 等一下

生字 コーヒー／咖啡

196

□□ 0445

例 はじめまして、どうぞよろしく。
1秒後影子跟讀 〉

譯 初次見面，請多指教。

生字 はじめまして／初次見面

寒喧 **どうぞよろしく**

指教，關照

類 はじめまして　初次見面

對 さようなら　再見

□□ 0446

例 犬は動物です。
1秒後影子跟讀 〉

譯 狗是動物。

生字 犬/狗

名 **どうぶつ【動物】**

（生物兩大類之一的）動物；（人類以外，特別指哺乳類）動物

類 犬　狗

對 木　樹

□□ 0447

例 遅くなって、どうもすみません。
1秒後影子跟讀 〉

譯 我遲到了，真是非常抱歉。

慣用語 〉

● どうもありがとう／非常感謝。

● どうも気になる／實在很在意。

● どうもすみません／真的很抱歉。

生字 遅い／遲的，過時的

副 **どうも**

怎麼也；總覺得；實在是，真是；謝謝

類 本当に　真的

對 少し　稍微

た

□□ 0448

例 ご親切に、どうもありがとうございました。
1秒後影子跟讀 〉

譯 感謝您這麼親切。

生字 親切／親切的

寒喧 **どうもありがとうございました**

謝謝，太感謝了

類 大変感謝しています　非常感謝您

對 すみません　對不起

とお【十】

□□□ 0449

例 うちの<ruby>太郎<rt>た ろう</rt></ruby>は<ruby>来月<rt>らいげつ</rt></ruby><ruby>十<rt>とお</rt></ruby>になります。

1秒後影子跟讀》

譯 我家太郎下個月滿 10 歲。

生字 うち／我家，（自）家；<ruby>来月<rt>らいげつ</rt></ruby>／下個月

名 <ruby>と<rt></rt></ruby><ruby>お<rt></rt></ruby> 【十】
(數) 十；十個；十歲
類 <ruby>十個<rt>じゅっこ</rt></ruby> 10 個
對 <ruby>百<rt>ひゃく</rt></ruby> 100
訓 十＝とお

□□□ 0450

例 <ruby>駅<rt>えき</rt></ruby>から<ruby>学校<rt>がっこう</rt></ruby>までは<ruby>遠<rt>とお</rt></ruby>いですか。

1秒後影子跟讀》

譯 從車站到學校很遠嗎？

出題重點 「遠い」唸訓讀「とおい」，意指距離遠或不近。題型 1 誤導選項可能有：
● 「高い（たかい）」："高的"，指物品的價格或地方的海拔高。
● 「早い（はやい）」："早的"，描述時間上的提前或速度快。
● 「痛い（いたい）」："疼痛"，描述身體上的疼痛或不舒服。

文法 から…まで [從…到…]：表明空間的起點和終點，也就是距離的範圍。

生字 <ruby>駅<rt>えき</rt></ruby>／（電車）車站；<ruby>学校<rt>がっこう</rt></ruby>／學校

形 とおい 【遠い】
(距離) 遠；(關係) 遠，疏遠
(時間間隔) 久遠
類 <ruby>広<rt>ひろ</rt></ruby>い 寬廣的
對 <ruby>近<rt>ちか</rt></ruby>い 近的

□□□ 0451

例 <ruby>十日<rt>とお か</rt></ruby>の<ruby>日曜日<rt>にちよう び</rt></ruby>どこか<ruby>行<rt>い</rt></ruby>きますか。

1秒後影子跟讀》

譯 10 號禮拜天你有打算去哪裡嗎？

文法 か：接於疑問詞後，表示不明確的、不肯定的，或是沒有必要說明的事物。

生字 <ruby>日曜日<rt>にちよう び</rt></ruby>／星期天

名 とおか 【十日】
(每月) 十號，十日；十天
類 <ruby>10日間<rt>とお か かん</rt></ruby> 10 天
對 <ruby>一ヶ月<rt>いっ か げつ</rt></ruby> 一個月
訓 十＝とお
訓 日＝か

□□□ 0452

例 <ruby>妹<rt>いもうと</rt></ruby>が<ruby>生<rt>う</rt></ruby>まれたとき、<ruby>父<rt>ちち</rt></ruby>は<ruby>外国<rt>がいこく</rt></ruby>にいました。

1秒後影子跟讀》

譯 妹妹出生的時候，爸爸人在國外。

生字 <ruby>生<rt>う</rt></ruby>まれる／誕生；<ruby>外国<rt>がいこく</rt></ruby>／國外

名 と<ruby>き<rt></rt></ruby> 【時】
(某個) 時候
類 <ruby>時間<rt>じ かん</rt></ruby> 時間
對 <ruby>日<rt>ひ</rt></ruby> 天
訓 時＝とき

□□ 0453

例 ときどき7時に出かけます。
しち じ で

1秒後影子跟讀》

譯 有時候會7點出門。

慣用語》
●時々雨が降る/有時下雨。
ときどきあめ ふ
●時々読む/偶爾讀書。
ときどき よ
●時々彼に会う/偶爾遇到他。
ときどきかれ あ

必考音訓讀》
時（ジ・とき）＝時、時間、時刻。例：
●時間（じかん）/時間
●時（とき）/時間

生字 出かける/外出
で

副 ときどき【時々】

有時，偶爾

類 すくない 很少

對 いつも 總是
訓 時＝とき、どき

□□ 0454

例 あの赤い時計は私のです。
あか と けい わたし

1秒後影子跟讀》

譯 那紅色的錶是我的。

文法》 …の […的]：擁有者的所屬物。這裡的準體助詞
「の」，後面可以省略前面出現過的名詞，不需要再重複，
或替代該名詞。

生字 赤い/紅色
あか

名 とけい【時計】

鐘錶，手錶

類 カレンダー 日曆
對 眼鏡 眼鏡
めがね

た

□□ 0455

例 あなたはどこから来ましたか。
き

1秒後影子跟讀》

譯 你從哪裡來的？

生字 来る/來自
き

代 どこ

何處，哪兒，哪裡

類 どのところ 哪個地方
對 そこ 那裡

□□ 0456

例 今年は暖かい所へ遊びにいきました。
ことし あたた ところ あそ

1秒後影子跟讀》

譯 今年去了暖和的地方玩。

文法》 へ [往…，去…]：前接跟地方有關的名詞，表示
動作、行為的方向。同時也指行為的目的地。

生字 今年/今年；暖かい/溫暖的
ことし あたた

名 ところ【所】

（所在的）地方，地點

類 場所 地點
ばしょ
對 時間 時間
じかん

とし【年】

□□□ 0457

例 彼、年はいくつですか。
1秒後影子跟讀 》

譯 他年紀多大？

文法 いくつ [幾歳]：詢問年齡。

名 とし【年】
年；年紀
類 歳 年齡
對 日 天
訓 年=とし

□□□ 0458

例 この道をまっすぐ行くと大きな図書館があります。
1秒後影子跟讀 》

譯 這條路直走，就可以看到大型圖書館。

出題重點 「図書館」唸音讀「としょかん」，意指圖
書館。題型1誤導選項可能有：
● 「としょがん」中的「か」變為濁音「が」。
● 「どしょかん」中的清音「と」變為濁音「ど」。
● 「とひょかん」中的「し」變為發音近似的「ひ」。

慣用語
●図書館で勉強する／在圖書館學習。

生字 まっすぐ／筆直地；大きな／大型的

名 としょかん
【図書館】
圖書館
類 学校 學校
對 病院 醫院

□□□ 0459

例 ホテルはどちらにありますか。
1秒後影子跟讀 》

譯 飯店在哪裡？

生字 ホテル／飯店

代 どちら
(方向，地點 事物 人等)哪裡
哪個，哪位(口語為「どっち
類 どっち 哪邊
對 こちら 這裡

□□□ 0460

例 今日はとても疲れました。
1秒後影子跟讀 》

譯 今天非常地累。

生字 今日／今天；疲れる／疲憊

副 とても
很，非常；(下接否定) 無論
如何也…
類 大変 非常的
對 ちょっと 稍微

0461

例 今日はどなたの誕生日でしたか。
〈1秒後影子跟讀〉

譯 今天是哪位生日？

文法 どなた [哪位…]：是詢問人的詞。比「だれ」説法還要客氣。
生字 誕生日／生日

代 **どなた**
哪位，誰
類 誰 誰
對 私 我

0462

例 花はテレビの隣におきます。
〈1秒後影子跟讀〉

譯 把花放在電視的旁邊。

生字 テレビ／電視；置く／擺放

名 **となり【隣】**
鄰居，鄰家；隔壁，旁邊；鄰近，附近
類 近く 附近
對 遠く 遠處

0463

例 どの席がいいですか。
〈1秒後影子跟讀〉

譯 哪個座位好呢？

慣用語
● どのシャツが好き？／喜歡哪件襯衫？
● どの色を選ぶ？／選哪種顏色？
● どの食べ物が美味しい？／哪種食物最好吃？

文法 どの [哪…]：指示連體詞。表示事物的疑問和不確定。
生字 席／座位

連體 **どの**
哪個，哪…
類 どこ 哪裡
對 この 這個

た

0464

例 南のほうへ鳥が飛んでいきました。
〈1秒後影子跟讀〉

譯 鳥往南方飛去了。

文法 が：描寫眼睛看得到的、耳朵聽得到的事情。
生字 南／南方；方／方向；鳥／鳥

自五 **とぶ【飛ぶ】**
飛，飛行，飛翔
類 走る 奔跑
對 泳ぐ 游泳

とまる 【止まる】

例 次の電車は学校の近くに止まりませんから、乗らないでください。
1秒後影子跟讀》

譯 下班車不停學校附近，所以請不要搭乘。

出題重點 止まる（とまる）："停止、静止"停止不動，終止當前的動作或活動。題型 3 的陷阱可能有，
● 走る（はしる）："跑、行駛"快速移動，通常指人跑或車子行駛。
● 動く（うごく）："移動、變動"某物的位置或狀態有所改變。
● 座る（すわる）："坐下"將身體置於椅子或地上，非站立狀態。

文法 …ないでください [請不要…]：表示否定的請求命令，請求對方不要做某事。

生字 次/下一（班）；電車/電車；学校/學校；乗る/搭乘

自五 と|まる 【止まる】

停，停止，停靠；停頓；中

類 座る 坐下
對 動く 移動

例 友達と電話で話しました。
1秒後影子跟讀》

譯 我和朋友通了電話。

生字 電話/電話；話す/談話

名 と|もだち 【友達】

朋友，友人
類 仲間 夥伴
對 知らない人 陌生人
訓 友＝とも

例 先週の土曜日はとても楽しかったです。
1秒後影子跟讀》

譯 上禮拜六玩得很高興。

生字 とても/非常地；楽しい/愉快的

名 ど|ようび 【土曜日】

星期六
類 日曜日 星期日
對 月曜日 星期一
訓 日＝び
音 土＝ド

例 私の家には鳥がいます。
1秒後影子跟讀》

譯 我家有養鳥。

文法 …に…がいます [在…有…]：表某處存在某物或人。也就是有生命的人或動物的存在場所。

生字 家/（自）家，住所

名 と|り 【鳥】

鳥，禽類的總稱；雞
類 鶏 雞
對 魚 魚

☐☐☐ 0469

例 今晩は鶏肉ご飯を食べましょう。
1秒後影子跟讀〉

譯 今晚吃雞肉飯吧！

生字 ご飯/米飯；食べる/吃，食用

名 **とりにく**
【鶏肉・鳥肉】
雞肉；鳥肉
類 牛肉 牛肉
對 野菜 蔬菜

☐☐☐ 0470

例 田中さん、その新聞を取ってください。
1秒後影子跟讀〉

譯 田中先生，請幫我拿那份報紙。

出題重點 取る（とる）："拿取、獲得"從某處獲得或拿起某物。題型3的陷阱可能有，

● 置く（おく）："放置"放置某物於特定位置或場所。
● 切る（きる）："切割、分割"使用刀具分割或斷開物品。
● 持つ（もつ）："持有、握住"用手握住或保持某物，或具有特定特性。

慣用語

● 席を取る/佔座位。

生字 新聞/報紙

他五 **とる**【取る】
拿取，執，握；採取，摘；(用手) 操控
類 持つ 拿，持有
對 置く 放置

☐☐☐ 0471

例 ここで写真を撮りたいです。
1秒後影子跟讀〉

譯 我想在這裡拍照。

文法 ここ [這裡]：場所指示代名詞。指離説話者近的場所。
生字 写真/照片

他五 **とる**【撮る】
拍照，拍攝
類 写真を撮る 拍照
對 見る 看

☐☐☐ 0472

例 あなたのコートはどれですか。
1秒後影子跟讀〉

譯 哪一件是你的大衣？

文法 どれ [哪個]：事物指示代名詞。表示事物的不確定和疑問。
生字 コート/大衣，外套

代 **どれ**
哪個
類 それ 那個
對 この 這個

た

どんな

□□□ 0473

例 どんな音楽をよく聞きますか。

1秒後影子跟讀 ▷

譯 你常聽哪一種音樂？

慣用語 ▷

● どんな映画が好き？／喜歡什麼樣的電影？
● どんな食べ物を注文する？／要點什麼樣的食物？
● どんな人と友達になりたい？／想和怎樣的人成為朋友？

生字 音楽／音樂；よく／經常地

連體 **どんな**
什麼樣的

類 どこ 哪裡
對 こんな 這樣的

Track2-

□□□ 0474

例 日本に 4,000 メートルより高い山はない。

1秒後影子跟讀 ▷

譯 日本沒有高於 4000 公尺的山。

生字 メートル／公尺，米；高い／高的

形 **ない【無い】**
沒，沒有；無，不在

類 いいえ 不
對 有る 有

□□□ 0475

例 ステーキをナイフで小さく切った。

1秒後影子跟讀 ▷

譯 用餐刀將牛排切成小塊。

生字 ステーキ／牛排；小さい／小的，細小的；切る／切割

名 **ナイフ【knife】**
刀子，小刀，餐刀

類 フォーク 叉子
對 スプーン 湯匙

□□□ 0476

例 公園の中に喫茶店があります。

1秒後影子跟讀 ▷

譯 公園裡有咖啡廳。

生字 公園／公園；喫茶店／咖啡廳

名 **なか【中】**
裡面，內部；其中

類 うち 裡面
對 外 外面
訓 中＝なか

□□□ 0477

例 この川は世界で一番長い川です。
1秒後影子跟讀〉

譯 這條河是世界第一長河。

生字 川╱河川，河流；**世界**╱世界，全球；**一番**╱最，頂

形 **ながい【長い】**
(時間、距離) 長，長久，長遠

類 広い 寬的
對 短い 短的
訓 長=なが（い）

□□□ 0478

例 朝ご飯を食べながら新聞を読みました。
1秒後影子跟讀〉

譯 我邊吃早餐邊看報紙。

文法 ながら [一邊…一邊…]：表示同一主體同時進行兩個動作。
生字 **朝ご飯**╱早餐；**新聞**╱報紙

接助 **ながら**
邊…邊…，一面…一面…

類 たり〜たり 一邊…一邊
對 そして 然後

□□□ 0479

例 木の上で鳥が鳴いています。
1秒後影子跟讀〉

譯 鳥在樹上叫著。

文法 動詞+ています：表示動作正在進行中。
生字 木╱樹，樹木；上╱上面

自五 **なく【鳴く】**
(鳥，獸，虫等) 叫，鳴

類 言う 説話
對 書く 書寫

□□□ 0480

例 大事なものだから、なくさないでください。
1秒後影子跟讀〉

譯 這東西很重要，所以請不要弄丟了。

出題重點 無くす（なくす）："遺失、失去" 遺失某物，找不到它。題型 3 的陷阱可能有，
- 消える（きえる）："消失、不見" 物品或現象消失，不再可見。
- ない："不存在、沒有" 某物或情況不存在、缺少。
- 見つける（みつける）："找到、發現" 尋找後發現或找到某物。

慣用語
- 鍵を無くす╱丟失鑰匙。
- 大事なものを無くす╱失去重要的東西。

生字 **大事**╱重要的

他五 **なくす【無くす】**
丟失；消除

類 ない 沒有
對 見つける 找到

な

なぜ【何故】

□□□ 0481

例 **なぜ昨日来なかったのですか。**
1秒後影子跟讀 》

譯 為什麼昨天沒來？

文法 》 なぜ [為什麼]：詢問理由的疑問詞。口語常用「なんで」。
生字 昨日／昨天；来る／前來，蒞臨

副 **なぜ【何故】**
為何，為什麼
類 どうして 為什麼
對 いつ 何時

□□□ 0482

例 **来年の夏は外国へ行きたいです。**
1秒後影子跟讀 》

譯 我明年夏天想到國外去。

生字 来年／明年；外国／國外

名 **なつ【夏】**
夏天，夏季
類 春 春天
對 冬 冬天

□□□ 0483

例 **夏休みは何日から始まりますか。**
1秒後影子跟讀 》

譯 暑假是從幾號開始放的？

生字 何／多少；始まる／開始

名 **なつやすみ【夏休み】**
暑假
類 冬休み 寒假
對 学校 學校
訓 休＝やす（み）

□□□ 0484

例 **朝は料理や洗濯などで忙しいです。**
1秒後影子跟讀 》

譯 早上要做飯、洗衣等，真是忙碌。

出題重點 題型 4「など」的考點有：
● 例句：リンゴなど、果物を買いました／如蘋果等，我買了一些水果。
● など："等等" 或 "之類的"，表明列舉的事物並不完全。
● 類似說法：リンゴやバナナ、果物を買いました／我買了蘋果跟香蕉等水果。
や：也用於列舉，但不一定是完全的列表。
文法 …や…など [和…等]：表示舉出幾項作為代表，但沒有全部說完。
生字 洗濯／洗衣服，洗滌；忙しい／忙碌的，繁忙的

副助 **など【等】**
（表示概括，列舉）…等
類 や 和
對 だけ 只

□□ 0485

例 コップは**七**つください。

1秒後影子跟讀 >

譯 請給我 7 個杯子。

生字 コップ／杯子

名 **な**な**つ**【七つ】

（數）七個；七歲

類 七個　7個

訓 七＝なな（つ）

□□ 0486

例 これは**何**というスポーツですか。

1秒後影子跟讀 >

譯 這運動名叫什麼？

文法 これ[這個]：事物指示代名詞。指離説話者近的
事物。

生字 スポーツ／運動，體育運動

代 **な**に・**な**ん【何】

什麼；任何

類 どれ　哪一個

對 その　那個

訓 何＝なに、なん

□□ 0487

例 7月**七日**は七夕祭りです。

1秒後影子跟讀 >

譯 7月7號是七夕祭典。

慣用語

●七日に会う／7日見面。
●七日間の予定／7天的計畫。
●七日まで待つ／等到7號。

文法 …は…です[…是…]：主題是後面要敘述或判斷的
對象。對象只限「は」所提示範圍。「です」表示對主題
的斷定或説明。

生字 七夕／七夕；祭り／祭典，慶典

名 **な**の**か**【七日】

（每月）七號；七日，七天

類 七日間　7日

訓 七＝なの

訓 日＝か

□□ 0488

例 ノートに**名前**が書いてあります。

1秒後影子跟讀 >

譯 筆記本上有寫姓名。

文法 に：表示存在的場所。後接「います」和「ありま
す」表存在。「あります」用在無生命物體名詞。

生字 ノート／筆記本；書く／書寫

名 **な**まえ【名前】

（事物與人的）名字，名稱

類 苗字　姓氏

對 住所　地址

訓 名＝な

訓 前＝まえ

ならう【習う】

□□□ 0489

例 李さんは日本語を習っています。

1秒後影子跟讀 >

譯 李小姐在學日語。

他五 **ならう【習う】**

學習；練習

類 勉強する 學習

對 忘れる 忘記

出題重點 習う（ならう）："學習"學習新的技能或知識。題型 3 的陷阱可能有，
- 聞く（きく）："聽、詢問" 使用耳朵接收聲音或詢問資訊。
- 忘れる（わすれる）："忘記" 失去記憶或不再回想某事。
- 勉強する（べんきょうする）："學習、研究" 進行學習或研究，提高知識。

慣用語 >
- ピアノを習う／學鋼琴。

文法 を：表示動作的目的或對象。

生字 日本語／日語

□□□ 0490

例 私と彼女が二人並んで立っている。

1秒後影子跟讀 >

譯 我和她兩人一起並排站著。

生字 二人／兩人；立つ／站立

自五 **ならぶ【並ぶ】**

並排，並列，列隊

類 立つ 站立

對 座る 坐下

□□□ 0491

例 玄関にスリッパを並べた。

1秒後影子跟讀 >

譯 我在玄關的地方擺放了室內拖鞋。

文法 に […到；對…；在…；給…]：「に」的前面接物品或場所，表示施加動作的對象，或是施加動作的場所、地點。

生字 玄関／入口；スリッパ／拖鞋

他下 **ならべる【並べる**

排列；並排；陳列；擺，擺

類 置く 擺放

對 取る 拿取

□□□ 0492

例 天気が暖かくなりました。

1秒後影子跟讀 >

譯 天氣變暖和了。

文法 形容詞く＋なります：表示事物的變化。

生字 天気／天氣；暖かい／溫暖的

自五 **なる【為る】**

成為，變成；當（上）

類 変わる 變化

對 止まる 停止

□□□ 0493　　　　　　　　　　　　　　　Track2-22

例　二階に台所があります。
1秒後影子跟讀〉

譯　2樓有廚房。

文法　…に…があります[…有…]：表某處存在某物。也就是無生命事物的存在場所。
生字　階／（量詞）樓，樓層；台所／廚房

名　に【二】
（數）二，兩個
類　二つ　兩個
音　二＝に

□□□ 0494

例　この八百屋さんはいつも賑やかですね。
1秒後影子跟讀〉

譯　這家蔬果店總是很熱鬧呢！

出題重點　「賑やか」唸訓讀「にぎやか」，意指熱鬧或活躍。題型1誤導選項可能有：
● 「にきやか」中濁音的「ぎ」變為「き」。
● 「にぎかや」中「やか」位置顛倒為「かや」。
● 「りぎやか」中的「に」變為發音近似的「り」。
文法　この[這…]：指示連體詞。指離說話者近的事物。
生字　八百屋／蔬果鋪，蔬果店；いつも／總是

形動　にぎやか【賑やか】
熱鬧，繁華；有說有笑，鬧哄哄
類　大勢の人　許多人
對　静か　安靜的

□□□ 0495

例　私は肉も魚も食べません。
1秒後影子跟讀〉

譯　我既不吃肉也不吃魚。

文法　…も…も：表示同性質的東西並列或列舉。
生字　魚／魚，魚類；食べる／吃，食用

名　にく【肉】
肉
類　魚　魚類
對　野菜　蔬菜

□□□ 0496

例　西の空が赤くなりました。
1秒後影子跟讀〉

譯　西邊的天色變紅了。

文法　…の…[…的…]：用於修飾名詞，表示該名詞的所有者、內容說明、作成者、數量、材料還有時間、位置等等。
生字　空／天空；赤い／紅色

名　にし【西】
西，西邊，西方
類　西側　西邊
對　東　東
訓　西＝にし

な

にち【日】

□□□ 0497

例 1日に3回薬を飲んでください。
いちにち さんかいくすり の
1秒後影子跟讀〉

譯 一天請吃3次藥。

文法 に：表示某一範圍內的數量或次數。
生字 回／（量詞）次；薬／藥物；飲む／服用

名 にち【日】
號，日，天（計算日數）
類 月 月
對 年 年
音 日＝ニチ

□□□ 0498

例 日曜日の公園は人が大勢います。
にちようび こうえん ひと おおぜい
1秒後影子跟讀〉

譯 禮拜天的公園有很多人。

文法 …は…が…います[在…有…]：表示有生命物體的存在。
生字 公園／公園；大勢／眾多的
こうえん おおぜい

名 にちようび【日曜日】
星期日
類 休み 休息
やす
對 月曜日 星期一
げつようび
訓 日＝び
音 日＝ニチ

□□□ 0499

例 重い荷物を持って、とても疲れました。
おも にもつ も つか
1秒後影子跟讀〉

譯 提著很重的行李，真是累壞了。

文法 動詞＋て：表示原因。
生字 重い／沉重的；とても／非常地，極其；疲れる／疲倦
おも つか

名 にもつ【荷物】
行李，貨物
類 鞄 背包
かばん
對 手紙 書信
てがみ

□□□ 0500

例 山田さん、ニュースを見ましたか。
やまだ み
1秒後影子跟讀〉

譯 山田小姐，你看新聞了嗎？

出題重點 題型4「ニュース」的考點有：
●例句：今日のニュースを見ましたか？／你看了今天的新聞了嗎？
きょう み
ニュース：是指新聞或新聞報導。
●類似說法：今日の新聞を読みましたか？／你讀了今天的報紙了嗎？
きょう しんぶん よ
新聞：是指報紙，與「ニュース」相似但更側重於印刷媒體。
文法 か[嗎，呢]：接於句末，表示問別人自己想知道的事。
生字 見る／觀看
み

名 ニュース【news】
新聞，消息
類 雑誌 雜誌
ざっし
對 歌 歌曲
うた

210

□□□ 0501

例 私は毎日庭の掃除をします。

1秒後影子跟讀》

譯 我每天都會整理院子。

生字 毎日/每天；掃除/打掃，清掃

名 にわ【庭】

庭院，院子，院落

類 うち　家
對 道路　道路

□□□ 0502

例 昨日4人の先生に電話をかけました。

1秒後影子跟讀》

譯 昨天我打電話給4位老師。

文法 に [給…，跟…]：表示動作、作用的對象。
生字 昨日/昨天；電話/電話

接尾 にん【人】

…人

類 友達　朋友
對 動物　動物
音 人＝ニン

□□□ 0503

例 コートを脱いでから、部屋に入ります。

1秒後影子跟讀》

譯 脫掉外套後進房間。

出題重點 題型4「ぬぐ」的考點有：

● 例句：帽子を脱ぎます／我要摘帽子。
● 類似說法：帽子を取ります／我要摘帽子。
● 相對說法：帽子を被ります／我要戴上帽子。

　脱ぐ：指脫下衣物或鞋類；取る：也指脫下或取下某物；
　被る：頭部穿戴帽子等。

文法 に：表動作移動的到達點。
生字 コート/大衣，外套；部屋/房間；入る/進入

他五 ぬぐ【脱ぐ】

脫去，脫掉，摘掉

類 取る　取下
對 着る　穿

な

□□□ 0504

例 父の誕生日にネクタイをあげました。

1秒後影子跟讀》

譯 爸爸生日那天我送他領帶。

文法 に [在…]：在某時間做某事。表示動作、作用的
時間。
生字 誕生日/生日；あげる/送給，贈送

名 ネクタイ
【necktie】

領帶

類 シャツ　襯衫
對 ズボン　褲子

し<u>た</u>【下】

（位置的）下，下面，底下；年紀小

慣用語〉
- 下を向く／望向下方。
- 下に置く／放在下面。
- 足の下／腳下。

必考音訓讀〉
下（へた、した）＝下、在下方、下降。例：
- 下手（へた）／不熟練的、不好的
- 下（した）／下，下面

し<u>つ</u>れいします【失礼します】

告辭，再見，對不起；不好意思，打擾了

慣用語〉
- 失礼します、先に帰ります。／對不起，我先回家了。
- 失礼します、質問があります。／失禮了，我有個問題。
- 失礼します、中に入ります。／對不起，我進來了。

し<u>ま</u>る【閉まる】

關閉；關門，停止營業

慣用語〉
- ドアが閉まる／門關上。
- 窓が閉まる／窗戶自動關上。

し<u>め</u>る【閉める】

關閉，合上；繫緊，束緊

慣用語〉
- ドアを閉める／關門。
- 窓を閉める／關窗。
- 店を閉める／打烊。

じ<u>ゅう</u>【中】

整個，全；（表示整個期間或區域）期間

慣用語〉
- 一日中／一天之中。
- 世界中／全世界。
- 学校中／全校。

必考音訓讀〉
中（ジュウ、チュウ・なか）＝中、中間、當中。例
- 世界中（せかいじゅう）／全世界
- 中（ちゅう）／中、當中
- 部屋の中（へやのなか）／房間裡

じ<u>ゅ</u>ぎょう【授業】

上課，教課，授課

慣用語〉
- 授業の内容／課程內容。
- 授業中／正在上課時間。

し<u>ょ</u>くどう【食堂】

食堂，餐廳，飯館

慣用語〉
- 学校の食堂／學校餐廳。
- 食堂の席／餐廳的座位。

じん【人】

…人

慣用語〉

- イギリス人／英國人。
- 日本人／日本人。

必考音訓讀〉

人（ジン、ニン・ひと）＝人、人類、個人。例：
- 日本人（にほんじん）／日本人
- 10人（じゅうにん）／10人
- 人（ひと）／人、人類

すき【好き】

喜好，愛好；愛，產生感情

慣用語〉

- 映画が好きだ／喜歡電影。
- 彼が好きだ／喜歡他。

すずしい【涼しい】

涼爽，涼爽

慣用語〉

- 涼しいところ／涼快的地方。
- 夜は涼しい／晩上很涼。

ズボン【（法）jupon】

西裝褲；褲子

慣用語〉

- ズボンを履く／穿褲子。
- ズボンのポケット／褲子口袋。
- 新しいズボン／新褲子。

スリッパ【slipper】

室內拖鞋

慣用語〉

- スリッパを履く／穿拖鞋。
- スリッパを脱ぐ／脱拖鞋。
- 家の中のスリッパ／家裡的拖鞋。

せ・せい【背】

身高，身材

慣用語〉

- 背が高い／身高很高。
- 背の低い人／身材矮小的人。
- 背中／背部。

せまい【狭い】

狭窄，狭小，狭隘

慣用語〉

- 部屋が狭い／房間很小。
- 狭い道／狭窄的路。
- 狭い橋／狭小的橋。

せんせい【先生】

老師，師傅；醫生，大夫

慣用語〉

- 先生の意見／老師的意見。

そうじ【掃除】

打掃，清掃，掃除

慣用語〉

- 掃除をする／打掃。
- 掃除機／吸塵器。
- 部屋の掃除／清掃房間。

補充小專欄

そと【外】

外面，外邊；戶外

慣用語〉
- 外で遊ぶ／在外面玩。
- 外が寒い／外面很冷。

必考音訓讀〉
先（セン・さき）＝先、前、首先。例：
- 先月（せんげつ）／上個月
- 先週（せんしゅう）／上週
- 先（さき）／前面、先

そら【空】

天空，空中；天氣

慣用語〉
- 空が青い／天空很藍。
- 空を見る／望向天空。
- 空の雲／天空的雲朵。

だいがく【大学】

大學

慣用語〉
- 大学の友達／大學的朋友。
- 大学の先生／大學教授。

必考音訓讀〉
学（ガク）＝學、學習、教育。例：
- 入学（にゅうがく）／入學

たいてい【大抵】

大部分，差不多；（下接推量）多半；（接否定）一般

慣用語〉
- たいていの人／大多數的人。
- たいてい午前中／通常在上午。

たいへん【大変】

很，非常，太；不得了

慣用語〉
- 大変な仕事／辛苦的工作。
- 大変ありがたい／非常感謝。
- 大変な疲れ／非常疲憊。

だけ

只有…

慣用語〉
- これだけ／只有這個。
- 五つだけ／只有 5 個。
- 一度だけ／只有一次。

たのしい【楽しい】

快樂，愉快，高興

慣用語〉
- 楽しい時間／愉快的時間。
- 楽しいパーティー／有趣的派對。

たべる【食べる】

吃

慣用語〉

● ピザを食べる／吃披薩。

必考音訓讀〉

食（ショク・た〈べる〉）＝食物、吃、飲食。例：

　● 食事（しょくじ）／吃飯

　● 食べる（たべる）／吃

だれ【誰】

誰，哪位

慣用語〉

● 誰と行く？／跟誰去？

● 誰のもの？／誰的物品？

ちかく【近く】

付近，近旁；（時間上）近期，即將

慣用語〉

● 学校の近く／離學校近。

● 近くに住む／住在附近。

ちょうど【丁度】

剛好，正好；正，整

慣用語〉

● ちょうど良いサイズ／剛好合適的尺寸。

● ちょうど 12 時／剛好 12 點。

● ちょうどその時／正是那時候。

つかう【使う】

使用；雇傭；花費

慣用語〉

● ペンを使う／使用筆。

つける【点ける】

點（火），點燃；扭開（開關），打開

慣用語〉

● ラジオを点ける／打開收音機。

● ライトを点ける／開燈。

つとめる【勤める】

工作，任職；擔任（某職務）

慣用語〉

● 30 年間勤める／工作 30 多年。

● 会社に勤める／在公司工作。

● 大使館に勤める／在大使館服務。

て【手】

手，手掌；胳膊

慣用語〉

● 手紙／信件。

できる【出来る】

能，可以，辦得到；做好，做完

慣用語〉
- 料理ができる／會做菜。
- 英語ができる／會英語。
- すぐにできる／馬上可以完成。

必考音訓讀〉
出（で〈る〉）＝出、外出、發出。例：
- 出口（でぐち）／出口
- 出る（でる）／出去

てんき【天気】

天氣；晴天，好天氣

慣用語〉
- 天気がいい／天氣好。
- 天気予報／天氣預報
- 天気が悪い／天氣不好。

必考音訓讀〉
天（テン）＝天、天空、天氣。例：
- 天気（てんき）／天氣
- 天国（てんごく）／天堂

デパート【department store】

百貨公司

慣用語〉
- デパートで買い物する／在百貨公司購物。
- デパートのセール／百貨公司的特賣。
- デパートの3階／百貨公司的3樓。

トイレ【toilet】

廁所，洗手間，盥洗室

慣用語〉
- トイレに行く／去洗手間。
- トイレが壊れる／廁所壞了。

でる【出る】

出來，出去；離開

慣用語〉
- 家を出る／出（家）門。
- 試験に出る／參加考試。
- 電話に出る／接電話。

必考音訓讀〉
出（で〈る〉、だ〈す〉）＝出、外出、發出。例：
- 出る（でる）／出去
- 出す（だす）／拿出

どうして

為什麼，何故

慣用語〉
- どうしてそう思うの？／為什麼這麼想？
- どうして来なかったの？／為什麼沒來？
- どうして知ってるの？／你怎麼知道的？

とおい【遠い】

（距離）遠；（關係）遠，疏遠；（時間間隔）久遠

慣用語〉
- この店は遠い／這家店很遠。
- 遠い国／遠方的國家。
- 遠い未来／遙遠的未來。

と|しょ|かん【図書館】

圖書館

〈慣用語〉
- 図書館の本／圖書館的書。
- 図書館員／圖書館員。

と|まる【止まる】

停，停止，停靠；停頓；中斷

〈慣用語〉
- 車が止まる／車停下來。
- 時計が止まる／時鐘停了。
- 水が止まる／停水了。

と|る【取る】

拿取，執，握；採取，摘；(用手) 操控

〈慣用語〉
- ペンを取る／拿筆。
- 休暇を取る／休假。

な|くす【無くす】

丟失；消除

〈慣用語〉
- 財布を無くす／丟失錢包。

な|ど【等】

《表示概括，列舉》…等

〈慣用語〉
- りんご、バナナなど／蘋果、香蕉等。
- 映画、音楽などの趣味／電影、音樂等興趣。
- 日本、中国などの国／日本、中國等國家。

な|の|か【七日】

(每月) 七號；七日，七天

〈必考音訓讀〉
七 (シチ・なな、なな〈つ〉、なの) ＝七、數字 7。例：
- 七 (しち、なな) ／七
- 七つ (ななつ) ／七個
- 七日 (なのか) ／七日

な|ら|う【習う】

學習；練習

〈慣用語〉
- 英語を習う／學英語。

に|ぎ|や|か【賑やか】

熱鬧，繁華；有說有笑，鬧哄哄

〈慣用語〉
- にぎやかな公園／熱鬧的公園。
- にぎやかなパーティー／熱鬧的派對。
- にぎやかな音楽／活潑的音樂。

ニ|ュー|ス【news】

新聞，消息

〈慣用語〉
- ニュースを見る／看新聞。
- ニュース番組／新聞節目。
- いいニュースアプリ／好消息。

ぬ|ぐ【脱ぐ】

脫去，脫掉，摘掉

〈慣用語〉
- 靴を脱ぐ／脫鞋。
- 上着を脱ぐ／脫外套。
- 帽子を脱ぐ／脫帽子。

ねこ【猫】

□□□ 0505

例 猫は黒くないですが、犬は黒いです。

1秒後影子跟讀 〉

譯 貓不是黑色的，但狗是黑色的。

名 **ねこ【猫】**

貓

類 いぬ 狗

對 とり 鳥

文法 …は…が、…は…[但是…]：區別、比較兩個對立的事物，對照地提示兩種事物。
生字 黒い／黑色

□□□ 0506

例 疲れたから、家に帰ってすぐに寝ます。

1秒後影子跟讀 〉

譯 因為很累，所以回家後馬上就去睡。

自下 **ねる【寝る】**

睡覺，就寢；躺下，臥

類 休む 休息

對 おきる 起床

出題重點 寝る（ねる）："睡覺、休息"進入睡眠狀態，放鬆休息。題型3的陷阱可能有，
● 疲れる（つかれる）："疲勞"感覺身體或心靈的疲勞，缺乏能量。
● 起きる（おきる）："醒來、起床"從睡眠中醒來，開始新的一天。
● 休む（やすむ）："休息、放鬆"暫停工作或活動，休息恢復體力。
文法 …から、…[因為…]：表示原因、理由。説話者出於個人主觀理由，進行請求、命令、希望、主張及推測。
生字 疲れる／疲憊；帰る／回去；すぐ／馬上，立刻

□□□ 0507

例 だいたい1年に2回旅行をします。

1秒後影子跟讀 〉

譯 一年大約去旅行兩趟。

名 **ねん【年】**

年（也用於計算年數）

類 月 月

對 日 日

音 年＝ネン

生字 だいたい／大概；回／（量詞）次；旅行／旅行，遊覽

□□□ 0508

例 ノートが2冊あります。

1秒後影子跟讀 〉

譯 有兩本筆記本。

名 **ノート【notebook 之略**

筆記本；備忘錄

類 本 書籍

對 ペン 筆

生字 冊／（計算書籍、筆記本等量詞）本

讀書計劃：□□／□□／□□

218

0509

□□ 0509

例 私は友達と山に登りました。

1秒後影子跟讀 》

譯 我和朋友去爬了山。

出題重點 登る（のぼる）："攀爬、爬升"攀爬如山
脈或樓梯，向上移動。題型 3 的陷阱可能有，

● **乗る（のる）**："乘坐、騎乘"坐上交通工具如車、船、
飛機等。

● **上がる（あがる）**："上升、增加"物體、價格或位
置上升、增加。

● **降りる（おりる）**："下降、離開"從較高位置往下
移動，如下車、下樓。

生字 友達／友人，朋友；山／山岳，山脈

自五 **のぼる【登る】**
登，上；攀登（山）
類 上げる 抬起
對 おりる 下降，例如樓梯

0510

□□ 0510

例 私の好きな飲み物は紅茶です。

1秒後影子跟讀 》

譯 我喜歡的飲料是紅茶。

文法 形容動詞な＋名詞：形容動詞修飾後面的名詞。
生字 紅茶／紅茶

名 **のみもの
【飲み物】**
飲料
類 もの 物品
對 食べもの 食物

な

0511

□□ 0511

例 毎日、薬を飲んでください。

1秒後影子跟讀 》

譯 請每天吃藥。

生字 薬／藥物

他五 **のむ【飲む】**
喝，吞，嚥，吃（藥）
類 食べる 吃
對 歩く 走

0512

□□ 0512

例 ここでタクシーに乗ります。

1秒後影子跟讀 》

譯 我在這裡搭計程車。

文法 ここ[這裡]：場所指示代名詞。指離說話者近的
場所。
生字 タクシー／計程車

自五 **のる【乗る】**
騎乘，坐；登上
類 入る 進入
對 降りる 下車

219

は【歯】

□□□ 0513   (Track2

例 夜、歯を磨いてから寝ます。

1秒後影子跟讀 >

譯 晚上刷牙齒後再睡覺。

文法 てから [先做…，然後再做…]：表示前句的動作
做完後，進行後句的動作。強調先做前項的動作。
生字 磨く／刷（牙）；寝る／睡覺

名 は【歯】

牙齒

類 口 嘴巴

對 足 腳

□□□ 0514

例 パーティーでなにか食べましたか。

1秒後影子跟讀 >

譯 你在派對裡吃了什麼？

出題重點 「パーティー」意為 "聚會" 或 "派對"。
題型2可能混淆的片假名有：「ハーティー」、「パー
チィー」和「パーテイー」。「パ」是半濁音，與清音
「ハ」不同；「テ」と「チ」的上部筆劃有異；「ィ」是「イ」
的小寫版，表示較短音。需注意這些形狀及發音差異。
文法 なにか [某些，什麼]：表示不確定。
生字 食べる／食用

**名 パーティー
【party】**

(社交性的)集會，晚會，宴
舞會

類 遊ぶ 玩耍

對 仕事 工作

□□□ 0515

例 「山田さん！」「はい。」

1秒後影子跟讀 >

譯 「山田先生！」「有。」

感 はい

(回答)有，到；(表示同意)
是的

類 うん 嗯，表肯定

對 いいえ 不

□□□ 0516

例 コーヒーを一杯いかがですか。

1秒後影子跟讀 >

譯 請問喝杯咖啡如何？

文法 いかが [如何，怎麼樣]：詢問對方的想法及健康
狀況，及不知情況如何或該怎麼做等。比「どう」更佳禮
貌。也用在勸誘時。
生字 コーヒー／咖啡

**接尾 はい・ばい・ば
い【杯】**

…杯

類 本 瓶，支（細長物品）

對 枚 片，張（平坦物品）

☐☐☐ 0517

例 すみません、灰皿（はいざら）をください。

1秒後影子跟讀 >

譯 抱歉，請給我菸灰缸。

文法 …をください [給我…]：表示想要什麼的時候，跟某人要求某事物。

生字 すみません／不好意思

名 は**いざら**【灰皿】

菸灰缸（或唸：は**いざら**）

類 コップ　杯子

對 テーブル　桌子

☐☐☐ 0518

例 その部屋（へや）に入（はい）らないでください。

1秒後影子跟讀 >

譯 請不要進去那房間。

文法 …ないでください [請不要…]：表示否定的請求命令，請求對方不要做某事。

生字 部屋（へや）／房間

自五 は**いる**【入る】

進，進入；裝入，放入

類 入（い）れる　放入

對 出（で）る　出去

訓 入＝はい（る）

☐☐☐ 0519

例 はがきを3枚（まい）と封筒（ふうとう）を5枚（まい）お願いします。

1秒後影子跟讀 >

譯 請給我3張明信片和5個信封。

慣用語

●葉書（はがき）を送（おく）る／寄明信片。

●葉書（はがき）の絵（え）／明信片上的畫。

必考音訓讀

書（か〈く〉）＝書、書籍、文書。例：

●読（よ）み書（か）き（よみかき）／讀寫

文法 …と…[…和…，…與…]：表示幾個事物的並列。想要敘述的主要東西，全部都明確地列舉出來。

生字 枚（まい）／（計算薄而平的物品的量詞）張；封筒（ふうとう）／信封

名 は**がき**【葉書】

明信片

類 手紙（てがみ）　書信

對 本（ほん）　書籍

☐☐☐ 0520

例 田中（たなか）さんは今日（きょう）は青（あお）いズボンを穿（は）いています。

1秒後影子跟讀 >

譯 田中先生今天穿藍色的褲子。

文法 形容詞＋名詞：形容詞修飾名詞。形容詞本身有「…的」之意，所以不再加「の」。

生字 青（あお）い／藍色；ズボン／褲子

他五 は**く**【履く・穿く】

穿（鞋，襪；褲子等）

類 掛（か）ける　戴上

對 脱（ぬ）ぐ　脱下

は

221

はこ【箱】

□□□ 0521

例 箱の中にお菓子があります。

1秒後影子跟讀 》

譯 盒子裡有點心。

出題重點 題型4「はこ」的考點有：
- 例句：この箱に本を入れます／我要把書放進這個盒子裡。
  箱：指盒子或箱子，用於存放或裝載物品。
- 類似說法：このケースに本を入れます／我要把書放進這個盒子裡。
  ケース：指盒子或容器，如眼鏡盒、手機套保護套等。

生字 中／內部，裡面；お菓子／糕點，糖果

名 はこ【箱】
盒子，箱子，匣子

類 袋 袋子

對 本 書籍

□□□ 0522

例 君、箸の持ち方が下手だね。

1秒後影子跟讀 》

譯 你呀！真不會拿筷子啊！

文法 かた［…法；…樣子］：表示方法、手段、程度跟情況。

生字 持つ／拿，持；下手／方式不好，技巧不佳

名 はし【箸】
筷子，箸

類 スプーン 湯匙

對 カップ 杯子

□□□ 0523

例 橋はここから5分ぐらいかかります。

1秒後影子跟讀 》

譯 從這裡走到橋約要5分鐘。

文法 ぐらい［大約，左右，上下］：表示時間上的推測、估計。一般用在無法預估正確的時間，或是時間不明確的時候。

生字 かかる／花費

名 はし【橋】
橋，橋樑

類 通り 街道，道路

對 ビル 大廈

□□□ 0524

例 もうすぐ夏休みが始まります。

1秒後影子跟讀 》

譯 暑假即將來臨。

生字 もうすぐ／即將，很快；夏休み／暑假

自五 はじまる【始まる】
開始，開頭；發生

類 初め 開始

對 終わる 結束

222

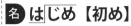

□□ 0525

例 1時ごろ、初めに女の子が来て、次に男の子が来ました。
1秒後影子跟讀

譯 1點左右，先是女生來了，接著男生來了。

文法 ごろ[左右]：表示大概的時間。一般只接在年月日，和鐘點的詞後面；動詞＋て：表示這些行為動作一個接著一個，按照時間順序進行。

生字 女の子／女孩；男の子／男孩

名 はじめ【初め】

開始，起頭；起因

類 最初 最初
對 終わり 結束，最

□□ 0526

例 初めて会ったときから、ずっと君が好きだった。
1秒後影子跟讀

譯 我打從第一眼看到妳，就一直很喜歡妳。

出題重點 題型4「はじめて」的考點有：
● 例句：日本に行くのは初めてです／這是我第一次去日本。
初めて：描述某件事情或經歷的第一次發生。
● 類似說法：日本に行くのは1回目です／這是我第一次去日本。
一回目：也表示第一次，但更強調次數。

文法 動詞＋名詞：動詞的普通形，可以直接修飾名詞。
生字 会う／遇見，相逢；ずっと／一直，始終

副 はじめて【初めて】

最初，初次，第一次

類 まず 首先
對 いつも 總是

□□ 0527

例 初めまして、どうぞよろしく。
1秒後影子跟讀

譯 初次見面，請多指教。

生字 どうぞよろしく／請多關照

寒暄 はじめまして【初めまして】

初次見面，你好

類 ようこそ 歡迎
對 さようなら 再見

□□ 0528

例 1時になりました。それではテストを始めます。
1秒後影子跟讀

譯 1點了。那麼開始考試。

文法 それでは[那麼]：表示順態發展。根據對方的話，再說出自己的想法。或某事物的開始或結束，以及與人分別的時候。

生字 テスト／測驗，考試

他下 はじめる【始める】

開始，創始

類 スタート 開始
對 おわる 終結，停止

は

223

はしる【走る】

□□□ 0529

例 毎日どれぐらい走りますか。

[1秒後影子跟讀》]

譯 每天大概跑多久？

文法 どれぐらい[多久]：可視句子的內容，翻譯成「多久、多少、多少錢、多長、多遠」等。

生字 毎日／每天

自五 は**しる**【走る】
（人，動物）跑步，奔跑；（車、船等）行駛
類 歩く　走，步行
對 止まる　停止

□□□ 0530

例 バスに乗って、海へ行きました。

[1秒後影子跟讀》]

譯 搭巴士去了海邊。

文法 動詞＋て：表示行為的方法或手段。

生字 海／大海，海洋

名 バス【bus】
巴士，公車
類 電車　電車
對 自動車　汽車

□□□ 0531

例 パンにバターを厚く塗って食べます。

[1秒後影子跟讀》]

譯 在麵包上塗厚厚的奶油後再吃。

出題重點　「バター」代表"奶油"。題型2可能混淆的片假名有：「パター」、「バヲー」和「バタニ」。「バ」是濁音「パ」是半濁音；「タ」形狀與「ヲ」不同在後者少一撇；長音符「ー」是直線，與「ニ」形狀迥異。需注意這些細微差異及發音差異。

文法 動詞＋て：這些行為動作一個接著一個，按照時間順序進行。

生字 パン／麵包；厚い／厚的

名 バター【butter】
奶油
類 ジャム　果醬
對 パン　麵包

□□□ 0532

例 私は二十歳で子どもを生んだ。

[1秒後影子跟讀》]

譯 我20歲就生了孩子。

文法 で[在…；以…]：表示在某種狀態、情況下做後項的事情。

生字 子ども／孩子；生む／生產

名 は**たち**【二十歳】
二十歲
類 二十歳　20歲
對 三十歳　30歲

224

0533

例 山田さんはご夫婦でいつも一生懸命働いていますね。

1秒後影子跟讀 》

譯 山田夫婦兩人總是很賣力地工作呢！

出題重點 働く（はたらく）："工作、勞動"從事工作或勞動，具有廣泛的含義。題型 3 的陷阱可能有，

● 休む（やすむ）："休息、放假"暫時停止工作或學習，休息或休假。

● 遊ぶ（あそぶ）："玩耍、娛樂"進行休閒活動、玩耍，度過休閒時間。

● 勤める（つとめる）："在職、服務"在特定機構或公司工作，常指正式職位。

生字 夫婦／夫妻；一生懸命／拼命地，努力

自五 **はたらく【働く】**

工作，勞動，做工

類 勤める 工作

對 遊ぶ 玩耍

0534

例 毎朝八時ごろ家を出ます。

1秒後影子跟讀 》

譯 每天早上都 8 點左右出門。

文法 を：動作離開的場所用「を」。例如，從家裡出來或從車、船、飛機等交通工具下來。

生字 毎朝／每天早上；ごろ／左右，大約；出る／出去，出門

名 **はち【八】**

（數）八；八個

類 八つ 8個

音 八＝ハチ

0535

例 二十日の天気はどうですか。

1秒後影子跟讀 》

譯 20 號的天氣如何？

文法 どう [如何，怎麼樣]：詢問對方的想法及健康狀況，及不知情況如何或該怎麼做等。也用在勸誘時。

生字 天気／天氣

名 **はつか【二十日】**

（每月）二十日；二十天

類 二十日間 20 日

對 十日 10 日

0536

例 ここで花を買います。

1秒後影子跟讀 》

譯 在這裡買花。

文法 で [在…]：表示動作進行的場所。

生字 買う／購買

名 **はな【花】**

花

類 綺麗 漂亮的

對 葉 葉子

訓 花＝はな

は

225

はな【鼻】

□□□ 0537

例 赤ちゃんの小さい鼻がかわいいです。

1秒後影子跟讀 >

譯 小嬰兒的小鼻子很可愛。

生字 赤ちゃん／小嬰兒；小さい／小巧的

名 はな【鼻】
鼻子
類 目 眼睛
對 耳 耳朵

□□□ 0538

例 あの先生は話が長い。

1秒後影子跟讀 >

譯 那位老師話很多。

文法 あの[那…]：指示連體詞。指說話者及聽話者範圍以外的事物。

生字 先生／老師；長い／冗長的

名 はなし【話】
話，說話，講話
類 言葉 語言
對 ニュース 新聞
訓 話＝はなし

□□□ 0539

Track2

例 食べながら、話さないでください。

1秒後影子跟讀 >

譯 請不要邊吃邊講話。

出題重點 話す（はなす）："講話、描述"與他人進行口頭交流，講述或描述。題型3的陷阱可能有，
● 見える（みえる）："看得見"能夠看見某物，視野範圍內的存在。
● 訪ねる（たずねる）："拜訪、探訪"拜訪某人或某地，主動探訪。
● する："做、執行"進行或執行某事。與多種名詞搭配，表示各式動作或活動。

文法 ながら[一邊…一邊…]：表示同一主體同時進行兩個動作。

生字 食べる／吃，食用

他五 はなす【話す】
說，講；談話；告訴（別人）
類 聞く 聽
對 読む 讀
訓 話＝はな（す）

□□□ 0540

例 田舎の母から電話が来た。

1秒後影子跟讀 >

譯 家鄉的媽媽打了電話來。

文法 から[從…，由…]：表示從某對象借東西、從某對象聽來的消息，或從某對象得到東西等。

生字 田舎／鄉下；来る／來，過來

名 はは【母】
家母，媽媽，母親
類 父 父親
對 子 孩子
訓 母＝はは

□□ 0541

例 時間がありません。早くしてください。
1秒後影子跟讀 〉

譯 沒時間了。請快一點！

形 はやい【早い】
（時間等）快，早；（動作等）迅速
類 早朝 早晨
對 遅い 晚的

文法 〉 …てください [請…]：表示請求、指示或命令某人做某事。
生字 時間／時間

□□ 0542

例 バスとタクシーのどっちが速いですか。
1秒後影子跟讀 〉

譯 巴士和計程車哪個比較快？

形 はやい【速い】
（速度等）快速
類 すぐ 立刻
對 遅い 慢的

出題重點 題型 4「はやい」的考點有：
● 例句：彼は私より速く走る／他跑得比我快。
速い："快"描述移動或行動的速度。
● 類似說法：彼は私より先に着きました／他比我先到了。
先：表示" 在前 "或" 先於其他人 "，用於描述時間或順序上的先後。
文法 〉 が：前接疑問詞。「が」也可以當作疑問詞的主語。
生字 バス／公車；タクシー／計程車；どっち／哪一個

□□ 0543

例 春には大勢の人が花見に来ます。
1秒後影子跟讀 〉

譯 春天有很多人來賞櫻。

名 はる【春】
春天，春季
類 夏 夏天
對 秋 秋天

文法 〉 には：強調格助詞前面的名詞的作用。
生字 大勢／眾多的；花見／賞花

□□ 0544

例 封筒に切手を貼って出します。
1秒後影子跟讀 〉

譯 在信封上貼上郵票後寄出。

他五 はる【貼る・張る】
貼上，糊上，黏上
類 付ける 貼上
對 取る 取下

生字 封筒／信封；切手／郵票；出す／寄出

227

はれる【晴れる】

□□□ 0545

例) **あしたは晴れるでしょう。**

1秒後影子跟讀》

譯) 明天應該會放晴吧。

文法 でしょう [也許…，大概…吧]：表示説話者的推測，説話者不是很確定。
生字 明日/明天

自下 はれる【晴れる】
(天氣) 晴，(雨，雪) 停止，放晴
類 曇る 多雲
對 雨 雨

□□□ 0546

例) **9時半に会いましょう。**

1秒後影子跟讀》

譯) 約9點半見面吧！

慣用語
● 半日で遊ぶ/玩了半天。
● 半分の時間を使う/使用一半的時間。

必考音訓讀
半 (ハン) =半、一半。例：
● 半年 (はんとし) /半年

文法 ましょう [做…吧]：表示勸誘對方一起做某事。一般用在做那一行為、動作，事先已規定好，或已成為習慣的情況。
生字 会う/碰面

名·接尾 はん【半】
…半；一半
類 半分 一半
對 全部 全部
音 半=ハン

□□□ 0547

例) **朝から晩まで歌の練習をした。**

1秒後影子跟讀》

譯) 從早上練歌練到晚上。

文法 …から…まで [從…到…]：表示時間的起點和終點，也就是時間的範圍。
生字 歌/歌曲；練習/練習

名 ばん【晩】
晚，晚上
類 夜 夜晚
對 朝 早晨

□□□ 0548

例) **8番の方、どうぞお入りください。**

1秒後影子跟讀》

譯) 8號的客人請進。

生字 方/位，人；入る/進入

名·接尾 ばん【番】
(表示順序) 第…，…號；輪班，看守
類 次 接下來
對 最後 最後

228

□□□ 0549

例 私は、パンにします。
1秒後影子跟讀〉

名 パン【(葡) pão】
麵包

類 ケーキ 蛋糕
對 ご飯 米飯

譯 我要點麵包。

□□□ 0550

例 その店でハンカチを買いました。
1秒後影子跟讀〉

名 ハンカチ
【handkerchief】
手帕（或唸：ハンカチ）

類 タオル 毛巾
對 シャツ 襯衫

譯 我在那家店買了手帕。

出題重點 「ハンカチ」指"手帕"。題型 2 可能混淆的片假名有：「ソンカチ」、「ハシカチ」、「ハンタチ」和「ハンカテ」。「ハ」和「ソ」形狀差異在筆劃方向不同；「ン」和「シ」不同在前者少一點；「カ」與「タ」前者像"カ"，後者像"タ"；「チ」と「テ」上部結構不同。需留意這些形狀的差異。

文法 その [那…]：指示連體詞。指離聽話者近的事物。
生字 店／商店；買う／購買

□□□ 0551

例 女の人の電話番号は何番ですか。
1秒後影子跟讀〉

名 ばんごう【番号】
號碼，號數

類 電話番号 電話號碼
對 名前 名字

譯 女生的電話號碼是幾號？

文法 なん [什麼]：代替名稱或情況不瞭解的事物。也用在詢問數字時。
生字 女の人／女性；番／號碼

□□□ 0552

例 いつも9時ごろ晩ご飯を食べます。
1秒後影子跟讀〉

名 ばんごはん
【晩ご飯】
晩餐

類 夕食 晩餐
對 朝ご飯 早餐

譯 經常在 9 點左右吃晚餐。

生字 いつも／通常，總是（一個習慣或常態的行為）；
ごろ／…左右

は

はんぶん【半分】

□□□ 0553

例 バナナを半分にしていっしょに食べましょう。

1秒後影子跟讀 》

譯 把香蕉分成一半一起吃吧！

出題重點 題型 4「はんぶん」的考點有:
- 例句: ケーキを半分に切りました／我把蛋糕切成了兩半。

  半分:"一半"或"50%",描述某物被均等地分為兩部分。
- 類似說法: ケーキを二つに分けました／我把蛋糕分成了兩份。

  二つ: 表示兩個部分或兩份,但更強調數量。

生字 バナナ／香蕉；一緒／一起

名 はんぶん【半分】

半,一半,二分之一

類 少し 一點點

對 全部 全部

音 半=ハン

音 分=ブン

□□□ 0554

例 町の東に長い川があります。

1秒後影子跟讀 》

譯 城鎮的東邊有條長河。

生字 町／城鎮；川／河川,河流

名 ひがし【東】

東,東方,東邊

類 東側 東邊

對 西 西方

訓 東=ひがし

□□□ 0555

例 庭に犬が 2 匹と猫が 1 匹います。

1秒後影子跟讀 》

譯 院子裡有 2 隻狗和 1 隻貓。

生字 庭／庭院；犬／狗；猫／貓

接尾 ひき【匹】

(鳥,蟲,魚,獸) …匹,…頭
…條,…隻

類 頭 隻

對 本 支

□□□ 0556

例 風邪をひきました。あまりご飯を食べたくないです。

1秒後影子跟讀 》

譯 我感冒了。不大想吃飯。

文法 あまり…ない [(不) 很；(不) 怎樣；沒多少]:
表示程度不特別高,數量不特別多。

生字 風邪／感冒；食べる／吃,食用

他五 ひく【引く】

拉,拖;翻查;感染 (傷風感冒

類 持つ 拿

對 押す 推

□□ 0557

例 ギターを弾いている人は李さんです。
1秒後影子跟讀〉

譯 那位在彈吉他的人是李先生。

他五 ひく 【弾く】
彈，彈奏，彈撥
類 遊ぶ 玩耍
對 歌う 唱歌

出題重點 「弾く（ひく）」表示"彈奏"一個樂器的動作，特別是弦樂器如吉他。題型 2 可能混淆的漢字有：「弾く」、「単く」、「鄲」く」、「憚」く」。「弾」是中文字，指"撥樂器"、"彈性"、"子彈"或"用力"推出；「単」指的是"單一"的或"單純"的；「鄲」是中國地名的一部分，沒有特定的意義；而「憚」意為"忌諱"或"害怕"。

生字 ギター／吉他

□□ 0558

例 田中さんは背が低いです。
1秒後影子跟讀〉

譯 田中小姐個子矮小。

生字 背／身高

形 ひくい 【低い】
低，矮；卑微，低賤
類 浅い 淺的
對 高い 高的

□□ 0559

例 飛行機で南へ遊びに行きました。
1秒後影子跟讀〉

譯 搭飛機去南邊玩了。

文法 で[乘坐…；用…]：表示用的交通工具；或動作的方法、手段。
生字 南／南方；遊ぶ／遊玩

名 ひこうき
【飛行機】
飛機
類 ヘリコプター 直升機
對 電車 電車

□□ 0560

例 レストランの左に本屋があります。
1秒後影子跟讀〉

譯 餐廳的左邊有書店。

生字 レストラン／餐廳；本屋／書店

名 ひだり 【左】
左，左邊；左手
類 左手 左手
對 右 右方
訓 左＝ひだり

主題單字

あ

か

さ

た

な

は

ま

や

ら

わ

練習

231

ひと【人】

□□□ 0561

例 どの人が田中さんですか。
1秒後影子跟讀 >

譯 哪位是田中先生？

慣用語
●人を待つ／等人。
●人が多い／人很多。
●良い人／好人。

必考音訓讀
人（ひと）＝人、人類、個人。例：
●男の人（おとこのひと）／男性
●女の人（おんなのひと）／女性

文法 どの[哪…]：指示連體詞。表示事物的疑問和不確定。

名 ひと【人】
人，人類
類 男 男人
對 動物 動物
訓 人＝ひと

□□□ 0562

例 間違ったところは一つしかない。
1秒後影子跟讀 >

譯 只有一個地方錯了。

文法 しか[只，僅僅]：表示限定。一般帶有因不足而感到可惜、後悔或困擾的心情。
生字 間違う／弄錯，出錯；ところ／地方

名 ひとつ【一つ】
（數）一；一個；一歲
類 二つ 兩個
對 多い 很多
訓 一＝ひと（つ）

□□□ 0563

例 あと一月でお正月ですね。
1秒後影子跟讀 >

譯 再一個月就是新年了呢。

文法 ね[呢]：表示輕微的感嘆，或話中帶有徵求對方認同的語氣。另外也表示跟對方做確認的語氣。
生字 正月／新年

名 ひとつき【一月】
一個月
類 月 月
對 年 年
訓 一＝ひと
訓 月＝つき

□□□ 0564

例 私は去年から一人で東京に住んでいます。
1秒後影子跟讀 >

譯 我從去年就一個人住在東京。

文法 で[在…；以…]：表示在某種狀態、情況下做後項的事情。
生字 去年／去年；住む／居住

名 ひとり【一人】
一人；一個人；單獨一個人
類 一つ 一個
對 大勢 很多人

□□ 0565

例 今日は午後から暇です。

1秒後影子跟讀〉

譯 今天下午後有空。

生字 午後/下午

名・形動 ひま【暇】

時間，功夫；空閒時間，暇餘

類 休み 休息

對 忙しい 忙碌的

□□ 0566

[Track2-25]

例 瓶の中に五百円玉が百個入っています。

1秒後影子跟讀〉

譯 瓶子裡裝了百枚的 500 圓。

生字 瓶/瓶子；玉/硬幣；入る/裝入，放入

名 ひゃく【百】

（數）一百；一百歲

類 数 數字

對 千 千

音 百=ヒャク

□□ 0567

例 駅の向こうに病院があります。

1秒後影子跟讀〉

譯 車站的正對面有醫院。

出題重點 「病院」唸音讀「びょういん」，意指醫院。
題型 1 誤導選項可能有：

● 「びょいん」中缺了「う」音。

● 「みょういん」中的「び」變為發音近似的「み」。

● 「びゅういん」中的「よ」變為「ゅ」。

慣用語

● 病院に行く/去醫院。

生字 駅/（電車）車站；向こう/正對面，對面，另一側

名 びょういん【病院】

醫院

類 病気 生病

對 学校 學校

□□ 0568

例 病気になったときは、病院へ行きます。

1秒後影子跟讀〉

譯 生病時要去醫院看醫生。

文法 …とき [···的時候···]：表示與此同時並行發生其他
的事情。

生字 病院/醫院；行く/前往

名 びょうき【病気】

生病，疾病

類 医者 醫生

對 健康 健康

音 気=キ

は

233

第四回

言語知識（文字、語彙）

題型 1

もんだい1 ＿＿＿＿の ことばは どう よみますか。1・2・3・4 から いちばん いい ものを ひとつ えらんで ください。

1 木ようびの ごご にほんごの クラスが あります。
　　　1 か　　　　2 きん　　　　3 すい　　　　4 もく

2 きょうの 天気は はれです。
　　　1 でんき　　2 てんぎ　　3 てんき　　4 でんぎ

題型 2

もんだい2 ＿＿＿＿の ことばは どう かきますか。1・2・3・4 から いちばん いい ものを ひとつ えらんで ください。

3 がっこうは こうえんの 東に あります。
　　　1 ひがし　　2 たば　　3 か　　　　4 くるま

4 きのう、テレビの にゅーすで ゆうめいな かしゅが にほんに くる のを みました。
　　　1 ニユーヌ　2 ニュース　3 コュース　4 コユーヌ

題型 3

もんだい3 （　　　）に なにを いれますか。1・2・3・4から いちばん いい ものを ひとつ えらんで ください。

答案：(4) 2.(3) 3.(1) 4.(2) 5.(2) 6.(3) 7.(4) 8.(2)

5 ちかくに あたらしい えきが できましたが、（　　　）で まだ
みえません。

　　1 てがみ　　　2 ちず　　　　3 きっぷ　　　4 とけい

6 ひとは おおくて まちが とても （　　　）です。

　　1 しずか　　　2 ひま　　　　3 にぎやか　　4 たいせつ

題型 4
もんだい4 ＿＿＿＿＿の ぶんと だいたい おなじいみの ぶ
　　　　　んが あります。1・2・3・4から いちばん いい
　　　　　ものを ひとつ えらんで ください。

7 たなかさんは にほんの かいしゃで はたらく。

　1 たなかさんは にほんの かいしゃを つくる。
　2 たなかさんは にほんの かいしゃで まなぶ。
　3 たなかさんは にほんの かいしゃで うる。
　4 たなかさんは にほんの かいしゃに つとめる。

8 かのじょは ときどき がいこくへ りょこうに いきます。

　1 かのじょは まいかい がいこくへ りょこうに いきます。
　2 かのじょは たまに がいこくへ りょこうに いきます。
　3 かのじょは よく がいこくへ りょこうに いきます。
　4 かのじょは いちども がいこくへ りょこうに いきません。

ひらがな【平仮名】

□□□ 0569

例 名前は平仮名で書いてください。

1秒後影子跟讀 〉

譯 姓名請用平假名書寫。

生字 名前／姓名；書く／書寫，寫下

名 **ひらがな【平仮名】**

平假名

類 カタカナ 片仮名
對 漢字 漢字
訓 名＝な

□□□ 0570

例 東京は明日の昼から雨の予報です。

1秒後影子跟讀 〉

譯 東京明天中午後會下雨。

出題重點 題型 4「ひる」的考點有：
● 例句：昼にパンを食べます／我午餐吃麵包。
　昼：指白天或中午，通常用於描述中午的時間或午餐。
● 類似說法：正午にパンを食べます／我正午吃麵包。
　正午：專門指中午 12 點，與「昼」相似，但更精確。
● 相對說法：朝にパンを食べます／我早上吃麵包。
　朝：指早晨或早餐的時間。

生字 明日／明天；予報／預報

名 **ひる【昼】**

中午；白天，白晝；午飯

類 正午 正午
對 夜 晚上

□□□ 0571

例 昼ご飯はどこで食べますか。

1秒後影子跟讀 〉

譯 中餐要到哪吃？

文法 どこ [哪裡]：場所指示代名詞。表示場所的疑問
和不確定。
生字 食べる／吃，食用，品嚐

名 **ひるごはん【昼ご飯】**

午餐

類 昼食 午餐
對 晩ご飯 晚餐

□□□ 0572

例 私のアパートは広くて静かです。

1秒後影子跟讀 〉

譯 我家公寓既寬大又安靜。

文法 形容詞く＋て：表示句子還沒說完到此暫時停頓和
屬性的並列的意思。還有輕微的原因。
生字 アパート／公寓；静か／安靜的，寧靜

形 **ひろい【広い】**

（面積，空間）廣大，寬廣；(性度) 寬闊；（範圍）廣泛

類 大きい 大的
對 狭い 狹窄的
訓 広＝ひろ（い）

□□□ 0573

例 いつもここでフィルムを買います。
1秒後影子跟讀 》

譯 我都在這裡買底片。

生字 いつも／通常，總是（一個習慣或常態的行為）；買う／購買

名 フィルム【film】
底片，膠片；影片；電影
類 映画 電影
對 ラジオ 收音機

□□□ 0574

例 封筒にはお金が8万円入っていました。
1秒後影子跟讀 》

譯 信封裡裝了8萬圓。

出題重點 題型4「ふうとう」的考點有：
● 例句：手紙を封筒に入れます／我把信放進信封裡。
　封筒：指信封，用於裝載信件或其他紙張。
● 類似說法：手紙を紙の袋に入れます／我把信放進紙袋裡。
　紙の袋：表示紙袋，但通常紙袋的大小和用途更為廣泛。
● 相對說法：手紙をテーブルに置きます／我把信放在桌子上。
　テーブル：供人用餐或工作的平坦桌面。

生字 万／萬；入る／裝入

名 ふうとう【封筒】
信封，封套
類 入れ物 器具
對 手紙 書信

□□□ 0575

例 どのうちにもプールがあります。
1秒後影子跟讀 》

譯 每家都有游泳池。

文法 にも：強調格助詞前面的名詞的作用。
生字 どの／哪個，哪一個

名 プール【pool】
游泳池
類 水泳 游泳
對 海 海

□□□ 0576

例 ナイフとフォークでステーキを食べます。
1秒後影子跟讀 》

譯 用餐刀和餐叉吃牛排。

生字 ナイフ／刀具；ステーキ／牛排

名 フォーク【fork】
叉子，餐叉
類 ナイフ 刀
對 スプーン 湯匙

は

237

ふく 【吹く】

□□□ 0577

例 今日は風が強く吹いています。

1秒後影子跟讀 ≫

譯 今天風吹得很強。

生字 風／風；強い／強勁的，猛烈的

自五 ふく 【吹く】

（風）刮，吹；（緊縮嘴唇）吹
氣

類 降る 下＜雨雪等＞

對 引く 拉

□□□ 0578

例 花ちゃん、その服かわいいですね。

1秒後影子跟讀 ≫

譯 小花，妳那件衣服好可愛喔！

生字 可愛い／可愛的，討人喜歡，小巧玲瓏

名 ふく 【服】

衣服

類 洋服 衣物

對 食べ物 食物

□□□ 0579

例 黒いボタンは二つありますが、どちらを押しますか。

1秒後影子跟讀 ≫

譯 有兩顆黑色的按鈕，要按哪邊的？

文法 が：在向對方詢問、請求、命令之前，作為一種開場
白使用；どちら[哪邊；哪位]：方向指示代名詞，表示方向
的不確定和疑問。也可以用來指人。也可說成「どっち」。

生字 黒い／黑色；ボタン／按鈕；押す／按壓，按下

名 ふたつ 【二つ】

（數）二；兩個；兩歲

類 二個 兩個

訓 二＝ふた（つ）

□□□ 0580

例 この料理は豚肉と野菜で作りました。

1秒後影子跟讀 ≫

譯 這道菜是用豬肉和蔬菜做的。

出題重點 「豚肉（ぶたにく）」意指"豬肉"，是燒
肉的常見材料。題型2可能混淆的漢字有：「狗肉」在某
些文化中可能會被食用，但不是燒肉的主要材料。「肌肉」
意為"肌肉"，但不是用於烹飪的；「象肉」指的是"象
的肉"，在日常烹飪中極不常見。

文法 で[用…]：製作什麼東西時，使用的材料。

生字 料理／料理；野菜／蔬菜；作る／烹製，製作

名 ぶたにく 【豚肉】

豬肉

類 肉 肉類

對 魚 魚類

□□□ 0581

例 二人とも、ここの焼肉が好きですか。
1秒後影子跟讀 〉

譯 你們兩人喜歡這裡的燒肉嗎？

名 ふ**たり**【二人】
兩個人，兩人

類 カップル　情侶
對 一人　一個人

出題重點 二人（ふたり）："兩個人"正好兩個人，
不多不少。題型 3 的陷阱可能有，
● みんな："大家、所有人"通常表示一組人中的每一
個成員或整體。
● 大勢（おおぜい）："一大群、大量的人"大量的人，
指一大群人。
● 一人（ひとり）："一個人、單獨"單獨一人，沒有他人
陪同。
文法 〉とも：強調格助詞前面的名詞的作用。
生字 焼肉／烤肉；好き／喜歡的，喜愛的

□□□ 0582

例 二日からは雨になりますね。
1秒後影子跟讀 〉

譯 2 號後會開始下雨。

名 ふ**つか**【二日】
（每月）二號，二日；兩天；
第二天
類 二日間　兩天
訓 日＝か

文法 〉 名詞に＋なります [變成…]：表示事物的變化。
無意識中物體體本身產生的自然變化； 近 形容動詞に＋なり
ます [變成…]

□□□ 0583

例 大切なところに太い線が引いてあります。
1秒後影子跟讀 〉

譯 重點部分有用粗線畫起來了。

形 ふ**とい**【太い】
粗，肥胖
類 大きい　大的
對 細い　細的

文法 〉 他動詞＋てあります […著；已…了]：表示抱著
某個目的、有意圖地去執行，當動作結束之後，那一動作
的結果還存在的狀態。強調眼前所呈現的狀態。
生字 大切／重要的；線／線，線條

□□□ 0584

例 私は夏も冬も好きです。
1秒後影子跟讀 〉

譯 夏天和冬天我都很喜歡。

名 ふ**ゆ**【冬】
冬天，冬季
類 季節　季節
對 夏　夏天

文法 〉…も…も [也…，又…]:用於再累加上同一類型的事物。
生字 夏／夏天，夏季；好き／喜愛的，鍾情於

239

ふる【降る】

□□□ 0585

例 雨が降っているから、今日は出かけません。

1秒後影子跟讀〉

譯 因為下雨，所以今天不出門。

出題重點 降る（ふる）："下落、降下"天氣現象，如雨或雪下落。題型 3 的陷阱可能有，
- 上る（のぼる）："攀爬、爬升"向高處移動，如爬山或樓梯。
- 降りる（おりる）："下降、離開"向低處移動，如下車或樓梯。
- 吹く（ふく）："吹風、颳"風的動作，表示風正在吹。

慣用語〉
- 花びらが降る／花瓣落下。

文法〉 …は…ません：「は」前面的名詞或代名詞是動作、行為否定的主體。

生字〉 雨／雨；出かける／外出

自五 **ふる【降る】**

落，下，降（雨，雪，霜等）

類 下る 下降
對 上る 上升

□□□ 0586

例 この辞書は古いですが、便利です。

1秒後影子跟讀〉

譯 這本辭典雖舊但很方便實用。

生字〉 辞書／辭典；便利／方便的，實用的

形 **ふるい【古い】**

以往；老舊，年久，老式

類 昔 以前的
對 新しい 新的
訓 古＝ふる（い）

□□□ 0587

例 今日はご飯の後でお風呂に入ります。

1秒後影子跟讀〉

譯 今天吃完飯後再洗澡。

文法〉 のあとで[…後]：表示完成前項事情之後進行後項行為。

生字〉 今日／今天；入る／進入

名 **ふろ【風呂】**

浴缸，澡盆；洗澡；洗澡熱水

類 湯 洗澡水
對 トイレ 洗手間

□□□ 0588

例 今8時 45分です。

1秒後影子跟讀〉

譯 現在是8點 45 分。

生字〉 今／現在

接尾 **ふん・ぷん【分】**

（時間）…分；（角度）分

類 時 時間
對 全部 全部
音 分＝フン、プン

240

0589

例 今日は雑誌を 10 ページ読みました。
1秒後影子跟讀 》

譯 今天看了 10 頁的雜誌。

生字 雑誌／雑誌；読む／閲讀

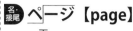

名·接尾 ページ【page】
…頁
類 紙 紙張
對 本 書籍

0590

例 兄は英語が下手です。
1秒後影子跟讀 》

譯 哥哥的英文不好。

文法 が：表示好惡、需要及想要得到的對象，還有能或不能做的事情、明白瞭解的事物，以及擁有的物品。
生字 兄／哥哥；英語／英語，英文

名·形動 へた【下手】
（技術等）不高明，不擅長，笨拙
類 悪い 不擅長的
對 上手 擅長的
訓 手=た

0591

例 私はベッドよりも布団のほうがいいです。
1秒後影子跟讀 》

譯 比起床鋪，我比較喜歡被褥。

出題重點 題型 4「ベッド」的考點有：
●例句：ベッドで寝ます／我在床上睡覺。
ベッド：指床，一般用於睡覺。
●類似說法：寝るところで寝ます／我在睡覺的地方入睡。
寝るところ：意為"睡覺的地方"。
文法 …より…ほう[比起…，更]：表示對兩件事物進行比較後，選擇後者；ほうがいい[最好…；還是…為好]：用在向對方提出建議，或忠告的時候。有時候指的是以後要做的事； 近 ないほうがいい[最好不要…]
生字 布団／被子，被褥

名 ベッド【bed】
床，床鋪
類 寝るところ 睡覺的地方
對 椅子 椅子

0592

例 部屋をきれいにしました。
1秒後影子跟讀 》

譯 把房間整理乾淨了。

文法 形容動詞に＋します [使變成…]：表示事物的變化。是人為的、有意圖性的施加作用，而產生變化； 近 形容詞く＋します[變成…]

名 へや【部屋】
房間；屋子
類 住むところ 居住的地方
對 庭 院子

は

241

へん【辺】

□□□ 0593

例) この辺に銭湯はありませんか。

1秒後影子跟讀〉

譯) 這一帶有大眾澡堂嗎？

生字) 銭湯／公共澡堂

名) へん【辺】

附近，一帶；程度，大致

類) 隣 旁邊

對) 中 中心

□□□ 0594

例) ペンか鉛筆を貸してください。

1秒後影子跟讀〉

譯) 請借我原子筆或是鉛筆。

文法) …か…[或者…]：表示在幾個當中，任選其中一個。

生字) 鉛筆／鉛筆；貸す／借出

名) ペン【pen】

筆，原子筆，鋼筆

類) 筆 筆

對) 鉛筆 鉛筆

□□□ 0595

例) 金さんは日本語を勉強しています。

1秒後影子跟讀〉

譯) 金小姐在學日語。

出題重點) 題型4「べんきょう」的考點有：
- 例句：毎日、日本語を勉強します／我每天學習日語。
  勉強：指學習或努力學習某個主題或技能。
- 類似說法：毎日、日本語を学びます／我每天學習日語。
  学ぶ：也指學習或吸取知識，但有時更偏重於從經驗或實踐中學習。

文法) 動詞＋ています：表示動作或事情的持續，也就是動作或事情正在進行中。

生字) 日本語／日語

名・自他サ) べんきょう【勉強】

努力學習，唸書

類) 学び 學習

對) 遊び 遊玩

□□□ 0596

例) あの建物はエレベーターがあって便利です。

1秒後影子跟讀〉

譯) 那棟建築物有電梯很方便。

生字) 建物／建築物；エレベーター／電梯

形動) べんり【便利】

方便，便利

類) 役立つ 有用的

對) 不便 不方便

□□□ 0597

例 静かな場所の方がいいですね。

1秒後影子跟讀▷

譯 寧靜的地方比較好啊。

名 ほう【方】

方向；方面；（用於並列或比較屬於哪一）部類，類型

出題重點 「方（ほう）」意指"方式"或"方向"，用來詢問對方是哪一邊或是哪個方向的。題型2可能混淆的漢字有：「放」意為"釋放"或"播放"；「房」表示"房間"。「才」代表"才能"或"年齡"；而「力」是"力量"或"能量"的意思。

慣用語▷

●東のほう／東方。

生字 静か／安靜的，寧靜的；場所／地方，地點

□□□ 0598

例 山へは帽子をかぶって行きましょう。

1秒後影子跟讀▷

譯 就戴帽子去爬山吧！

名 ぼうし【帽子】

帽子

類 頭 頭部
對 靴 鞋子

文法▷ へは：強調格助詞前面的名詞的作用。

生字 かぶる／戴，戴上；行く／前往

□□□ 0599

例 このボールペンは父からもらいました。

1秒後影子跟讀▷

譯 這支原子筆是爸爸給我的。

名 ボールペン
【ball-point pen】

原子筆，鋼珠筆

類 ペン 筆
對 鉛筆 鉛筆

生字 父／父親；もらう／得到，收到

□□□ 0600

例 わかりませんね。ほかの人に聞いてください。

1秒後影子跟讀▷

譯 我不知道耶。問問看其他人吧！

名・副助 ほか【外】

其他，另外；旁邊，外部；（下接否定）只好，只有

類 違う 不同
對 同じ 相同
訓 外＝ほか

生字 わかる／知道，了解；聞く／詢問

主題單字 ｜ あ ｜ か ｜ さ ｜ た ｜ な ｜ は ｜ ま ｜ や ｜ ら ｜ わ ｜ 練習

ポケット 【pocket】

□□□ 0601

例 財布をポケットに入れました。
1秒後影子跟讀》

譯 我把錢包放進了口袋裡。

生字 財布/錢包；入れる/放入

名 ポケット
【pocket】
口袋，衣袋 (或唸：ポケット)
類 袋 袋子
對 鞄 包包

□□□ 0602

例 この辺にポストはありますか。
1秒後影子跟讀》

譯 這附近有郵筒嗎？

出題重點 ポスト："郵筒、郵箱"用於投遞郵件。題型3的陷阱可能有，

● ハガキ："明信片"通常表示明信片，用於書面通訊。
● 切手（きって）："郵票"貼在信封上的郵資標籤。
● 封筒（ふうとう）："信封"放入郵件的紙製袋子。

慣用語
● ポストに入れる/放入郵箱。
● ポストがいっぱいになる/郵箱滿了。

生字 辺/一帶，附近

名 ポスト【post】
郵筒，信箱
類 箱 箱子
對 家 房子

□□□ 0603

例 車が細い道を通るので、危ないです。
1秒後影子跟讀》

譯 因為車子要開進窄道，所以很危險。

文法 …ので、…[因為…]：表示原因、理由。是較委婉的表達方式。一般用在客觀的因果關係，所以也容易推測出結果。

生字 道/道路；通る/通過；危ない/危險的

形 ほそい【細い】
細，細小；狹窄
類 狭い 狹窄的
對 太い 粗的

□□□ 0604

例 白いボタンを押してから、青いボタンを押します。
1秒後影子跟讀》

譯 按下白色按鈕後，再按藍色按鈕。

生字 白い/白色；押す/按壓，按下；青い/藍色

名 ボタン
【(葡)botão／button】
鈕子，鈕釦；按鍵 (或唸：ボタン)
類 スイッチ 開關

讀書計劃：□□/□□/□□

□□ 0605

例 プリンスホテルに3泊しました。
1秒後影子跟讀〉

譯 在王子飯店住了4天3夜。

名 ホテル【hotel】

（西式）飯店，旅館

類 旅館 旅館
對 家 家

出題重點 「ホテル」意為 "飯店"。可能混淆的片假名有：「オテレ」、「ホチル」和「ホテリ」。「ホ」與「オ」的不同在者少右邊一撇；「ル」和「レ」的區別在前者左邊多一撇；「テ」與「チ」的形狀差異在第2條直線上部；「ル」和「リ」結構不同。注意這些形狀差異。

生字 プリンス／王子；泊／晚，夜（計算住宿的晚數）

□□ 0606

例 図書館で本を借りました。
1秒後影子跟讀〉

譯 到圖書館借了書。

名 ほん【本】

書，書籍

類 書 書
對 雑誌 雜誌
音 本＝ホン

生字 図書館／圖書館；借りる／借（入），借用

□□ 0607

例 鉛筆が1本あります。
1秒後影子跟讀〉

譯 有一支鉛筆。

接尾 ほん・ぼん・ぽん【本】

（計算細長的物品）…支，…棵，…瓶，…條

類 冊 冊（細長物體）
對 枚 片（平坦物品）
音 本＝ホン、ボン、ポン

生字 鉛筆／鉛筆

□□ 0608

例 本棚の右に小さいいすがあります。
1秒後影子跟讀〉

譯 書架的右邊有張小椅子。

名 ほんだな【本棚】

書架，書櫃，書櫥

類 棚 架子
對 椅子 椅子
音 本＝ホン

生字 小さい／小，小的；椅子／椅子

は

ほんとう【本当】

□□□ 0609

例 これは本当のお金ではありません。

1秒後影子跟讀 》

譯 這不是真鈔。

生字 お金／金錢

名・形動 **ほ**んとう【本当】

真正

類 はい 是的

對 違う 不是

音 本=ホン

□□□ 0610

例 お電話を本当にありがとうございました。

1秒後影子跟讀 》

譯 真的很感謝您的來電。

生字 電話／電話

副 **ほ**んとうに【本当に】

真正，真實

類 きっと 一定

對 たぶん 大概

音 本=ホン

□□□ 0611　　　　　　　　　　　　Track2-

例 切符を2枚買いました。

1秒後影子跟讀 》

譯 我買了兩張票。

生字 切符／票券，車票；買う／購買

接尾 **ま**い【枚】

(計算平薄的東西)…張,…片,…幅,…扇

類 皿 盤子

對 本 瓶,支

□□□ 0612

例 毎朝髪の毛を洗ってから出かけます。

1秒後影子跟讀 》

譯 每天早上洗完頭髮才出門。

慣用語

●毎朝起きる／每天早上醒來。
●毎朝散歩する／每天早上散步。
●毎朝食べる／每天早上吃飯。

必考音訓讀

毎（マイ）＝每、每個、每一個。例：
●毎週（まいしゅう）／每週

生字 髪の毛／頭髮；洗う／洗,清洗

名 **ま**いあさ【毎朝】

每天早上

類 朝 早晨

對 夜 夜晚

音 毎=マイ

□□ 0613

例 **毎月 15 日が給料日です。**
1秒後影子跟讀〉

譯 每個月 15 號發薪水。

慣用語〉
● **毎月来る**/每個月前來。
● **毎月読む**/每個月閱讀。
● **毎月買う**/每個月購買。

必考音訓讀〉
月（げつ、がつ、つき）＝月、月亮、月份。例：
● ヶ月（かげつ）/個月
● 一月（いちがつ）/一月
● 月（つき）/月

生字 **給料**/薪水

名 **ま いげつ・ま いつ き【毎月】**

每個月
類 **月** 月份
對 **年** 年
訓 月＝つき
音 毎＝マイ
音 月＝ゲツ

□□ 0614

例 **毎週日本にいる彼にメールを書きます。**
1秒後影子跟讀〉

譯 每個禮拜都寫 e-mail 給在日本的男友。

生字 **メール**/電子郵件；**書く**/書寫

名 **ま いしゅう【毎週】**

每個星期，每週，每個禮拜
類 **週** 週
對 **日** 日
音 毎＝マイ
音 週＝シュウ

□□ 0615

例 **毎年友達と山でスキーをします。**
1秒後影子跟讀〉

譯 每年都會和朋友一起到山上滑雪。

生字 **スキー**/滑雪

名 **ま いとし・ま いね ん【毎年】**

每年
類 **年** 年
對 **月** 月
訓 年＝とし
音 毎＝マイ
音 年＝ネン

□□ 0616

例 **毎日いい天気ですね。**
1秒後影子跟讀〉

譯 每天天氣都很好呢。

生字 **天気**/天氣

名 **ま いにち【毎日】**

每天，每日，天天
類 **日** 天
對 **週** 週
音 毎＝マイ
音 日＝ニチ

主題單字

あ

か

さ

た

な

は

ま

や

ら

わ

練習

まいばん【毎晩】

□□□ 0617

例 私は毎晩新聞を読みます。それからラジオを聞きます。

1秒後影子跟讀》

譯 我每晚都看報紙。然後會聽廣播。

文法 それから[然後；還有]：表示動作順序。連接前後兩件事，按照時間順序發生。另還表示並列。用在列舉事物，再加上某事物。

生字 新聞／報紙；ラジオ／收音機

名 まいばん【毎晩】

每天晚上（或唸：まいばん）

類 夜 晚上
對 朝 早晨
音 毎＝マイ

□□□ 0618

例 机の前には何もありません。

1秒後影子跟讀》

譯 書桌前什麼也沒有。

出題重點 前（まえ）："之前、前面"指之前或位置的前部。題型3的陷阱可能有，

● 後（ご）："之後、後面"指從現在算起接下來的時間，或順序的隨後部分。

● 上（うえ）："頂部、上方"物體的頂部或位置高的部分。

● 先（さき）："前方、先前"指位置、時間或順序的前方。

文法 なにも[也（不）…，都（不）…]：後接否定。表示全面的否定。

生字 机／桌子，書桌

名 まえ【前】

（空間的）前，前面

類 先 前面
對 後ろ 後面
訓 前＝まえ

□□□ 0619

例 今8時15分前です。

1秒後影子跟讀》

譯 現在差15分就8點了。（8點的15分鐘前）

文法 まえ[差…，…前]：接在表示時間名詞後面，表示比那時間稍前。

生字 時／…點，小時；分／…分，分鐘

名 まえ【前】

（時間的）…前，之前

類 以前 之前
對 後 之後
訓 前＝まえ

□□□ 0620

例 この角を右に曲がります。

1秒後影子跟讀》

譯 在這個轉角右轉。

文法 を：表示經過或移動的場所。

生字 角／轉角；右／右邊，右方

自五 まがる【曲がる】

彎曲；拐彎

類 左へ 往左
對 まっすぐ 直行

讀書計劃：□□／□□

0621

例 冷めたラーメンはまずい。

1秒後影子跟讀 》

譯 冷掉的拉麵真難吃。

生字 冷める／變涼，變冷；ラーメン／拉麵

形 まずい【不味い】

不好吃，難吃

類 悪い 壞的

對 おいしい 好吃的

0622

例 今日の午前は雨ですが、午後から曇りになります。夜にはまた雨ですね。

1秒後影子跟讀 》

譯 今天上午下雨，但下午會轉陰。晚上又會再下雨。

出題重點 題型 4「また」的考點有：
● 例句：彼はまた遅れました／他又遲到了。

また：用於描述某件事情再一次或多次發生。
● 類似說法：彼は今日も遅れました／他今天也遲到了。

今日も："今天也"，表示今天和之前同樣發生。

文法 が [但是]：表示逆接。連接兩個對立的事物，前句跟後句內容是相對立的。

生字 雨／雨；曇り／陰天，多雲；夜／夜晚

副 また【又】

還，又，再；也，亦；同時

類 もう一度 再一次

對 初めて 第一次

0623

例 図書館の本はまだ返していません。

1秒後影子跟讀 》

譯 還沒還圖書館的書。

文法 まだ [還（沒有）…]：後接否定。表示預定的事情或狀態，到現在都還沒進行，或沒有完成。

生字 図書館／圖書館；返す／歸還

副 まだ【未だ】

還，尚；仍然；才，不過

類 同じ 一樣

對 もう 已經

ま

0624

例 町の南側は緑が多い。

1秒後影子跟讀 》

譯 城鎮的南邊綠意盎然。

生字 側／某一邊，側邊；緑／綠色（植物），綠意

名 まち【町】

城鎮；町

類 都市 城市

對 村 村莊

まつ【待つ】

☐☐☐ 0625

例 いっしょに待ちましょう。
1秒後影子跟讀 ≫

譯 一起等吧！

生字 一緒/一起，一同

他五 **まつ【待つ】**

等候，等待；期待，指望

類 止まる 停留

對 出る 出去

☐☐☐ 0626

例 まっすぐ行って次の角を曲がってください。
1秒後影子跟讀 ≫

譯 直走，然後在下個轉角轉彎。

生字 次/下一個；角/轉角，街角；曲がる/轉彎

副・形動 **まっすぐ【真っ直ぐ】**

筆直，不彎曲；一直，直接

類 直線 直行

對 曲がる 彎曲

☐☐☐ 0627

例 マッチでたばこに火をつけた。
1秒後影子跟讀 ≫

譯 用火柴點煙。

生字 たばこ/香菸；つける/點燃

名 **マッチ【match】**

火柴；火柴盒

類 ライター 打火機

對 キャンドル 蠟燭

☐☐☐ 0628

例 風で窓が閉まりました。
1秒後影子跟讀 ≫

譯 風把窗戶給關上了。

名 **まど【窓】**

窗戶

類 扉 門

對 壁 牆

出題重點 「窓（まど）」表示“窗戶”的意思，是建築物中可以開啟和關閉的部分，讓光和空氣進入。題型1可能混淆的讀音有：

「椅子（いす）」：“椅子”，供人坐下的家具。

「部屋（へや）」：“房間”，建築物內的一個區域或空間。

「庭（にわ）」：“庭院”，住宅或建築物的外部空地，常用於種植或休閒。

文法 ≫ …で [因為…]：表示原因、理由。

生字 風/風；閉まる/關閉

□□ 0629

例 **丸い建物があります。**
1秒後影子跟讀〉

譯 有棟圓形的建築物。

生字 **建物**／建築物，大樓

形 **まるい**
【丸い・円い】
圓形，球形
類 **円形** 圓形
對 **四角い** 四方的
訓 **円=まる（い）**

□□ 0630

例 **ここには 120 万ぐらいの人が住んでいます。**
1秒後影子跟讀〉

譯 約有 120 萬人住在這裡。

文法〉 **ぐらい [大約，左右，上下]**：表示數量上的推測、估計。一般用在無法預估正確的數量，或是數量不明確的時候。

生字 **住む**／居住

名 **まん【万】**
（數）萬
類 **千** 千
對 **一** 一
音 **万=マン**

□□ 0631

例 **胸のポケットに万年筆をさした。**
1秒後影子跟讀〉

譯 把鋼筆插進了胸前的口袋。

生字 **胸**／胸部；**ポケット**／口袋；**挿す**／插入，放入

名 **まんねんひつ**
【万年筆】
鋼筆
類 **ペン** 筆
對 **鉛筆** 鉛筆
音 **万=マン**
音 **年=ネン**

□□ 0632

例 **お風呂に入る前に、歯を磨きます。**
1秒後影子跟讀〉

譯 洗澡前先刷牙。

出題重點 **磨く（みがく）**："擦亮、研磨"用摩擦力使物體光滑或銳利。題型 3 的陷阱可能有，

● **汚す（よごす）**："弄髒"使物品變髒或損壞其純淨。
● **洗濯する（せんたくする）**："洗衣"清洗衣物或布料的行為。
● **掃除する（そうじする）**："打掃、清潔"清潔一個地方，去除塵土或雜物。

文法〉 **まえに [⋯之前，先⋯]**：表示動作的順序，也就是做前項動作之前，先做後項的動作。

生字 **風呂**／浴缸；**入る**／進入，入內；**歯**／牙齒

他五 **みがく【磨く】**
刷洗，擦亮；研磨，琢磨
類 **清潔** 清潔
對 **汚す** 弄髒

みぎ【右】

□□□ 0633

例　地下鉄は右ですか、左ですか。

1秒後影子跟讀 >

譯　地下鐵是在右邊？還是左邊？

文法 …か、…か [是…，還是…]：表示從不確定的兩個事物中，選出一樣來。

生字 地下鉄／地下鐵，地鐵

名 **みぎ【右】**

右，右側，右邊，右方

類 右側　右邊

對 左　左

訓 右＝みぎ

□□□ 0634

例　暑いから、髪の毛を短く切りました。

1秒後影子跟讀 >

譯　因為很熱，所以剪短了頭髮。

生字 暑い／炎熱的；髪の毛／頭髮；切る／剪，修剪

形 **みじかい【短い】**

(時間) 短少；(距離，長度等)短，近

類 低い　低的

對 長い　長的

□□□ 0635

例　水をたくさん飲みましょう。

1秒後影子跟讀 >

譯　要多喝水喔！

生字 たくさん／大量地；飲む／喝，飲用

名 **みず【水】**

水；冷水

類 液体　液體

對 火　火

訓 水＝みず

□□□ 0636

例　あの店は何という名前ですか。

1秒後影子跟讀 >

譯　那家店名叫什麼？

慣用語
●洋服の店／服飾店。
●店を開く／開店。
●店の店員／店員。

必考音訓讀
店 (みせ) ＝店、商店、店鋪。例：
●店 (みせ) ／店鋪

文法 …という [叫做…]：表示說明後面事物、人或場所的名字。一般是說話者或聽話者一方，或者雙方都不熟悉的事物。

生字 何／什麼；名前／名字，名稱

名 **みせ【店】**

店，商店，店鋪，攤子

類 商店　商店

對 家　家

訓 店＝みせ

Track2-

讀書計劃：□□／□□／□□

□□□ 0637

例 先週友達に母の写真を見せました。
1秒後影子跟讀》

譯 上禮拜拿了媽媽的照片給朋友看。

生字 先週/上星期，上週；母/媽媽；写真/照片

他下一 み せる【見せる】
讓…看，給…看
類 示す 指示
對 隠す 隱藏
訓 見=み（せる）

□□□ 0638

例 あの道は狭いです。
1秒後影子跟讀》

譯 那條路很窄。

生字 狭い/窄的，狹窄的

名 み ち【道】
路，道路
類 路 路
對 川 河

□□□ 0639

例 三日から寒くなりますよ。
1秒後影子跟讀》

譯 3號起會變冷喔。

文法 形容詞く＋なります[變成…]：表示事物的變化；
よ[…喔]：請對方注意，或使對方接受自己的意見時，用
來加強語氣。

名 み っか【三日】
（每月）三號；三天
類 三日間 3天
對 一日 一天
訓 三=みっ
訓 日=か

□□□ 0640

例 りんごを三つください。
1秒後影子跟讀》

譯 給我 3 顆蘋果。

出題重點 題型 4「みっつ」的考點有：
● 例句：りんごを三つ買いました/我買了 3 個蘋果。
● 類似說法：りんごを3個買いました/我買了 3 個蘋果。
● 相對說法：りんごを四つ買いました/我買了 4 個蘋果。

　三つ：表示 " 3 個" 的意思，是日本的傳統計數方式；個：
計量物體的單位，如蘋果或麵包等；四つ：表示 " 4 個"。

文法 …を…ください[我要…，給我…]：表示想要什
麼的時候，跟某人要求某事物。

生字 りんご/蘋果

名 み っつ【三つ】
（數）三；三個；三歲
類 三個 3個
對 一つ 一個
訓 三=みっ（つ）

ま

253

みどり【緑】

例 緑のボタンを押すとドアが開きます。

1秒後影子跟讀 》

譯 按下綠色按鈕門就會打開。

生字 ボタン／按鈕；押す／按壓，按；開く／打開，開啟

名 みどり【緑】

緑色
類 青 藍
對 赤 紅

例 えー、皆さんよく聞いてください。

1秒後影子跟讀 》

譯 咳！大家聽好了。

生字 よく／仔細地；聞く／聽，聆聽

名 みなさん【皆さん】

大家，各位
類 人々 人們
對 私 我

例 私は冬が好きではありませんから、南へ遊びに行きます。

1秒後影子跟讀 》

譯 我不喜歡冬天，所以要去南方玩。

慣用語 》
● 南の国／南方的國家。
● 南からの風／南風。
● 地球の南／地球南方。

必考音訓讀
南（ナン）＝南、南方、南部。例：
● 南部（なんぶ）／南部
文法 》 …へ…に：表示移動的場所與目的。
生字 冬／冬天，冬季；遊ぶ／遊玩，玩樂

名 みなみ【南】

南，南方，南邊
類 南側 南方
對 北 北
訓 南＝みなみ

例 木曜日から耳が痛いです。

1秒後影子跟讀 》

譯 禮拜四以來耳朵就很痛。

生字 木曜日／星期四；痛い／疼痛的

名 みみ【耳】

耳朵
類 目 眼
對 手 手

0645

例 朝ご飯の後でテレビを見ました。
1秒後影子跟讀 》

譯 早餐後看了電視。

文法 のあとで […後]：表示完成前項事情之後進行後項行為。

生字 朝ご飯／早餐；テレビ／電視

他上 **みる【見る】**
看，觀看，察看；照料；參觀
類 観る 觀看
對 聞く 聆聽
訓 見＝み（る）

0646

例 みんなこっちに集まってください。
1秒後影子跟讀 》

譯 大家請到這裡集合。

出題重點 題型4「みんな」的考點有：
● 例句：みんなで公園に行った／大家都去了公園。
みんな：指所有的人或事物，對應於中文的"大家"或"全部"。
● 類似說法：全部の人が公園に行った／全員都去了公園。
全部の人：指某個團體或組織的所有成員。

生字 こっち／這裡，這邊；集まる／集合，聚集

名 **みんな**
大家，各位
類 全員 全部人
對 一人 一個人

0647

例 六日は何時まで仕事をしますか。
1秒後影子跟讀 》

譯 你6號要工作到幾點？

生字 何時／幾點；仕事／工作，職務

名 **むいか【六日】**
（每月）六號，六日；六天
類 六日間 6天
訓 六＝むい
訓 日＝か

0648

例 交番は橋の向こうにあります。
1秒後影子跟讀 》

譯 派出所在橋的另一側。

文法 …は…にあります […在…]：表示某物或人存在某場所。也就是無生命事物的存在場所。

生字 交番／派出所，警察局；橋／橋，橋梁

名 **むこう【向こう】**
前面，正對面；另一側；那邊
類 そちら 那邊
對 こちら 這邊

補充小專欄

ね る 【寝る】

睡覺，就寢；躺下，臥

> 慣用語

- 早く寝る／早點睡覺。
- 昼まで寝る／睡到中午。
- ベッドで寝る／在床上睡覺。

の ぼる 【登る】

登，上；攀登（山）

> 慣用語

- 山を登る／登山。
- 階段を登る／上樓梯。
- 木に登る／爬樹。

パーティー 【party】

(社交性的) 集會，晚會，宴會，舞會

> 慣用語

- パーティーを開く／舉辦派對。
- パーティーに行く／參加派對。
- ティー・パーティーの招待／茶話會的邀請。

は がき 【葉書】

明信片

> 慣用語

- 葉書を書く／寫明信片。

> 必考音訓讀

書（か〈く〉）＝書、書籍、文書。例：
- 書く（かく）／寫

は こ 【箱】

盒子，箱子，匣子

> 慣用語

- 箱を開ける／打開盒子。
- プレゼントの箱／禮物盒。
- 弁当箱に入れる／放入便當盒。

は じめて 【初めて】

開始，起頭；起因

> 慣用語

- 初めての孫／第一個孫子。
- 初めての旅行／第一次的旅行。
- 初めて見る／第一次見到。

バター 【butter】

奶油

> 慣用語

- バターを塗る／塗抹奶油。
- バターをつける／塗抹奶油。
- バターの香り／奶油的香氣。

は たらく 【働く】

工作，勞動，做工

> 慣用語

- よく働く／工作勤奮。
- 友達と働く／和朋友工作。
- 会社で働く／在公司工作。

はなす【話す】

说，讲；谈话；告诉（别人）

〈慣用語〉

- 友達と話す／和朋友聊天。
- 公園で話す／在公園聊天。
- 電話で話す／用電話聊天。

〈必考音訓讀〉

話（ワ・はな〈す〉、はなし）＝話、説話、對話。例：
- 電話（でんわ）／電話
- 話す（はなす）／講話、説話
- 話（はなし）／話

はんぶん【半分】

半，一半，二分之一

〈慣用語〉

- パンを半分にする／把麵包切成一半。
- 半分食べる／吃一半。
- 本を半分読む／讀書讀到一半。

〈必考音訓讀〉

半（ハン）＝半、一半。例：
- 一時半（いちじはん）／一點半

はやい【速い】

（速度等）快速

〈慣用語〉

- 速い走り／跑得快。
- 道路で速く走る／在路上跑得飛快。
- 自転車で速く走る／騎自行車騎得飛快。

はん【半】

·半；一半

〈慣用語〉

- 半分を食べる／吃一半。

〈必考音訓讀〉

- 半分（はんぶん）／一半

ハンカチ【handkerchief】

手帕

〈慣用語〉

- ハンカチを持つ／帶手帕。
- ハンカチを使う／用手帕。
- 新しいハンカチ／新的手帕。

ひく【弾く】

彈，彈奏，彈撥

〈慣用語〉

- ギターを弾く／彈吉他。
- ピアノを弾く／彈鋼琴。
- 歌を弾きながら歌う／邊彈邊唱。

びょういん【病院】

醫院

〈慣用語〉

- 病院の先生／醫院的醫生。
- 病院で治療する／在醫院接受治療。

ひる【昼】

中午；白天，白晝；午飯

〈慣用語〉

- 昼の食事／午餐。
- 昼間の時間／白天、正午時分。
- 昼間に休む／午睡。

補充小專欄

ふうとう【封筒】

信封，封套

慣用語〉
- 封筒を開ける／打開信封。
- 手紙を封筒に入れる／把信放進信封。
- 封筒を送る／寄信封。

ぶたにく【豚肉】

豬肉

慣用語〉
- 豚肉の料理／豬肉料理。
- 豚肉を焼く／烤豬肉。
- 豚肉のステーキ／豬排。

ふたり【二人】

兩個人，兩人

慣用語〉
- 二人の友だち／兩個朋友。
- 二人で行く／兩個人一起去。
- 二人だけ／只有兩個人。

ふる【降る】

落，下，降（雨，雪，霜等）

慣用語〉
- 雨が降る／下雨。
- 雪が降る／下雪。

ベッド【bed】

床，床鋪

慣用語〉
- ベッドで寝る／在床上睡覺。
- ベッドを掃除する／打掃床鋪。
- ベッドの上／床上。

べんきょう【勉強】

努力學習，唸書

慣用語〉
- 勉強する／學習。
- 勉強の時間／學習時間。
- 勉強になる／這是個學習經驗。

ほう【方】

方向；方面；（用於並列或比較屬於哪一）部類，類型

慣用語〉
- このほうがいい／這邊更好。
- 先生のほう／老師那邊。

ポスト【post】

郵筒，信箱

慣用語〉
- 赤いポスト／紅色信箱。

ホテル【hotel】

（西式）飯店，旅館

慣用語〉
- ホテルに泊まる／入住飯店。
- ホテルの予約／預訂飯店。
- ホテルの部屋／飯店的房間。

まいあさ【毎朝】

每天早上

必考音訓讀〉
毎（マイ）＝每、每個、每一個。例：
- 毎月（まいげつ）／每月
- 毎日（まいにち）／每天

258

ま|え【前】

前，前面

慣用語

- 1週間前／一週前。
- 道路の前／路前。
- 前の席／前面的座位。

必考音訓讀

前（ゼン・まえ）＝前、前面、之前。例：
- 午前（ごぜん）／上午
- 前（まえ）／前面

ま|た【又】

還，又，再；也，亦；同時

慣用語

- また会いたい／想再見面。
- また来ます／還會再來。
- また来週／下週再見。

ま|ど【窓】

窗戶

慣用語

- 窓を開ける／開窗。
- 窓のガラス／窗戶的玻璃。
- 窓からの景色／從窗戶看出去的景色。

み|がく【磨く】

刷洗，擦亮；研磨，琢磨

慣用語

- 歯を磨く／刷牙。
- 靴を磨く／擦鞋。
- ガラスを磨く／擦玻璃。

み|せ【店】

店，商店，店鋪，攤子

必考音訓讀

店（テン）＝店、商店、店鋪。例：
- 喫茶店（きっさてん）／咖啡廳

み|っつ【三つ】

（數）三；三個；三歲

慣用語

- 三つ数える／數 3 樣物品。
- 三つのリンゴ／3 個蘋果。
- 三つの問題／3 個問題。

必考音訓讀

三（サン・み、み〈っつ〉）＝三、數字 3。例：
- 三（さん）／三
- 三日（みっか）／三日
- 三つ（みっつ）／三個

み|なみ【南】

南，南方，南邊

必考音訓讀

南（みなみ）＝南、南方、南部。例：
- 南（みなみ）／南

み|んな

大家，各位

慣用語

- みんなで遊ぶ／大家一起玩。
- みんなが集まる／大家聚在一起。
- みんなの意見／大家的意見。

むずかしい【難しい】

□□□ 0649

例 このテストは難しくないです。

1秒後影子跟讀 >

譯 這考試不難。

生字 テスト／測驗，考試

形 **むずかしい**
【難しい】
難，困難，難辦；麻煩，複
（或唸：**むずかしい**）
類 悪い 不好的
對 易しい 簡單的

□□□ 0650

例 四つ、五つ、六つ。全部で六つあります。

1秒後影子跟讀 >

譯 4個、5個、6個。總共是6個。

慣用語
● りんごを六つ買う／買了6顆蘋果。
● 六つのボタン／6個按鈕。
必考音訓讀
六（ロク・むい）＝六、數字6。例：
● 六（ろく）／六
● 六日（むいか）／六日
文法 …で…[共…]：表示數量示數量、金額的總和。
生字 全部／全部，整體

名 **むっつ【六つ】**
（數）六；六個；六歲
類 六個 6個
訓 六＝むっ（つ）

□□□ 0651

例 あの人は目がきれいです。

1秒後影子跟讀 >

譯 那個人的眼睛很漂亮。

生字 きれい／漂亮的

名 **め【目】**
眼睛；眼珠，眼球
類 耳 耳朵
對 手 手
訓 目＝め

□□□ 0652

例 私の背の高さは1メートル80センチです。

1秒後影子跟讀 >

譯 我身高1公尺80公分。

生字 背／身高；高さ／高度；センチ／公分

名 **メートル【mètre**
公尺，米
類 メーター 公尺
對 キロメートル 公里

☐☐ 0653

例 眼鏡をかけて本を読みます。
1秒後影子跟讀〉

譯 戴眼鏡看書。

生字 掛ける／戴上，配戴；本／書籍；読む／閲讀

名 めがね【眼鏡】
眼鏡
類 ガラス 玻璃
對 帽子 帽子

☐☐ 0654

例 もう一度ゆっくり言ってください。
1秒後影子跟讀〉

譯 請慢慢地再講一次。

生字 一度／一次，一遍；ゆっくり／慢慢地

副 もう
另外，再
類 また 又
對 だけ 只有

☐☐ 0655

例 もう 12 時です。寝ましょう。
1秒後影子跟讀〉

譯 已經 12 點了。快睡吧！

出題重點 題型 4「もう」的考點有：
● 例句：もう帰りましたか？／已經回去了嗎？
　もう："已經"，"現在就"或"不再"，表示事情
　早先或即將發生。
● 類似說法：今帰りましたか？／現在回去了嗎？
　すぐ："馬上"或"立刻"，但更偏重於即將發生的動作。
文法 もう [已經…了]：後接肯定。表示行為、事情到
了某個時間已經完了。

生字 時／…點，小時；寝る／就寢，睡覺

副 もう
已經；馬上就要
類 もうすぐ 馬上
對 ちょっと 稍微

☐☐ 0656

例 はじめまして、楊と申します。
1秒後影子跟讀〉

譯 初次見面，我姓楊。

生字 はじめまして／初次見面，第一次見面

他五 もうす【申す】
叫做，稱；說，告訴
類 話す 說
對 閉まる 關閉

もくようび【木曜日】

□□□ 0657

例) 今月の7日は木曜日です。
1秒後影子跟讀≫

譯) 這個月的7號是禮拜四。

生字) 今月／本月，這個月；7日／（月份的）7號

名) もくようび
【木曜日】

星期四
類) 木曜 星期四
訓) 日＝び

□□□ 0658

例) もしもし、山本ですが、山田さんはいますか。
1秒後影子跟讀≫

譯) 喂！我是山本，請問山田先生在嗎？

出題重點) もしもし："哈囉、喂"打電話時的招呼語，或引起注意時使用。題型3的陷阱可能有，
●ありがとう："謝謝"表達感謝或感激之情的用語。
●さようなら："再見"當離開或分開時的道別語。
●すみません："對不起、請問"表示道歉或請求注意時的用語。

慣用語)
●もしもし、山田さんですか？／喂，是山田先生嗎？

生字) いる／在，存在

感) もしもし

（打電話）喂；喂〈叫住對方〉

類) こんにちは 你好
對) さようなら 再見

□□□ 0659

例) あなたはお金を持っていますか。
1秒後影子跟讀≫

譯) 你有帶錢嗎？

生字) お金／錢，金錢

他五) もつ【持つ】

拿，帶，持，攜帶
類) 取る 拿
對) 置く 放下

□□□ 0660

例) いつもはもっと早く寝ます。
1秒後影子跟讀≫

譯) 平時還更早睡。

生字) いつも／平常，往常；早い／（時間）早的

副) もっと

更，再，進一步
類) もうちょっと 更加
對) 少し 一點點

讀書計劃：□□／□□／□□

□□ 0661

例 あの店にはどんな物があるか教えてください。
［1秒後影子跟讀］

譯 請告訴我那間店有什麼東西？

文法 どんな [什麼樣的]：用在詢問事物的種類、內容。
生字 店／商店，店鋪；教える／告訴

名 も の【物】

（有形）物品，東西；（無形的）事物

類 事 事情

對 人 人

□□ 0662

例 この家の門は石でできていた。
［1秒後影子跟讀］

譯 這棟房子的大門是用石頭做的。

出題重點 「門（もん）」在這裡意指 "門" 或 "大門"。題型 2 可能混淆的漢字有：「問」意為 "問題"；「閉」意指 "關閉" 或 "封閉"；「鬥」在中文中表示 "鬥爭" 或 "鬥士"；而「閃」意為 "閃光" 或 "迅速移動"。

慣用語
●学校の門／學校的大門。
●門を開ける／打開門。

生字 家／房屋，住宅；石／石頭，岩石

名 も ん【門】

門，大門

類 扉 門

對 壁 牆

□□ 0663

例 この問題は難しかった。
［1秒後影子跟讀］

譯 這道問題很困難。

生字 難しい／困難的，難以解答的

名 も んだい【問題】

問題；（需要研究，處理，討論的）事項

類 質問 問題

對 答え 答案

□□ 0664   Track2-29

例 すみません、この近くに魚屋はありますか。
［1秒後影子跟讀］

譯 請問一下，這附近有魚販嗎？

生字 近く／附近，近處；魚／魚

名・接尾 や【屋】

房屋；…店，商店或工作人員

類 店 店家

對 家 家

や

やおや【八百屋】

□□□ 0665

例 八百屋へ野菜を買いに行きます。
[1秒後影子跟讀]

譯 到蔬果店買蔬菜去。

文法 へ [往…，去…]：前接跟地方有關的名詞，表示
動作、行為的方向。同時也指行為的目的地。
生字 野菜／蔬菜；買う／購買，買入

名 や おや 【八百屋
蔬果店，菜舖
類 魚屋 魚店
對 スーパー 超市
訓 八＝や

□□□ 0666

例 子どものとき野菜が好きではありませんでした。
[1秒後影子跟讀]

譯 小時候不喜歡吃青菜。

生字 子ども／小孩，孩子；好き／喜愛的

名 や さい 【野菜】
蔬菜，青菜
類 果物 水果
對 肉 肉類

□□□ 0667

例 テストはやさしかったです。
[1秒後影子跟讀]

譯 考試很簡單。

出題重點 「易しい」唸訓讀「やさしい」，意指容易
或簡單。題型 1 誤導選項可能有：
● 「やざしい」的「さ」變為濁音「ざ」。
● 「ゆさしい」的「や」變為「ゆ」。
● 「たのしい」的「やさ」變為「たの」。
慣用語
● やさしい問題／簡單的問題。

生字 テスト／考試，測驗

形 や さしい【易しい
簡單，容易，易懂
類 簡単 簡單的
對 難しい 困難的

□□□ 0668

例 あの店のケーキは安くておいしいですね。
[1秒後影子跟讀]

譯 那家店的蛋糕既便宜又好吃呀。

生字 ケーキ／蛋糕；美味しい／美味的，好吃的

形 や すい 【安い】
便宜，(價錢) 低廉
類 低い 低的
對 高い 貴的
訓 安＝やす (い)

□□□ 0669

例 明日は休みですが、どこへも行きません。
1秒後影子跟讀 》

譯 明天是假日，但哪都不去。

名 やすみ【休み】

休息；假日，休假；停止營業；
缺勤；睡覺

類 休日 休息日

對 働く 工作

訓 休=やす（み）

慣用語 》
●夏休み／暑假。
●休みを取る／請假。

必考音訓讀 》
休（キュウ・やす〈む〉）=休息、休假、停工。例：
●休暇（きゅうか）／休假
●休む（やすむ）／休息

文法 》 どこへも［也（不）…，都（不）…］：下接否定。
表示全面的否定。

生字 行く／去，前往

□□□ 0670

例 疲れたから、ちょっと休みましょう。
1秒後影子跟讀 》

譯 有點累了，休息一下吧。

他五・自五 やすむ【休む】

休息，歇息；停歇；睡，就寢；
請假，缺勤

類 休憩する 休息

對 勤める 工作

訓 休=やす（む）

生字 疲れる／疲倦，感到累；ちょっと／一會兒，一下子

□□□ 0671

例 アイスクリーム、全部で八つですね。
1秒後影子跟讀 》

譯 一共8個冰淇淋是吧。

名 やっつ【八つ】

（數）八；八個；八歲

類 八個 8個

訓 八=やっ（つ）

文法 》 で［共…］：表示數量示數量、金額的總和。

生字 アイスクリーム／冰淇淋；全部／全部，都

□□□ 0672

例 この山には桜が100本あります。
1秒後影子跟讀 》

譯 這座山有100棵櫻樹。

名 やま【山】

山；一大堆，成堆如山

類 丘 小山

對 谷 山谷

訓 山=やま

生字 桜／櫻花，櫻花樹；本・本・本／（樹木等的計數）棵

265

やる

□□□ 0673

例 日曜日（にちようび）、食堂（しょくどう）はやっています。

1秒後影子跟讀〉

譯 禮拜日餐廳有開。

他五 **やる**

做，進行；派遣；給予

類 する 做

對 取（と）る 拿

出題重點 やる："進行、給予"進行某項活動或給予，常用於工作或給動物食物。題型 3 的陷阱可能有，
- 作（つく）る："製作、創建"製造或創建某物，如食物或工藝品。
- 割（わ）る："分割、切開"將某物分成數部分或切開。
- 壊（こわ）す："破壞、損壞"使某物破碎或損壞，使之不能使用。

慣用語〉
- 宿題（しゅくだい）をやる／做功課。
- 仕事（しごと）をやる／做工作。

生字 日曜日（にちようび）／星期天；食堂（しょくどう）／餐廳

□□□ 0674

例 夕方（ゆうがた）まで妹（いもうと）といっしょに庭（にわ）で遊（あそ）びました。

1秒後影子跟讀〉

譯 我和妹妹一起在院子裡玩到了傍晚。

生字 一緒（いっしょ）／一起，共同；庭（にわ）／院子，庭院

名 **ゆうがた【夕方】**

傍晚

類 夜（よる） 夜晚

對 朝（あさ） 早晨

□□□ 0675

例 いつも9時（くじ）ごろ夕飯（ゆうはん）を食（た）べます。

1秒後影子跟讀〉

譯 經常在9點左右吃晚餐。

生字 いつも／通常，總是（一個習慣或常態的行為）；ごろ／…前後，左右

名 **ゆうはん【夕飯】**

晚飯

類 ご飯（はん） 餐食

對 朝食（ちょうしょく） 早餐

□□□ 0676

例 今日（きょう）は午後（ごご）郵便局（ゆうびんきょく）へ行（い）きますが、銀行（ぎんこう）へは行（い）きません。

1秒後影子跟讀〉

譯 今天下午會去郵局，但不去銀行。

生字 午後（ごご）／下午；銀行（ぎんこう）／銀行

名 **ゆうびんきょく【郵便局】**

郵局

類 銀行（ぎんこう） 銀行

對 病院（びょういん） 醫院

□□ 0677

例 太郎はゆうべ晩ご飯を食べないで寝ました。
1秒後影子跟讀

譯 昨晚太郎沒有吃晚餐就睡了。

名 ゆうべ【夕べ】
昨天晚上，昨夜；傍晚
類 昨夜 昨晚
對 今晩 今晚

文法 …ないで[沒…反而…]：表示附帶的狀況；也表示並列性的對比，後面的事情大都是跟預料、期待相反的結果。
生字 晩ご飯／晚餐；食べる／吃飯，進食，享用

□□ 0678

例 このホテルは有名です。
1秒後影子跟讀

譯 這間飯店很有名。

形動 ゆうめい【有名】
有名，聞名，著名
類 人気 受歡迎
對 知らない 不知道

生字 ホテル／飯店，旅館

□□ 0679

例 あの山には一年中雪があります。
1秒後影子跟讀

譯 那座山整年都下著雪。

名 ゆき【雪】
雪
類 雨 雨
對 晴れ 晴天

出題重點 「雪（ゆき）」代表從天空下落的冰晶，主要在冬季時。題型1可能混淆的讀音有：
「雨（あめ）」："雨"，從天空中落下的水滴。
「風（かぜ）」："風"，自然界的空氣流動現象。
「川（かわ）」："河川"，自然形成的流動水體。
文法 じゅう[整…]：表示整個時間上的期間一直怎樣，或整個空間上的範圍之內。
生字 山／山岳，山脈；一年／一年，一年間

□□ 0680

例 もっとゆっくり話してください。
1秒後影子跟讀

譯 請再講慢一點！

副 ゆっくり
慢，不著急
類 遅い 慢的
對 早い 早的

生字 もっと／更，更加；話す／説話

や

ようか【八日】

□□□ 0681

例 今日は4日ですか、八日ですか。
1秒後影子跟讀 〉

譯 今天是4號？還是8號？

慣用語 〉
● 八日に約束する／約好8號。
● 八日間の予定／8天的計劃。
● 八日まで待つ／等到8號。

必考音訓讀
八（ハチ・や〈つつ〉、よう）＝八、數字8。例：
● 八（はち）／八
● 八つ（やっつ）／八個
● 八日（ようか）／八日
生字 4日／4號

名 ようか【八日】
（毎月）八號，八日；八天
類 八日間 8天
訓 八＝よう
訓 日＝か

□□□ 0682

例 新しい洋服がほしいです。
1秒後影子跟讀 〉

譯 我想要新的洋裝。

文法 〉…がほしい [⋯想要⋯]：表示説話者想要把什麼東西弄到手，想要把什麼東西變成自己的。
生字 新しい／新的

名 ようふく【洋服】
西服，西裝
類 下着 內衣
對 和服 和服

□□□ 0683

例 私はよく妹と遊びました。
1秒後影子跟讀 〉

譯 我以前常和妹妹一起玩耍。

生字 遊ぶ／玩耍

副 よく
經常，常常
類 いつも 經常
對 全然 完全〈不〉

□□□ 0684

例 交番は橋の横にあります。
1秒後影子跟讀 〉

譯 派出所在橋的旁邊。

生字 交番／派出所，警察局；橋／橋，橋梁

名 よこ【横】
橫；寬；側面；旁邊
類 隣 旁邊
對 たて 縦

□□ 0685

例 1日から四日まで旅行に出かけます。
［1秒後影子跟讀］

譯 1號到4號要出門旅行。

慣用語
●四日に会う／4號見面。
●四日間の計画／4天的計畫。

必考音訓讀
四（シ・よ〈っつ〉、よん）＝四、數字4。例：
●四（し・よん）／四
●四つ（よっつ）／四個

文法 に［為了…，要…]：表示動作、作用的目的、目標。
生字 1日／（月份的）1號；出かける／外出，出門

名 よっか【四日】
（每月）四號，四日；四天
類 四日間 4天
訓 四＝よっ
訓 日＝か

□□ 0686

例 今日は四つ薬を出します。ご飯の後に飲んでください。
［1秒後影子跟讀］

譯 我今天開了4顆藥，請飯後服用。

生字 薬／藥物；出す／開出；飲む／服用

名 よっつ【四つ】
（數）四個；四歲
類 四個 4個
訓 四＝よっ（つ）

□□ 0687

例 パーティーに中山さんを呼びました。
［1秒後影子跟讀］

譯 我請了中山小姐來參加派對。

生字 パーティー／派對

他五 よぶ【呼ぶ】
呼叫，招呼；邀請；叫來；叫做，稱為
類 声をかける 叫喚
對 送る 送行

□□ 0688

例 私は毎日、コーヒーを飲みながら新聞を読みます。
［1秒後影子跟讀］

譯 我每天邊喝咖啡邊看報紙。

生字 コーヒー／咖啡；飲む／喝，飲享用；新聞／報紙

他五 よむ【読む】
閱讀，看；唸，朗讀
類 話す 說話
對 書く 書寫
訓 読＝よ（む）

や

よる【夜】

□□□ 0689

例 私は昨日の夜友達と話した後で寝ました。

1秒後影子跟讀 》

譯 我昨晚和朋友聊完天後，便去睡了。

名 よる【夜】

晚上，夜裡

類 晚 晚上
對 朝 早上

出題重點 題型 4「よる」的考點有：

● 例句：夜に映画を見ます／我晚上看電影。
● 類似說法：夜中に映画を見ます／我在半夜看電影。
● 相對說法：昼に映画を見ます／我白天看電影。

夜：指晚上或夜晚的時間；夜中：指深夜或半夜的時間，但更指向夜晚的中間時段；昼：指白天或中午的時間。

文法 》 たあとで […以後…]：表示前項的動作做完後，相隔一定的時間發生後項的動作。

生字 昨日／昨天；友達／朋友；話す／談話，講話

□□□ 0690

例 女は男より力が弱いです。

1秒後影子跟讀 》

譯 女生的力量比男生弱小。

形 よわい【弱い】

弱的；不擅長

類 悪い 不好的
對 強い 強的

文法 》 …は…より […比…]：表示對兩件性質相同的事物進行比較後，選擇前者。

生字 力／力氣，力量

□□□ 0691

Track 2

例 私の子どもは来月から高校生になります。

1秒後影子跟讀 》

譯 我孩子下個月即將成為高中生。

名 らいげつ【来月】

下個月

類 今月 這個月
對 先月 上個月
音 来＝ライ
音 月＝ゲツ

生字 子ども／孩子；高校生／高中生

□□□ 0692

例 それでは、また来週。

1秒後影子跟讀 》

譯 那麼，下週見。

名 らいしゅう
【来週】

下星期

類 今週 這週
對 先週 上週
音 来＝ライ
音 週＝シュウ

文法 》 それでは [那麼]：表示順態發展。根據對方的話，再說出自己的想法。或某事物的開始或結束，以及與人分別的時候。

□□□ 0693

例 **来年京都へ旅行に行きます。**
1秒後影子跟讀 》

譯 明年要去京都旅行。

生字 旅行／旅遊，遊覽；行く／去，前往

名 **らいねん【来年】**
明年
類 今年　今年
對 去年　去年
音 来=ライ
音 年=ネン

□□□ 0694

例 **ラジオで日本語を聞きます。**
1秒後影子跟讀 》

譯 用收音機聽日語。

生字 聞く／收聽，聆聽

名 **ラジオ【radio】**
收音機；無線電
類 テレビ　電視
對 雑誌　雜誌

□□□ 0695

例 **私は立派な医者になりたいです。**
1秒後影子跟讀 》

譯 我想成為一位出色的醫生。

出題重點 「立派」唸音讀「りっぱ」，意指精美或優秀。題型 1 誤導選項可能有：
● 「りっは」中的半濁音「ぱ」變為清音「は」。
● 「りぱ」中的促音「っ」被省略了。
● 「りっば」中的「ぱ」變為濁音的「ば」

文法 たい […想要做…]：表示說話者內心希望某一行為能實現，或是強烈的願望。疑問句時表示聽話者的願望。

生字 医者／醫生；なる／成為

形動 **りっぱ【立派】**
了不起，出色，優秀；漂亮，美觀
類 すごい　優秀的
對 劣る　差的

□□□ 0696

例 **日本の留学生から日本語を習っています。**
1秒後影子跟讀 》

譯 我現在在跟日本留學生學日語。

生字 習う／學習

名 **りゅうがくせい【留学生】**
留學生
類 学生　學生
對 先生　老師
音 生=セイ

ら

りょうしん【両親】

読書計劃：□□/□□/□□

□□□ 0697

例 ご両親はお元気ですか。

1秒後影子跟讀 >

譯 您父母親近來可好？

生字 元気/身體健康，硬朗

名 りょうしん【両親】

父母，雙親

類 父 父親

對 子ども 孩子

□□□ 0698

例 この料理は肉と野菜で作ります。

1秒後影子跟讀 >

譯 這道料理是用肉和蔬菜烹調的。

出題重點 「料理」唸音讀「りょうり」，意指烹飪或料理。題型1誤導選項可能有：
● 「りょり」中缺了「う」音。
● 「りょうり」中的「ょ」變為大字「よ」。
● 「りょうりい」尾部增加了多餘的「い」音。

慣用語
● 料理をする/煮飯。

生字 肉/肉類；野菜/蔬菜；作る/烹製，製作

名・自他サ りょうり【料理】

菜餚，飯菜；做菜，烹調

類 食事 食物

對 飲み物 飲料

□□□ 0699

例 外国に旅行に行きます。

1秒後影子跟讀 >

譯 我要去外國旅行。

文法 …に…に：表示移動的場所與目的。

生字 外国/外國，外洋

名・自サ りょこう【旅行】

旅行，旅遊，遊歷

類 観光 観光

對 家 家

□□□ 0700

例 一対〇で負けた。

1秒後影子跟讀 >

譯 1比0輸了。

生字 負ける/輸，敗

名 れい【零】

(數) 零；沒有

類 ない 沒有

對 全部 所有

□□ 0701

例 牛乳は冷蔵庫にまだあります。
1秒後影子跟讀

譯 冰箱裡還有牛奶。

文法 まだ[還…；還有…]：後接肯定。表示同樣的狀態，從過去到現在一直持續著。另也表示還留有某些時間或東西。
生字 牛乳／牛奶

名 れいぞうこ【冷蔵庫】

冰箱，冷藏室，冷藏庫

類 台所 廚房
對 部屋 房間

□□ 0702

例 古いレコードを聞くのが好きです。
1秒後影子跟讀

譯 我喜歡聽老式的黑膠唱片。

生字 古い／古舊的；聞く／聆聽

名 レコード【record】

唱片，黑膠唱片（圓盤形）（或唸：レコード）

類 音楽 音樂
對 映画 電影

□□ 0703

例 明日は誕生日だから友達とレストランへ行きます。
1秒後影子跟讀

譯 明天是生日，所以和朋友一起去餐廳。

生字 誕生日／生日；友達／友人，朋友

名 レストラン【(法) restaurant】

西餐廳

類 食堂 食堂
對 学校 學校

□□ 0704

例 何度も発音の練習をしたから、発音はきれいになった。
1秒後影子跟讀

譯 因為不斷地練習，所以發音變漂亮了。

出題重點 「練習」唸音讀「れんしゅう」，意指練習或鍛鍊。題型1誤導選項可能有：

● 「れんしゅ」中缺了尾音「う」音。
● 「ねんしゅう」中的「れ」變為發音近似的「ね」。
● 「れんしゆう」中的「ゅ」變為大字「ゆ」。

文法 …も…[又；也]：表示數量比一般想像的還多，有強調多的作用。含有意外的語意；形容動詞に＋なります：表示事物的變化。
生字 度／次，回；発音／發音

名・他サ れんしゅう【練習】

練習，反覆學習

類 勉強 學習
對 遊び 玩樂

ら

ろく【六】

Track 2

□□□ 0705

例 明日の朝、六時に起きますからもう寝ます。

[1秒後影子跟讀》]

譯 明天早上6點要起床，所以我要睡了。

生字 起きる／起床；寝る／睡覺

名 **ろく【六】**
(數) 六；六個
類 六つ　6
音 六＝ロク

□□□ 0706

例 このワイシャツは誕生日にもらいました。

[1秒後影子跟讀》]

譯 這件襯衫是生日時收到的。

生字 もらう／得到，收到

名 **ワイシャツ【white shirt】**
襯衫
類 シャツ　襯衫
對 靴　鞋子

□□□ 0707

例 コンサートは若い人でいっぱいだ。

[1秒後影子跟讀》]

譯 演唱會裡擠滿了年輕人。

出題重點 「若い」唸訓讀「わかい」，意指年輕。題型1誤導選項可能有：
● 「わあかい」插入了多餘的「あ」音。
● 「わがい」中的「か」，變為濁音的「が」。
● 「わかあい」中增加了多餘的「あ」音。

文法 で[在…；以…]：表示在某種狀態、情況下做後項的事情。

生字 コンサート／演唱會；一杯／充滿，擠滿

形 **わかい【若い】**
年輕；年紀小；有朝氣
類 新しい　新的
對 古い　舊的

□□□ 0708

例 「この花はあそこにおいてください。」「はい、分かりました。」

[1秒後影子跟讀》]

譯 「請把這束花放在那裡。」「好，我知道了。」

文法 あそこ[那裡]：場所指示代名詞。指離說話者和聽話者都遠的場所。

生字 花／花朵；置く／放，放置

自五 **わかる【分かる】**
知道，明白；懂得，理解
類 知る　知道
對 知らない　不知道
訓 分＝わ（かる）

□□ 0709

例 彼女の電話番号を忘れた。
1秒後影子跟讀 >

譯 我忘記了她的電話號碼。

生字 電話番号/電話號碼

他下一 **わすれる【忘れる】**

忘記，忘掉；忘懷，忘卻；遺忘

類 無くなる 失去

對 覚える 記得

□□ 0710

例 兄に新聞を渡した。
1秒後影子跟讀 >

譯 我拿了報紙給哥哥。

生字 新聞/報紙

他五 **わたす【渡す】**

交給，交付

類 与える 給予

對 取る 拿取

□□ 0711

例 この川を渡ると東京です。
1秒後影子跟讀 >

譯 過了這條河就是東京。

出題重點 渡る（わたる）："越過、穿越" 越過某地，如河流、道路。題型3的陷阱可能有，

● 渡す（わたす）："交給" 將物品、文件等交給他人。
● 行く（いく）："去、移動" 移動到某處。指向某個方向前進的意思。
● 過ぎる（すぎる）："超過、經過" 時間經過，或超越某一點。

慣用語
● 橋を渡る/走過橋。
● 海を渡る/跨海。

生字 川/河川，河流；東京/東京

自五 **わたる【渡る】**

渡，過（河）；（從海外）渡來

類 行く 去

對 来る 來

□□ 0712

例 今日は天気が悪いから、傘を持っていきます。
1秒後影子跟讀 >

譯 今天天氣不好，所以帶傘出門。

生字 傘/傘，雨傘；持つ/攜帶

形 **わるい【悪い】**

不好，壞的；不對，錯誤

類 良くない 不好的

對 良い 好的

わ

補充小專欄

む っつ【六つ】

(數) 六;六個;六歲

慣用語〉
- 六つの問題／6個問題。

必考音訓讀
六（む〈っつ〉）＝六、數字6。例：
- 六つ（むっつ）／六個

も う

另外,再;已經;馬上就要

慣用語〉
- もう一度／再一次。
- もう夜だ／已經是晚上了。
- もう帰る／我要回去了。

もしもし

(打電話) 喂;喂〈叫住對方〉

慣用語〉
- 電話で「もしもし」と言う／在電話中說 "喂"。
- もしもし、聞こえますか？／喂,你聽得到嗎？

もん【門】

門,大門

慣用語〉
- 門の前に立つ／站在門前。

やさしい【易しい】

簡單,容易,易懂

慣用語〉
- やさしい説明／簡單的解釋。
- やさしい仕事／簡單的工作。

やすみ【休み】

休息;假日,休假;停止營業;缺勤;睡覺

慣用語〉
- 週末の休み／週末的休假。

必考音訓讀
休（やす）＝休息、休假、停工。例：
- 休み（やすみ）／休息

やる

做,進行;派遣;給予

慣用語〉
- テニスをやる／打網球。

ゆき【雪】

雪

慣用語〉
- 雪が降る／下雪。
- 大雪／大雪。
- 雪で遊ぶ／在雪中玩耍。

よっか【四日】

(每月) 四號,四日;四天

慣用語〉
- 四日までの休み／到4號的假期。

よる【夜】

晚上，夜裡

慣用語〉
- 夜に出かける／晚上出去。
- 夜の空／夜晚的天空。
- 夜になる／天黑。

りっぱ【立派】

了不起，出色，優秀；漂亮，美觀

慣用語〉
- 立派な建物／宏偉的建築。
- 立派な成果／優秀的成果。
- 立派なお宅／漂亮的宅邸。

必考音訓讀〉
立（リツ・た〈つ〉）＝立、建立、豎立。例：
- 私立（しりつ）／私立
- 立つ（たつ）／站立

りょうり【料理】

菜餚，飯菜；做菜，烹調

慣用語〉
- 日本の料理／日本菜。
- 料理の本／烹飪書。

れんしゅう【練習】

練習，反覆學習

慣用語〉
- 練習する／練習。
- 練習の時間／練習時間。
- 毎日の練習／每日練習。

わかい【若い】

年輕；年紀小；有朝氣

慣用語〉
- 若い人／年輕人。
- 若い時／年輕時期。
- 若く見える／看起來年輕。

わたる【渡る】

渡，過（河）；（從海外）渡來

慣用語〉
- 川を渡る／過河。

第五回

言語知識（文字、語彙）

題型 1
もんだい1 ＿＿＿＿＿の ことばは どう よみますか。1・2・3・4 から いちばん いい ものを ひとつ えらんで ください。

1 北の まちには うつくしい こうえんが あります。
　　1 にし　　　　2 きた　　　　3 ひがし　　　　4 みなみ

2 ケーキを 買って きて ください。
　　1 まって　　　2 いって　　　3 かって　　　4 あって

題型 2
もんだい2 ＿＿＿＿＿の ことばは どう かきますか。1・2・3・4 から いちばん いい ものを ひとつ えらんで ください。

3 えきの まえに、おもしろい おみせが あります。
　　1 前　　　　　2 煎　　　　　3 剪　　　　　4 削

4 しゅうまつには とうきょうの ほてるで ともだちと あいます。
　　1 オチハ　　　2 ホテハ　　　3 オチル　　　4 ホテル

題型 3
もんだい3 （　　　）に なにを いれますか。1・2・3・4から いちばん いい ものを ひとつ えらんで ください。

5 まいあさ、はを（　　　）ことが たいせつです。
　　1 おく　　　　2 みがく　　　3 あるく　　　4 きく

答案：(1) 2 (2) 3 (3) 1 (4) 4 (5) 2 (6) 4 (7) 4 (8) 1

6 　かのじょは　40さいですが、（　　　）みえます。

　　　1 うつくしく　　2 ほそく　　　　3 たかく　　　　4 わかく

題型4

もんだい4 ＿＿＿＿＿の　ぶんと　だいたい　おなじいみの　ぶ
　　　　　んが　あります。1・2・3・4から　いちばん　い
　　　　　い　ものを　ひとつ　えらんで　ください。

7 　しけんが　ちかいので、もう　あそびに　いく　じかんがない。

　1 　しけんが　ちかいので、すぐ　あそびに　いく　じかんが　ない。
　2 　しけんが　ちかいので、たまに　あそびに　いく　じかんが　ない。
　3 　しけんが　ちかいので、また　あそびに　いく　じかんが　ない。
　4 　しけんが　ちかいので、まだ　あそびに　いく　じかんが　ない。

8 　いちにちじゅう　ピアノの　れんしゅうを　しました。

　1 　いちにち　ずっと　ピアノの　れんしゅうを　しました。
　2 　いちにちだけ　ピアノの　れんしゅうを　しました。
　3 　あまり　ピアノの　れんしゅうを　しませんでした。
　4 　すこし　ピアノの　れんしゅうを　しました。

第一回 新制日檢模擬考題【語言知識—文字・語彙】

もんだい1 漢字讀音問題 應試訣竅

這一題要考的是漢字讀音問題。出題形式改變了一些，但考點是一樣的。問題從舊制的20題減為12題。

漢字讀音分音讀跟訓讀，預估音讀跟訓讀將各佔一半的分數。音讀中要注意的有濁音、長短音、促音、撥音…等問題。而日語固有讀法的訓讀中，也要注意特殊的讀音單字。當然，發音上有特殊變化的單字，出現比率也不低。我們歸納分析一下：

1. 音讀：接近國語發音的音讀方法。如：「花」唸成「か」、「犬」唸成「けん」。
2. 訓讀：日本原來就有的發音。如：「花」唸成「はな」、「犬」唸成「いぬ」。
3. 熟語：由兩個以上的漢字組成的單字。如：練習、切手、每朝、見本、為替等。
   其中還包括日本特殊的固定讀法，就是所謂的「熟字訓読み」。如：「小豆」（あずき）、「土産」（みやげ）、「海苔」（のり）等。
4. 發音上的變化：字跟字結合時，產生發音上變化的單字。如：春雨（はるさめ）、反応（はんのう）、酒屋（さかや）等。

もんだい1 ＿＿＿＿の ことばは どう よみますか。1・2・3・4から いちばん いい ものを ひとつ えらんで ください。

[1] あなたの すきな 番号は なんですか。
　　1 ばんこう　　　　2 ばんごお　　　3 ばんごう　　　4 ばんご

[2] えきの となりに 交番が あります。
　　1 こうばん　　　　2 こうはん　　　3 こおばん　　　4 こばん

3 <u>車</u>を　うんてんする　ことが　できますか。
1　くりま　　　　　2　くろま　　　　3　くるま　　　4　くらま

4 わたしの　クラスには　<u>七月</u>　うまれの　ひとが　5人も　います。
1　ななつき　　　　2　ななかつ　　　3　しちがつ　　4　しちつき

5 いつ　<u>結婚</u>する　つもりですか。
1　けっこん　　　　2　けこん　　　　3　けうこん　　4　けんこん

6 かべの　<u>時計</u>が　とまって　いますよ。
1　とけえ　　　　　2　どけい　　　　3　とけい　　　4　どけえ

7 <u>字引</u>を　もって　くるのを　わすれました。
1　じひぎ　　　　　2　じびき　　　　3　じびぎ　　　4　じぴき

8 まだ　4さいですが、かんじで　<u>名前</u>を　かくことが　できます。
1　なまい　　　　　2　なまえ　　　　3　なまへ　　　4　おなまえ

9 この　<u>紙</u>は　だれのですか。
1　かみ　　　　　　2　がみ　　　　　3　かま　　　　4　がま

10 <u>音楽</u>の　じゅぎょうが　いちばん　すきです。
1　おんかぐ　　　　2　おんがく　　　3　おんかく　　4　おんがぐ

11 <u>庭</u>に　となりの　ネコが　はいって　きました。
1　にわ　　　　　　2　には　　　　　3　なわ　　　　4　なは

12 まいつき　<u>十日</u>には　レストランで　しょくじを　します。
1　とうが　　　　　2　とおか　　　　3　とうか　　　4　とか

練習

281

もんだい2　漢字書寫問題　應試訣竅

　　這一題要考的是漢字書寫問題。出題形式改變了一些，但考點是一樣的。問題預估為8題。

　　這道題要考的是音讀漢字跟訓讀漢字，預估將各佔一半的分數。音讀漢字考點在識別詞的同音異字上，訓讀漢字考點在掌握詞的意義，及該詞的表記漢字上。

　　解答方式，首先要仔細閱讀全句，從句意上判斷出是哪個詞，浮想出這個詞的表記漢字，確定該詞的漢字寫法。也就是根據句意確定詞，根據詞意來確定字。如果只看畫線部分，很容易張冠李戴，要小心。

もんだい2　＿＿＿の　ことばは　どう　かきますか。1・2・3・4から　いちばん　いい　ものを　ひとつ　えらんで　ください。

13　きってを　かいに　いきます。
　1　切手　　　　　2　功毛　　　　　3　切于　　　　　4　功手

14　この　ふくは　もう　あらって　ありますか。
　1　洋って　　　　2　汁って　　　　3　洗って　　　　4　流って

15　ぼーるぺんで　かいて　ください。
　1　ボールペン　　2　ボールペニ　　3　ボールペソ　　4　ボーレペン

16　ぽけっとに　なにが　はいって　いるのですか。
　1　ポケット　　　2　プケット　　　3　パクット　　　4　ピクット

17　おとうとは　からい　ものを　たべることが　できません。
　1　辛い　　　　　2　甘い　　　　　3　甘い　　　　　4　幸い

もんだい3　選擇符合文脈的詞彙問題　應試訣竅

　　這一題要考的是選擇符合文脈的詞彙問題。這是延續舊制的出題方式，問題預估為10題。

　　這道題主要測試考生是否能正確把握詞義，如類義詞的區別運用能力，及能否掌握日語的獨特用法或固定搭配等等。預測名詞、動詞、形容詞、副詞的出題數都有一定的配分。另外，外來語也估計會出一題，要多注意。

　　由於我們的國字跟日本的漢字之間，同形同義字佔有相當的比率，這是我們得天獨厚的地方。但相對的也存在不少的同形不同義的字，這時候就要注意，不要太拘泥於國字的含義，而混淆詞義。應該多從像「暗号で送る」（用暗號發送）、「絶対安静」（得多靜養）、「口が堅い」（口風很緊）等日語固定的搭配，或獨特用法來做練習才是。以達到加深對詞義的理解、觸類旁通、豐富詞彙量的目的。

もんだい3　（　　　）に　なにを　いれますか。1・2・3・4から　いちばん　いい　ものを　ひとつ　えらんで　ください。

21　ほんだなに　にんぎょうが　おいて　（　　　　）。
　　1　います　　　　　　2　おきます　　　3　あります　　　4　いきます

22　あの　せんせいは　（　　　　）ですから、しんぱいしなくて　いいですよ。
　　1　すずしい　　　　　2　やさしい　　　3　おいしい　　　4　あぶない

23 「すみません、この　にくと　たまごを　（　　　　）。ぜんぶで　いくら
　　　ですか。」
　　　「ありがとう　ございます。1,200えんです。」
　　1　かいませんか　　　　　　　　　　2　かいたくないです
　　3　かいたいです　　　　　　　　　　4　かいました

24 からだが　よわいですから、よく　（　　　　）を　のみます。
　　1　びょうき　　　　　2　のみもの　　　3　ごはん　　　　4　くすり

25 その　えいがは　（　　　　）ですよ。
　　1　つらかった　　　　2　きたなかった　3　まずかった　　4　つまらなかった

26 いまから　ピアノの　（　　　　）　いきます。
　　1　ならうに　　　　　2　するに　　　　　3　れんしゅうに　4　のりに

27 （　　　　）　プレゼントを　かえば　いいと　おもいますか。
　　1　どんな　　　　　　2　なにの　　　　　3　どれの　　　　4　どうして

28 （　　　　）が　たりません。すわれない　ひとが　います。
　　1　たな　　　　　　　2　さら　　　　　　3　いえ　　　　　4　いす

29 「すみません。たいしかんまで　どれぐらいですか。」
　　　「そうですね、だいたい　2（　　　　）ぐらいですね。」
　　1　グラム　　　　　　2　キロメートル　3　キログラム　　4　センチ

30 おかあさんの　おとうさんは　（　　　　）です。
　　1　おじさん　　　　　2　おじいさん　　3　おばさん　　　4　おばあさん

もんだい4 替換同義詞 應試訣竅

　　這一題要考的是替換同義詞，或同一句話不同表現的問題，這是延續舊制的出題方式，問題預估為5題。

　　這道題的題目預測會給一個句子，句中會有某個關鍵詞彙，請考生從4個選項句中，選出意思跟題目句中該詞彙相近的詞來。看到這種題型，要能馬上反應出，句中關鍵字的類義跟對義詞。如：太る（肥胖）的類義詞有肥える、肥る…等；太る的對義詞有やせる…等。

　　這對這道題，準備的方式是，將詞義相近的字一起記起來。這樣，透過聯想記憶來豐富詞彙量，並提高答題速度。

　　另外，針對同一句話不同表現的「換句話説」問題，可以分成幾種不同的類型，進行記憶。例如：

比較句

○中小企業は大手企業より資金力が乏しい。

○大手企業は中小企業より資金力が豊かだ。

分裂句

○今週買ったのは、テレビでした。

○今週は、テレビを買いました。

○部屋の隅に、ごみが残っています。

○ごみは、部屋の隅にまだあります。

敬語句

○お支払いはいかがなさいますか。

○お支払いはどうなさいますか。

同概念句

○夏休みに桜が開花する。

○夏休みに桜が咲く。

…等。

　　也就是把「換句話説」的句子分門別類，透過替換句的整理，來提高答題正確率。

もんだい4 _____のぶんと　だいたい　おなじ　いみの　ぶんが　ありま
す。1・2・3・4から　いちばん　いい　ものを　ひとつ
えらんで　ください。

31 ゆうべは　おそく　ねましたから、　けさは　11じに　おきました。
1 きのうは　11じに　ねました。
2 きょうは　11じまで　ねて　いました。
3 きのうは　11じまで　ねました。
4 きょうは　11じに　ねます。

32 この　コーヒーは　ぬるいです。
1 この　コーヒーは　あついです。
2 この　コーヒーは　つめたいです。
3 この　コーヒーは　あつくないし、つめたくないです。
4 この　コーヒーは　あつくて、つめたいです。

33 あしたは　やすみですから、もう　すこし　おきて　いても　いいです。
1 もう　ねなければ　いけません。
2 まだ　ねて　います。
3 まだ　ねなくても　だいじょうぶです。
4 もう　すこしで　おきる　じかんです。

34 びじゅつかんに　いく　ひとは　この　さきの　かどを　みぎに　まがってください。
1 びじゅつかんに　いく　ひとは　この　まえの　かどを　まがって　ください。
2 びじゅつかんに　いくひとは　この　うしろの　かどを　まがって　ください。
3 びじゅつかんに　いく　ひとは　この　よこの　かどを　まがって　ください。
4 びじゅつかんに　いく　ひとは　この　となりの　かどを　まがって　ください。

35 きょねんの　たんじょうびには　りょうしんから　とけいを　もらいました。
1 1ねん　まえの　たんじょうびに　とけいを　あげました。
2 2ねん　まえの　たんじょうびに　とけいを　あげました。
3 この　とけいは　1ねん　まえの　たんじょうびに　もらった　ものです。
4 この　とけいは　2ねん　まえの　たんじょうびに　もらった　ものです。

もんだい1 ＿＿＿＿の ことばは どう よみますか。1・2・3・4から
いちばん いい ものを ひとつ えらんで ください。

1 まだ 外国へ いったことが ありません。
  1 かいごく　　　　2 がいこぐ　　　3 がいごく　　　4 がいこく

2 きのうの ゆうしょくは 不味かったです。
  1 まづかった　　　2 まついかった　3 まずかった　4 まずいかった

3 3じに 友達が あそびに きます。
  1 ともだち　　　　2 おともだち　　3 どもたち　　　4 どもだち

4 再来年には こうこうせいに なります。
  1 さいらいねん　　2 おととし　　　3 らいねん　　　4 さらいねん

5 えんぴつを 三本 かして ください。
  1 さんぽん　　　　2 さんほん　　　3 さんぼん　　　4 さんっぽん

6 その 箱は にほんから とどいた ものです。
  1 はこ　　　　　　2 ぱこ　　　　　3 ばこ　　　　　4 ばご

7 どんな 果物が すきですか。
  1 くだもん　　　　2 くだもの　　　3 くたもの　　　4 ぐたもの

8 えきの 入口は どこですか。
  1 はいりぐち　　　2 いりくち　　　3 いりぐち　　　4 いるぐち

9 おじいちゃんは いつも 万年筆で てがみを かきます。
　1 まねんひつ　　　2 まんねんひつ　3 まんねんびつ 4 まんねんぴつ

10 ほんやで 辞書を かいました。
　1 しじょ　　　　　2 じしょう　　　3 じっしょ　　　4 じしょ

11 きょうは 夕方から あめが ふりますよ。
　1 ゆかた　　　　　2 ゆうがだ　　　3 ゆうかだ　　　4 ゆうがた

12 わたしは コーヒーに 砂糖を いれません。
　1 さと　　　　　　2 さとお　　　　3 さいとう　　　4 さとう

もんだい2 ＿＿＿の ことばは どう よみますか。1・2・3・4から
いちばん いい ものを ひとつ えらんで ください。

13 これが りょこうに もって いく にもつです。
1 荷勿 2 荷物 3 何物 4 符物

14 おおきい はこですが、かるいですよ。
1 経るい 2 経い 3 軽るい 4 軽い

15 おじいちゃんは まいげつ びょういんに いきます。
1 毎年 2 毎月 3 毎週 4 毎回

16 まるい テーブルが ほしいです。
1 九るい 2 九い 3 丸るい 4 丸い

17 わたしは 10さいから めがねを しています。
1 眼境 2 眼鏡 3 目鏡 4 目竟

18 こんばんは かえるのが おそく なります。
1 今夜 2 今晩 3 今日 4 今朝

19 おきゃくさんが げんかんで まって います。
1 玄関 2 玄門 3 玄間 4 玄開

20 まっちで ひを つけます。
1 マッチ 2 ムッテ 3 ムッチ 4 マッテ

もんだい3 （　　　）に　なにを　いれますか。1・2・3・4から
　　　　　いちばん　いい　ものを　ひとつ　えらんで　ください。

21 きゅうに　そらが　（　　　　）　きました。
　　1　ふって　　　　　2　おりて　　　　　3　さがって　　　4　くもって

22 にわで　ねこが　ないて　（　　　　　）。
　　1　おきます　　　　2　あります　　　3　います　　　4　いります

23 としょしつは　5かいに　ありますから、そこの　かいだんを
　　（　　　　）ください。
　　1　くだって　　　　　2　さがって　　　3　のぼって　　　4　あがって

24 すみません、いちばん　ちかい　ちかてつの　えきは　どちらに
　　（　　　　）。
　　1　いきますか　　　2　いけますか　　　3　おりますか　　　4　ありますか

25 あさに　くだものの　（　　　　）を　のむのが　すきです。
　　1　パーティー　　　2　ジュース　　　3　パン　　　　4　テーブル

26 テキストの　25ページを　（　　　　）　ください。
　　1　おいて　　　　　2　あけて　　　　3　あいて　　　4　しめて

27 ゆうがたから　つめたくて　つよい　かぜが　（　　　　）きました。
　　1　ふって　　　　　2　きって　　　　3　とんで　　　4　ふいて

練習

28 （　　　）　やまださんの　ほんですか。

1　なにが　　　　　2　どちらが　　　3　どなたが　　　4　だれが

29 そこの　かどを　（　　　）　ところが　わたしの　いえです。

1　いって　　　　　2　いった　　　　3　まがって　　　4　まがった

30 「すみません。この　（　　　）を　まっすぐ　いくと　だいがくに　つき
　　ますか。」

　　「はい、つきますよ。」

1　かわ　　　　　　2　みち　　　　　3　ひま　　　　　4　くち

もんだい4 ＿＿＿のぶんと　だいたい　おなじ　いみの　ぶんが　ありま
　　　　　す。1・2・3・4から　いちばん　いい　ものを　ひとつ
　　　　　えらんで　ください。

31 えいごの　しゅくだいは　きょうまでに　やる　つもりでした。
　1　えいごの　しゅくだいは　きょうから　ぜんぶ　しました。
　2　えいごの　しゅくだいは　もう　おわりました。
　3　えいごの　しゅくだいは　まだ　できて　いません。
　4　えいごの　しゅくだいは　きょうまでに　おわりました。

32 さいふが　どこにも　ありません。
　1　どこにも　さいふは　ないです。
　2　どちらの　さいふも　ありません。
　3　どこかに　さいふは　あります。
　4　どこに　さいふが　あるか　きいて　いません。

33 この　じどうしゃは　ふるいので　もう　のりません。
　1　この　じどうしゃは　ふるいですが、まだ　のります。
　2　この　じどうしゃは　あたらしいので、まだ　つかいます。
　3　この　じどうしゃは　あたらしいですが　つかいません。
　4　この　じどうしゃは　ふるいですので、もう　つかいません。

34 おちゃわんに　はんぶんだけ　ごはんを　いれて　ください。
　1　おちゃわんに　はんぶんしか　ごはんを　いれないで　ください。
　2　おちゃわんに　はんぶん　ごはんが　はいって　います。
　3　おちゃわんに　はんぶん　ごはんを　いれて　あげます。
　4　おちゃわんに　はんぶんだけ　ごはんを　いれて　くれました。

35 まだ　7じですから　もう　すこし　あとで　かえります。

1　もう　7じに　なったので、いそいで　かえります。

2　まだ　7じですから、もう　すこし　ゆっくりして　いきます。

3　7じですから、もう　かえらなければ　いけません。

4　まだ　7じですが、もう　かえります。

もんだい1　＿＿＿の　ことばは　どう　よみますか。1・2・3・4から
　　　　　　いちばん　いい　ものを　ひとつ　えらんで　ください。

1 　おかあさんは　台所に　いますよ。
　　1　たいどころ　　　　2　だいところ　　　3　たいところ　　　4　だいどころ

2 　一昨年から　すいえいを　ならって　います。
　　1　おととし　　　　　2　おとうとい　　　3　おとうとし　　　4　おととい

3 　赤い　コートが　ほしいです。
　　1　あおい　　　　　　2　くろい　　　　　3　あかい　　　　　4　しろい

4 　九時ごろに　おとうさんが　かえって　きます。
　　1　くじ　　　　　　　2　きゅうじ　　　　3　くっじ　　　　　4　じゅうじ

5 　ともだちに　手紙を　かいて　います。
　　1　てかみ　　　　　　2　でがみ　　　　　3　てがみ　　　　　4　おてかみ

6 　封筒に　いれて　おくりますね。
　　1　ふっとう　　　　　2　ふうと　　　　　3　ふうとう　　　　4　ふうとお

7 　いもうとを　病院に　つれて　いきます。
　　1　びょういん　　　　2　びょうい　　　　3　ぴょういん　　　4　ぴょうい

8 　「すみません、灰皿　ありますか。」
　　1　へいさら　　　　　2　はいさら　　　　3　はいざら　　　　4　はえざら

9 こどもは　がっこうで　平仮名を　ならって　います。

　1　ひらがな　　　　2　ひらかな　　　3　ひいらがな　　4　ひんらがな

10 今晩は　なにか　よていが　ありますか。

　1　こんはん　　　　2　ごんはん　　　3　こばん　　　　4　こんばん

11 かいしゃへ　いく　ときは、背広を　きます。

　1　ぜひろ　　　　　2　せひろ　　　　3　せぴろ　　　　4　せびろ

12 かのじょは　わたしが　はじめて　おしえた　生徒です。

　1　せいとう　　　　2　せいと　　　　3　せえと　　　　4　せへと

もんだい2 ＿＿＿の ことばは どう かきますか。1・2・3・4から
いちばん いい ものを ひとつ えらんで ください。

13 いえを でる まえに しんぶんを よみます。
　1 聞新　　　　　2 新文　　　　　3 親聞　　　　　4 新聞

14 あめの ひは きらいです。
　1 嫌い　　　　　2 兼い　　　　　3 兼らい　　　　4 嫌らい

15 ごごは ぷーるへ いく つもりです。
　1 パール　　　　2 プーレ　　　　3 プール　　　　4 ペーレ

16 てんきが いいので、せんたくします
　1 先濯　　　　　2 流躍　　　　　3 洗躍　　　　　4 洗濯

17 がっこうの もんの まえに はなが さいて います。
　1 門　　　　　　2 問　　　　　　3 間　　　　　　4 関

18 かいじょうには おおぜいの ひとが います。
　1 多熱　　　　　2 多勢　　　　　3 大勢　　　　　4 太勢

19 じぶんの へやが ありますか。
　1 倍屋　　　　　2 部渥　　　　　3 部屋　　　　　4 部握

20 すこし せまいですが、だいじょうぶですか。
　1 狭い　　　　　2 峡い　　　　　3 挟い　　　　　4 小い

もんだい3 （　　　）に なにを いれますか。1・2・3・4から
　　　　　いちばん いい ものを ひとつ えらんで ください。

21 おとうとは おふろから でると、（　　　）ぎゅうにゅうを のみます。
　1 いっぱい　　　　2 いっこ　　　　3 いっちゃく　4 いちまい

22 きの うしろに （　　　）どうぶつが いますよ。
　1 どれか　　　　　2 なにか　　　　3 どこか　　　　4 これか

23 あしたは ゆきが （　　　）。
　1 さがるでしょう　　　　　　　2 おりるでしょう
　3 ふるでしょう　　　　　　　　4 はれるでしょう

24 となりの おばあちゃんが おかしを （　　　）。
　1 もらいました　　　　　　　　2 くれました
　3 あげました　　　　　　　　　4 ちょうだいしました

25 えきの ちかくには スーパーも デパートも あって とても
　（　　　）。
　1 へんです　　　　2 わかいです　　3 べんりです　4 わるいです

26 いもうとは いつも （　　　）に あめを いれて います。
　1 ボタン　　　　　2 レコード　　　3 ステーキ　　4 ポケット

　　ふうが きましたので、でんしゃが （　　　）。
　　　　た　　　2 やみました　　3 やりました　4 とまりました

297

28 あしたは　にほんごの　テストですね。テストの　じゅんびは　（　　　　）。

　1　どうですか　　　　2　なにですか　　　3　どうでしたか　4　どうしましたか

29 きのう　ふるい　ざっしを　あねから　（　　　　）。

　1　あげました　　　　　　　　　　2　くれます

　3　ちょうだいします　　　　　　　4　もらいました

30 そこの　さとうを　（　　　　）　くださいませんか。

　1　さって　　　　　2　きって　　　　　3　とって　　　　4　しって

もんだい4 ＿＿＿のぶんと だいたい おなじ いみの ぶんが あります。1・2・3・4から いちばん いい ものを ひとつ えらんで ください。

31 この ことは だれにも いって いません。
1 この ことは だれからも きいて いません。
2 この ことは だれも いいません。
3 この ことは だれにも おしえて いません。
4 この ことは だれかに いいました。

32 デパートへ いきましたが、しまって いました。
1 デパートへ いきましたが、しめました。
2 デパートへ いきましたが、きえて いました。
3 デパートへ いきましたが、あいて いませんでした。
4 デパートへ いきましたが、あけて いませんでした。

33 きょうは さむくないですから ストーブを つけません。
1 きょうは さむいですが、ストーブを けしません。
2 きょうは さむいので ストーブを けします。
3 きょうは あたたかいので ストーブを つかいません。
4 きょうは あたたかいですが、ストーブを つかいます。

34 あの　おべんとうは　まずくて　たかいです。

1　あの　おべんとうは　おいしくて　やすいです。

2　あの　おべんとうは　おいしくて　たかいです。

3　あの　おべんとうは　おいしくなくて　やすいです。

4　あの　おべんとうは　おいしくなくて　たかいです。

35 こんげつは　11にちから　1しゅうかん　やすむ　つもりです。

1　11にちまで　1しゅうかん　やすんで　います。

2　こんげつの　11にちまで　1しゅうかん　やすみます。

3　こんげつは　11にちから　18にちまで　やすみます。

4　こんげつは　いつかから　11にちまで　やすみます。

総画索引　あ　か　さ　た　な　は　ま　や

第一回

問題 1

1	3	2	1	3	3	4	3	5	1
6	3	7	2	8	2	9	1	10	2
11	1	12	2						

問題 2

| 13 | 1 | 14 | 3 | 15 | 1 | 16 | 1 | 17 | 1 |
| 18 | 4 | 19 | 2 | 20 | 2 | | | | |

問題3

| 21 | 3 | 22 | 2 | 23 | 3 | 24 | 4 | 25 | 4 |
| 26 | 3 | 27 | 1 | 28 | 4 | 29 | 2 | 30 | 2 |

問題4

| 31 | 2 | 32 | 3 | 33 | 3 | 34 | 1 | 35 | 3 |

第二回

問題 1

1	4	2	3	3	1	4	4	5	3
6	1	7	2	8	3	9	2	10	4
11	4	12	4						

| | 2 | 14 | 4 | 15 | 2 | 16 | 4 | 17 | 2 |
| | | 19 | 1 | 20 | 1 | | | | |

問題3

| 21 | 4 | 22 | 3 | 23 | 3 | 24 | 4 | 25 | 2 |
| 26 | 2 | 27 | 4 | 28 | 2 | 29 | 4 | 30 | 2 |

問題4

| 31 | 3 | 32 | 1 | 33 | 4 | 34 | 1 | 35 | 2 |

第三回

問題1

1	4	2	1	3	3	4	1	5	3
6	3	7	1	8	3	9	1	10	4
11	4	12	2

問題2

| 13 | 4 | 14 | 1 | 15 | 3 | 16 | 4 | 17 | 1 |
| 18 | 3 | 19 | 3 | 20 | 1 |

問題3

| 21 | 1 | 22 | 2 | 23 | 3 | 24 | 2 | 25 | 3 |
| 26 | 4 | 27 | 4 | 28 | 1 | 29 | 4 | 30 | 3 |

問題4

| 31 | 3 | 32 | 3 | 33 | 3 | 34 | 4 | 35 | 3 |

N5

考試愛出的都在這！

絕對合格 特效藥

〈影子跟讀〉〈標重音〉

日檢精熟單字

—— [25K＋QR碼線上音檔] ——

【自學制霸 06】

- 發行人　　林德勝

- 著者　　　吉松由美、小池直子、林勝田、山田社日檢題庫小組

- 出版發行　山田社文化事業有限公司
  臺北市大安區安和路一段112巷17號7樓
  電話　02-2755-7622
  傳真　02-2700-1887

- 郵政劃撥　19867160號　大原文化事業有限公司

- 總經銷　　聯合發行股份有限公司
  新北市新店區寶橋路235巷6弄6號2樓
  電話　02-2917-8022
  傳真　02-2915-6275

- 印刷　　　上鎰數位科技印刷有限公司

- 法律顧問　林長振法律事務所　林長振律師

- QR碼　　　定價　新台幣 435 元
  2023年12月

-246-794-7
Culture Co. , Ltd.

寄回本公司更換